笙野頼子

shono yoriko

母の発達、永遠に
猫トイレット荒神

haha no hattatsu, eien ni

neko toilet kôjin

河出書房新社

神話よりも早く、声《あたし》は生まれた。正史の影の下、声《ひめ》を背負わされて、文《おれ》は目覚めた。

目次

母の発達、永遠に……7

にごりのてんまつ　9

母のぴぴぷぺぽぽ　35

「母の発達、永遠に」あとがき兼「猫トイレット荒神」前書きプラス「はみ出し小説」その他「蛇足作文」

そして境界線上を文《おれ》は走る……79

猫トイレット荒神 …… 95

猫トイレット荒神 99

割り込み、地神ちゃんクイズ 177

一番美しい女神の部屋 223

さて終わりもなく点滅する終点もどきのここで
物語は消え、文《おれ》が残る …… 271

装幀●ミルキィ・イソベ（ステュディオ・パラボリカ）
明光院花音（ステュディオ・パラボリカ）

母の発達、永遠に

猫トイレット荒神

母の発達、永遠に

母を尋ねて、私は旅に出た。母は懐かしく母より大切なものはなかった。

——ダキナミ・ヤツノ　五十三歳

にごりのてんまつ

この短篇は右にその一行を引用した、河出文庫『母の発達』の後日談として書かれたものです。ですのでそれをお読みになってから読まれるのがもっとも楽かつ安易かつ陳腐な読み方ですが、その一方、――。

何も知らないでこのまま読んでしまい、困惑し、ぐっと詰まり、糞むかつき、その結果「いっこもわっからんでこの笠野とかいうのほんとにつっまらんのう」とお怒りになるのも、なかなか前衛的で刺激的で知的優雅な読み方かとも、またその一方、――。

「前のもこれも読んだけどどっちもつまらんよーん」、と御自分のブログに表紙画像だけ貼って、天真爛漫にお書きになられるのも、文庫と単行本、定価で両方をお買い求めになった方にとってのみ、おされなストレス解消かと存じます・うっほっほほ。

（まあいきなり初読でも喜ぶ人はそのまま丸呑みで喜ぶはずだけどね、つまりあまりにも言葉好きの特殊なひとにぎりは……うへっへっへっへい、と）。

――作者

ダキナミ・ヤツノは、気がついた時には風に乗っていた。光にさらわれていた。

ヤツノの飛んでいる、そこは寿司宇宙だった。決して真空じゃ高速じゃという本格ＳＦ的空間ではなく、爽やかなスダチと米酢の香る、作者笙野頼子の、今や妙に淡々としてしまった人肌脳内であった。そんな脳内では、——。

数体の光輝く乙女達が、金髪に白衣の脳内ワルキューレたちが、ヤツノを抱きかかえ、反射する楯と鋭い槍で守りながら、飛行しているのだった。そんな彼女らの周囲を、リゾームのように小さい寿司達が無数に飛び交っていた。赤光の粒のようなマグロが空白にも似た白い舎利に乗り、銀色のコハダがすりガラスの切り口のような緑色の葉蘭と接合して、……つまり、寿司と呼ぶには小さ過ぎる、まあ寿司粒であった。そんな寿司粒達はただ空間の中にちらばっているだけなのだが、時々、群体を形成するように固まって肉眼の中に姿を出現させた。しかしそれでもそれはなかなか寿司の形を、なさなかった。

寿司に似た光の粒、飯粒状に飛んで群れる輝き、それらはただ湾岸道路の遊園地の灯のような散らばりであり、まだ、寿司ならざるものだった。たまに全体が一個の河童巻きのようであったり、また全体が何か、例えば一匹の虹色の穴子風ゼリーに見えるとしても、すぐに消えてしまった。だが、それでもそこには通常の寿司と同じように、寿司の嬉しさめでたさ、それに綺麗さ、というものは宿っていたのである。だってそれは、——様々の種類の寿司粒が必死で固まり、一個の寿司を形成しようとした、結果なのだから。ゼリーに見えるのは、もし寿司に見えなくても何か食物に見えようとしたあがきの成果だったし、粒々の寿司も、切り口だけの寿司も、復元を求めて精進していたのだった。そしてそんな寿司は、必ず脳内では発光するものなのであった。ああ、結局はどれも粒々で小さい彼ら……でもそんな脳内の幻想に過ぎない寿司は、なんとかして現実の寿司に似ようとがん張っていた。内面の宇宙に現実を写し、構築しようとし、さらにはそこに生命を込めたいと祈っていた。それが彼ら、寿司ならぬ寿司の彼岸であり悲願だったのだ。そんな姿を見て、――。

なんて正直な宇宙やろな、と小さい悲しみと共にヤツノは思った。

三重県四日市市に彼女は生まれた。厳しい母を持って、普通とは大分違った方向の愛情を量だけはたっぷり与えられて育ったのだ。でも母が一見、自分より親戚の娘を可愛がる事と、自分の人生が煮詰まってしまった事等を原因と称して、母を殺した。しかし殺しても母は死ななかった。母は死体のまま口を利いた。その上、――。

人間を喰らいタコに似てきた。その上ついにはその死体から小さい母虫まで生まれて出たのだ。そんな母虫とは、異様な言葉を吐く新世紀生物で、従来の母をひっくり返すフリーな存在であった。但し、最初ステロタイプなものも混っていた。そこで、――。

ステロタイプではない良い虫と内容も分からずに型通りの事をいう悪い虫とをより分けることで、ヤツノはその母虫の中から革命的な母を選び出した。彼女の革命とは今までにない母、人をびっくりさせるトリックスターのような言語を放つ、母の開発であった。そんな母は従来の母というイメージから脅されも洗脳されてもいない、まったく新しい母でもあった。ヤツノは母虫たちを意識的により秀でたものに育成し始めたのだ。つまりそれが「母の発達」という営為だったのである。

ここに、世界一の悪母（わるかあ）という画期的な新しさを持った母を、ヤツノは求めた。

それは普通に母性とか母はこうあるべきという、国家的な共通認識の一枚岩を食い破る事だけに専念した存在で、無論そんな母虫は良妻賢母ではなく、破壊の母であった。また破壊は創造を伴ってこそよりよく生きるのだ、ともヤツノは思った。殺されても死ななかった母自身も思った。その結果、——。

二人がした事はこの母虫たちの存在自体を宇宙化しようとする行為だった。母虫の破壊は言葉によるもの、それ故に彼女らは各虫達に言葉の神殿を、つまりあいうえおの順で、「あ」から「ん」までの小話を与えた。各音すべての母的言葉を、一匹一匹の母虫に象徴させ、悪母的フィルターのかかった特定の世界に住まわせようとした。世界に一定の選抜をかけて、そこから新存在、新宇宙を表現させ、やがては意識上に出現し得ないほど無数のものにまで、この選抜の結果を及ぼそうという試みであった。方法として二人は神話を選択した。但し完全にロジカルで自覚的なものとは言えなかった。

だがそれでもヤツノの苦しみとヤツノの体が、その神話に一定の方向を与える事を二人は信じた。また母の指導で、その方向が普遍的なものになるようにと一緒にがんばったのだ。ヤツノが母とここまで一体になれたのは子が母を殺してしまったのに生き返ってくれたという、その奇跡に負うものかもしれなかった。元の、生前の母のその支配のエネルギーは、実は愛情になるべき材料だったのだ。

ヤツノは初めの頃こう考えていた。——世界とは何か、構造である。構造とはどれか、いろいろである。そのいろいろの中のひとつとは何か、それはあいうえおの序列である、と。

最初ヤツノは「いろは」順にしたかった。だが母のすすめで、「あいうえお」に決めた。仮初めの序列だが、そこに母を殺した新生ヤツノの人間的内容が反映された。五十音はいろはより整って見えた。

　こうして、多くの「あ」で始まる言葉を代表させるために「悪魔の母」をまずヤツノは選んだ。後は当の母と相談して、あいうえお、かきくけことやっていった。

　その達成の後にはさらなる親子での修行期間があった。そこを経て、ヤツノは五十音でそろえたすべての選良な悪母を大回転させた。それはすべての「あ」で始まる言葉からすべての「ん」までを、未来も過去も想像外のものまでもその場に召還し自分の神話に引きずり込む呪術だった。見えざるものも、無数という数も統御するための。但し、――。

　回転にふさわしい「あ」から「ん」までの母がすべて集まるためには、相当な時間が必要だった。それ故ヤツノも母も神話完成の後には旅に出たのだ。母子が全世界を自分の中で想像出来るように、無数の言葉を実感出来るように、出来るだけ多くの体験をするための旅であった。ヤツノは抑圧された快楽を解放する旅と抑圧のない生活を体験する時間を、それこそ「熱海」の「あ」及び「熱いお茶」の「あ」まで修行したのだった。また、豪華温泉旅行の中にもヤツノは必ず母を求めて暴れ、時には旅館やホテルの壁も調度も壊しまくった。一方、母はすでに母虫をキーボードにのせたラップトップワープロに変形していたのだが、成熟と解脱を求める西の旅に出た。そこで子と自分自身への抑圧を取り除く練習を続行した。それこそ「阿頼耶《あらや》識《しき》」の「あ」から「あ・うん」の「あ」まで。そして、――。

　二人が全体験を持ち寄って再会した時、ヤツノは死んだ。自分自身のつくった最高の母宇宙に旅立つため、ヤツノの極楽、つまり母天国に行くためである。それはたとえ瞬速であっても達成されたのだ。生前に達成出来なかったヤカンのデザイナーになるという業をも残したまま。しかし、瞬間の達成で天に昇ったヤツノを待っていたものはあまりに辛い試練、というかその貴重な達成の救いなき、――。

劣化だった。そう作者の大嫌いな劣化である。

ヤツノは、飛んでいた。母天国に行く、その彼女の肩と手首とふくらはぎをワルキューレが持っていた。けして軽くではなく、猛禽が獲物をつかむようにぎゅっと握っていた。またヤツノの首は猫が生きた蟬を銜えて運ぶ時のように彼女から注意深く押さえられていた。そして、一行は宇宙を飛んでいった（おお、おお、そう言えば、そうやった）。

母が、母という概念を革命するための悪母になってからというもの、ヤツノは母のために歌を作ったのだ。その歌の中に母が「宇宙に旅立つ」というフレーズもあったはずだ。

その事をヤツノは思い出していた。歌の中の宇宙と今、ヤツノは出会ったのだ（だけど本当にこれやろうか）。

母宇宙は笙野の脳内の「奥」の方にあったからそこに至るまでに彼女は幾つかの宇宙を経過する必要があった。例えば、寿司宇宙の横には植物宇宙があった。その斜め上には「知らん人」宇宙があった。その少し奥に滝宇宙とか竜宇宙、神社宇宙もあったことはあった。そして……その裏手の方に母宇宙があった。着いたその日、そこはまだ劣化していなくてヤツノはほっとした・はは のんきだね、とヤツノはふと言ってみた。無論、どつかれようとしての事であった。が、おおお、なんと言う事か、――。

彼女を抱えて飛んでいたドイツワルキューレ派遣団三重県支部の、鉄兜からパツキンをはみ出させた白人女性達はたちまち、こんなダジャレに目一杯「笑ってくれた」、つまり「あざとく面の皮の厚いすれっからし」であった。あれ、あれ、あれ、とヤツノは思った。その上、——。

彼女らはワグナーの音楽にふさわしい程には背が高くなく、また、どう見ても変に癖のある、染めの金髪ではないだろうかと思うようなストレートヘアであった。どう考えても日本人に近いところがあった。

その上に彼女らは乙女らしくというよりはまるで原始人のように歯を剝きだして激烈な笑い方をした。動作も派手であった。ひとりはワルキューレのくせに男装をしていて、ステテコをはみ出させた足で軽くヤツノを蹴り口説いてきた。ヤツノは相手にしなかった。するとワルキューレは言った「ああ、あなたはなんと、美しい！　ただもう、ただもう女であるというだけの人だ！」しかしその殺し文句が通じなかった時、相手は赤面しヤツノを諦めた。

連れていかれたのは母宇宙の頂上と言われる母天国だった。そこでは母に対する緊張も恐怖も、時には愛さえもリゾーム化してしまっていた。隠れた小さい愛は目に見えないのに豊かに多様につながり人々の内面を満たし、また人それぞれの自由な出入り口をそなえ、愛は無限の可能性のままに歌い漂い、偏在していた。そこには壊すべき制度も作るべき神話も何もないはずだった。なのに、そこで、——。

まるで出家前のブッダがカピラバストゥにいた時のような糞面白くもない「快楽」の暮らしをヤツノは十二年した。つまりたったの十二年でそこはもう完全に劣化してしまったのだ。というよりまともであったのは着いて半日程だったと推定された。だってその翌日、ヤツノは天国のいたるところから、そんな愛のリゾームを占領して支配下に置き、万世一系のあるいは官僚の、またえぐい母物のツリーがのさばるのを見てしまったから。さらには、古臭い系図やカテゴライズ用マップやインチキ座標軸までも生えてくるのを、見てしまったから。但し、その原因はヤツノがそこを出るまで、まったく判らなかった。

……出天国前夜、退屈のあまり半睡状態のヤツノの前では、八〇年代ワンレンボディコンファッションの臍腹その他を出した娘達が、十六ビートにあわせて羽扇子を八文字に振り回していた。生あくびをしながら、なんでこいつらは全員モデルという設定だというのに太股が太く全員がに股で、その上足の甲を充血させながらふんばっているのだろうとヤツノは思っていた。その上美人という設定なのに顎が二股に分かれているし目が血走っている。つまりはなんちゃって小林麻美が大根足になってボディビルもやり、営業でがんばって肝臓こわしているような女ばかりだった。ふと気付くとディスコの全面はカフェバーになり、外では馬鹿ビルが建設され野良猫は追われ、年寄りが家を地上げされていた。そう、――。

母天国の時代は八〇年代に設定されていた。それは佐伯一麦が電気工事の傍ら小説を書きながら、なんにもいい事無かったと言った八〇年代だった。それでも当時はもうフュージョンとか良いものもあったはずなのに、それは、ない事になっていた。そういえばワルキューレの飛行の時も音楽が変だった。

さて、作者が『母の発達』を書いたのは九〇年代の前半である。にもかかわらず、ヤツノがそこで過ごした十二年間で、時代は一気に三十年程も後退していたのだった。

またこの現象については、ヤツノに向かい、天国で一番偉い母物博士が恭しく解説と講義（正当化）をしてくれたのだった。

「母とはなんでしょう。母などというものはない。我々は母よりもむしろ八〇年代好景気の高金利と、八〇年代未成年ヌードの新しさに回帰すべきである」

ヤツノは来た道の事を思い出していた。寿司宇宙の寿司はいかに小さくとも、必死であり、歪んでいても切実な像を結んでいた。でもふと見回した時、ここには母というものの姿は一切、影も現れなかった。

「さて、母などないというけれど、お前らは母を見た事あるのか、どれが母か判るのか、不完全でも一部でも悪母がもぐら叩きのように出てくる世界、それが本当の母天国だ」とヤツノは思った。しかし天国の人々はヤツノの意向を聞く意志などまったくなかった。母を連れてこい、とヤツノが言うとむしろ昔のひどいステロ丸出しの母がやってきた。つまり殺す前の母よりひどい母を演ずる母親タレントが来て、再会ドラマのような態度でヤツノに抱きついた。それでもただヤツノが所望したというだけの事でその母親は新しい革新的な母という事になってしまった。で、「呼んでない」とヤツノが言うとそれは無責任であると非難された。

ヤツノは沈黙して暮らすようになった。社会的影響を考えるがために「上に立つ人間の配慮」を身につけてしまったのだ。こうして、彼女が退屈すると天国の人々はバニーガールを後ろに二人立ててくれた。またヤツノが絶望すると、両側に金髪温泉芸者を二人配置してくれた。ヤツノはますます絶望していったが、側近は彼女らと盛り上がり満足した。

そんな天国のヤツノは権威という名前の不幸だった。母天国にはただひとりのブスもおらずその上気が付くとヤツノまでも美人になっていた。ヤツノが屁をこくと誰かが代わりに処罰されていた。ヤツノが漢字を間違えると総理大臣が辞任させられた。来て三日でヤカンデザイナー世界一に認定され、その後はヤカン空間プランナーとヤカンプロデューサーにさせられてしまい、実作は作れないようにされた、権威を守るために。

頭に来たヤツノは白菜の外葉で顔を隠して下町に出た。そこにはいらいらつるつるの顔をしていても腋毛の剃れない庶民達が、ホームレスや老人を苛めていた。動物苛めや子供への性虐待DVDが可愛いパッケージで売られていた。パッケージに書いてあるアニメの子供たちは「うふ、いじめて」と言っているのだった。外は八〇年代より嫌な事になっていた。

城に帰ってくると飯が不味かった。「こうなったら」と天国の人々は言って、ヤツノのために幼女を二人攫ってきて水着にし、ヤツノの後ろに侍らせておくという決定を出していた。ヤツノはついに言った。

「やめてくれ、わしは明日出家する。天国の出家や」

言い捨てたヤツノの背後に丁度良く「天国の出家」という曲が流れはじめた。たまりかねたヤツノは自分の背景をぼかんと殴ってから言った。

そんな曲はない。

出家前夜のヤツノは衆人環視の中でベッドに横たわっていた。どういうわけか誰ひとり一切、出家を止めなかった。ヤツノが出ていけばむしろ母革命はこのまま永続されるだろうと誰かが言っていた。最高級の寝具の上で、ヤツノは全人民から嫌われていた。

ヤツノが使っているシーツをかけていないふかふかのふとんは、どこに持って行くのかすぐに取り替えられた。そんなふとんに、日々ストレスで弱っていく彼女が寝小便をしても誰も怒らなかった。一方、そんなヤツノのふとんの上に誰かが寝糞をしてしまうこともあった。すると犯人がまったく分からぬまま、それはふいに取り替えられなくなり、だからといってヤツノが片付ける事は許されなかった。人々は寝糞をないものとして扱った。つまり片付けるとその存在を認めてしまう事になるから放置するのだった。むろん、臭い、と言った人間も黙殺された。最後にはその告発者の、生存も家族も黙殺された。思えば随分と難儀な天国であった。

　眠れぬヤツノは今まで貰った名刺を順繰りに眺め、明日からの行き先に悩んでいた。名刺には会った相手の特徴と用件が全部書いてあった。

　とはいえ、この国の女は殆ど全部あの劣化ワルキューレタイプの人ばかりなので、顔かたちの特徴を書いても無駄であった。名刺には最初に言った言葉が書いてあった。

――はしめましてにほんふんかくのけんきゅうをしています。あなたとおかもとかのこのははおやのかんけいせいにについてかんかえています。

――はしめましてにほんふんかくにおけるあなたとみしまゆきおのははおやのかんけいせいについてかんかえています。

――はしめましてにほんふんかくにおけるあなたといしはらしんたろうのははおやのかんけいせいについてかんかえています。

　ヤツノはほろほろと涙を流した。スカタンスカタンスカタンスカタン、と天国の寝室の箪笥のカンが鳴った。またさらなる追い打ち、予定調和そのものの嫌らしさで「天国の箪笥」という題名のＢＧＭが流れた。あまりの悲しみにヤツノは箪笥を蹴った。すると、ああなんという具合の悪い事であろう。

足の爪が割れた。そして、――。

ばかーっ、と怒鳴る声が。

簞笥のカンにヤツノは都合悪く足を引っかけたのだ。が、実はそれは、――。

ああ、なんという素晴らしく都合良い運の悪さだったことであろう。だって簞笥の中からがたがたと悪いやつらの暴れる音がした。こうして、ヤツノが蹴ってしまって少し引き出されたその簞笥の一番下の段から、まず、――。

翼のあるトカゲのような生き物が転がり出てきた。毛の生えた蛙のようなものも転がり出てきた。スライムのようなものも、粉のようなものも。かっぽう着を着けた、首が蛇で胸が仏の天川弁財天までも現れたのだった。

すでにヤツノは落涙し感激して叫んでいた。

――あっ、お母さん、お母さん。うっうっうっうっうっうっうっ。どんな形になってもこれは全部、ひとり残らず私のお母さんや。

そこに現れた母たちは母宇宙の中でリゾーム母が線状につながったものであった。抑圧的でぬるい劣化天国の中で、このような形にしか寄り集まれず、それでも十分に機能を果たせるような激烈な母、それ故にヤツノの感激になどつきあったりしなかった。それは、母、母、母、母のぎりぎり握り寿司だったのである。このいびつで乱暴すぎる真の母は、無論ヤツノを導くために出現したのだった。すでに母天国の劣化の原因も、今後のヤツノについても、母は、心得ていた。

――おい、ヤツノ、われわれは最後の仕上げを忘れていたようや。

――あっお母さん、ごめんな、私、なにか悪かったんかなあ。

たちまちヤツノはあの伝説の日を思い出した。無論母と子二人の伝説に過ぎないがそれが九〇年代前期における母革命の、ピークだったのだ。すると、あの時と同じように母は頼もしかった。

――いや、いいや、ヤツノ、ヤツノ悪いのはけしてお前やない。実はこれを書いた頃の作者というのは、言語感覚がまず未発達やった。

――あっ、そういえばお母さん、当時の作者は東京で生落花生も食べたことのない、道祖神もろくに見たことのないような暮らしをしていたのやなあ。

――そうや、日本の歴史もまったく知らなかった。だから当時はあいうえおの母だけを作ったのや。まさに濁音を抜かしてやな、あいつは伊勢出身で神道の言語感覚に慣れ過ぎていた。それで、神話の中に濁音を入れるのを忘れたのや。例えば伊勢の内宮をアナウンサーでも間違えて〝ないぐう〟と読むが、しかし地元の人間は〝ないくう〟と読む、要するに神道は濁りを嫌うんや、死の汚れも不幸も、怒りも、無い事にしたがる。そして自我の大切なファクターである罪の概念も、汚れという主体のあいまいな概念に読み替えてしまって、その上できれいごとに終らせているのや。すべて濁ったものから、目を背けている。

しかしな、そもそもお前の名前にダキナミという濁音が入っているように笙野はもともときれいに纏まったものを破壊する言語感覚を持っていたはずや。ところがそれでも伊勢の力には勝てなかった。結局母天国も劣化は必定やったんや。濁音、暗いもの、言い淀むもの、舌の上で破裂する怒り、錯綜するもの、人がとっさに隠すもの、そういうものを言挙げしないで、発足したこの天国は腐りやすいはずや。見てみい、お前の実の母、悪母はこうして今ばっらばらで宇宙に散り、かつてのワープロとしての、大きな姿を、プラトーを失っておる。母虫もこのように粒々から寄り集って、たったこれだけの短いつながりや。

口々に、妖怪とあまり変わらんような母たちはここまでを言った。

――判りやすいものとは何やろか、ヤツノそれは「判る、共通認識」という形で思考停止の形を強制し、抑圧をしいるものや。澄んでいるということはノイズがないということ、のっぺりしていて、すぐに入れかわる短いセンテンス、まさに追究の暇を与えない説明不足と、質問禁止やな。ところがそれに対して、濁音は異議、濁音は異端、濁音は辺境、濁音は、無改行、濁りは、難解――。

割烹着を着けた天川弁財天の母は前に出ると、ここでヤツノにこれから帰るべき地上を示した。

――見てみい、お前がこれから帰る地上がどんなことになっておるか。作者が放置した濁音の母、それを制定する行為が今利権化され、ひどいことになっておる。お前はただ濁音をとりかえせばいいというものやない。何をどうしたところで一切を無力化収奪するような制度がもう出来ているゆえ。連中は何をしても黙殺するし押し退けるぞ。ロジックやら公共性やら屁のつっぱりにもならん。それが濁音の母制定委員会というものの現在なんや。さあ今からお前はこの癒着と無責任と大組織の維持力に翻弄されるのや。そしてこの作品は続篇を書く機会に恵まれた作者が、この濁音放置の罪を償う、良い機会じゃや。眠り姫の白い魔女の最後の呪いのような、追撃になるはずや。

そう言われてヤツノは地上を見た。しかし恐ろしい事に、そこでは濁音の母の制定が殆ど終わっていた。甘かった。真の母と言えども、リゾームの母と言えども、ここまで硬直化した組織化した、ひどい未来を予測する事は出来なかった。しかも占領はヤツノの名において彼女の権威の下に行われた。怯えながらヤツノはそれをやむなく、ひとつずつ見ていった。おおおお、ガ、ギ、グ、ゲ、ゴ、あわわわわザ、ジ、ズ、ゼ、ゾ、と涙しながら。


そう、最初は、「ガ」、である——ガの母を怪獣の母にすることは判り易かった。なぜなら怪獣は子供も知っていて罪も政治性もつまり「問題」がなかったから。さて、その記者会見でまず委員会はこう切り出した。むろんそこにはただ問題をおこさず、或いは問題をおこしても一切報道される事のない人々が選ばれていたのである。

「みなさん！　ガは濁音の大切な始まりです、故に国民性と娯楽性をかねそなえた滋味溢れる豊かな判りやすさ、それを私たちが選ばせて頂きます、誰もがガと言ったらああ、あれね、というだけのガがひとつあれば他はいらない、それがヤツノ先生の考えられた神話という概念（違う！）です。さて、ただでさえ判りにくく暗い濁音をより多くの若い人々に届けるため、私達はまず、濁音のガ行を判り易く片仮名化しました。すると、ほーら、怪獣で統一するということが自然になったのです。だって一行をひとつに統一しないと、コンセプトが明確にならず構造が見えないからねー」。そして、——。

ひとつひとつの怪獣にかける怪獣オタクの思いは踏みにじられた。初期オタクの大切にしていた怪獣ソフビ等は全部供出させられ、溶かしあわされてひとつの大きな怪獣に作り替えられることになった。おんおん泣くオタクの前でウルトラマン図鑑が焼き捨てられ、顔の無い統一が始まっていった。濁音の母制定委員会は三日おきに記者会見をして自らの不毛な忙しさに酔い、これに、対応していった。

そういうわけで！

ガの母はガメラの母になった。否も応もなかった。ギの母はギドラの母になった。キングギドラという言い方は闇に消えた。グの母はグズラの母になった。グの母をグズラにした理由も発表された。ゆとり教育のためであった。そこで円谷プロの独占はいけないという子供からの批判も「ちゃんと」発表された。するとゲの母はとても「難航いたしました」。なんとゲバラになった。無論、それは決して怪獣の名前などではなかったのや。でも、――。

ゲバラにされた。ゴはもうゴジラの母但しこれは誰も文句がなかったやろ。そしてガ行から餓死、虐待、グロ画像、原発事故、等のヘビーな言葉は消えた。ガ行と言ったら怪獣ね、そしてその上に調子が良かった。

ガメラ！　ギドラ！　グズラ！　ゲバラ！　ゴジラ！　ガメラ！　ギドラ！　グズラ！

さてこうなるともう、ゲバラを怪獣にするための企画が強引にも始まってしまった。髯とサルサとキューバと革命はなかったことになった。直ちにジェンダーフリーを考慮してゲバラはロリコンに親切な女の子の怪獣ということになった。ピンクのスカートを穿き、ピンクの炎を吐き、東京タワーをまたぐ時には「いやあんばっかん」と言うのだった。しかし性格は男っぽく、マザコン少年を助けて死ぬというストーリーの映画も出来た、その封切りの日。

排除された「ガ」つまりガラモン（性別男）は婚外子のピグモンを背負うて都会に居場所もなく山に住み着いた。その日は裏山で蕗を取り家に帰ると皮を剝いていた。その上で水に晒してからすぐ、晩飯に食べる豆腐と冷や飯を出した。質素なその二品を背中のピグモンに喰わせ、自分も一緒に口を動かした。そんなガラモンのくやしい言葉は、ただただ冷えてもうまい（かどうかしらんけどうちの米は時々これ）フサオトメの中に飲み込まれていった。

……ああ、そうや、なるほど、確かにガメラはメジャーや、でもね、そやけどね、過去の人やろ？　それにうちの方がずっと国民的や。そもそもあの委員会め！　何をぬかすか！　うちらの事を……「ウルトラマンという限定した世界の閉鎖性が駄目」などと批判して、怪獣としての破壊力が足りんなどと言い、しかし子供もうちもどんなに人の世界をなごませたか分からない。ああ男性原理はこの国を支配している！　そもそも怪獣として「ちいさい」とはなんということや、うちは我慢するが、ピグモンのことまでそうして馬鹿にする事は絶対許さない。というよりこれだけ多くの怪獣をガだのギだので、限定してくることがうちは許せない。

その夜山奥の風呂場ではガラモンの歌が、彼特有のこぶしのきかなさで延々と続いた。

ひとっに（びょん）きかれっりゃあ！

おまえのこーとを（びょんぴょん）！

としっの（びょん）はなれった！

いもうとと（びょんぴょん）！

その時、――愛人に間男されたゴケミドロの母（性別男）は怒りに満ちてあちこちに電話しておった。

「なんでゴジラなんや、怪獣いうたら俺が、このゴケミドロがっ」。

ひとびとは言うた。

――痛い人やなー、ゴケミドロは。

ゴケミドロは、傲慢の母を兼任しておった。そんな彼のうわさを聞いた時ガラモンの母はふっと笑うた。こちらは我慢に酔う母を兼任していたのやった。

何が統合じゃ、怪獣はみな違う！　総てを生かすために象徴を選ぶのが、それが選定じゃ！

ヤツノは呆然としたが、怒ると咄嗟に声が出なくなる体質であったため、黙っていた。

否応なく次のざ行の動向を見るしかなかった。

ざじずぜその母はさすがに前の偏向度をマスコミに叩かれたために、片仮名限定ではなく、平仮名も漢字もこみで募集された。無論マスコミの叩き方などはお約束的な、ぬるいものであった。

しかし一応、その選考は国語辞典を使って一見公平に行われた。

まず、ざの母は残酷の母であった。じの母は自虐の母であった。「見たくないものから目を背けて怪獣に逃げた」という批判を封じたくて暗いものにしたのだ。無論その理由は隠され公言はしなかった。残酷に自虐だから十分に暗かったが惨殺や児童虐待労働は隠蔽しておいた。

しかし、さて、ここで「公平化」が図られた。「暗いものばかりではちょっと」という事で連中は、――ずの母を図式化の母に設定したのだった。ぜの母は明るくして、全体主義と戦う母になった。「文化の多様化に配慮したのです」と制作委員会は言った。ぞは「やはり子供に判るものを」とぞうさんの母になった。ここで委員会は満足してまた記者会見し語った。

――濁りは人生を豊かにし複雑にします、私たちは決して濁音を無視しておりません。千にひとつの間違いもあってはならない濁音の母制作委員会は、批判的な質問も喜んで受けます。と、言うからには当然質問が出た。

――以前カタカナの活躍は日本語の単純化などと批判されましたがそのための配慮ですか。委員会は「下司のかんぐり」に笑顔で答えた。

――特にそういうことはありません。ただ、今回の選択を心からよろこびたいと思っております。

会見が終わり、報道陣が引いた後、ざ行の母達は「自主的に」運営された。まず、図式化の母が残酷の母を図式化してしまった。つまり図式からはみ出た残酷は放置され荒れ狂った。また全体主義と戦う母は多様的な文化を「少数ファシズム」と呼ぶことで全滅させた。そう、全体主義の母は全滅の母でもあったのである。が、これだけでは劣化は済まなかった。

じの母が自虐の母であるというのが子供に判りにくい、という「批判が活性化」してきたのだった。そして若い人が喜ぶ、判りやすいじが求められた。しかしぬけぬけジブリの母などにしてしまうわけにもいかない事情があった。

それは裏濁音の母制定委員会という対抗組織が発足したせいであった。彼らは最初からメジャーに対して批判的に立つという意図はまったくなく、好きな怪獣を選びたいという意図だけで発足したアングラ会議だった。しかもその時点ガギグゲゴの選定はもう終わっており、ギラもギャオスも既に殲滅させられていた。が、彼らは前向きだった。辛くとも、自分達はざ行に挑もうと決めたのである。

　とはいえ、ざじずぜぞの母を民間で独自に選ぶことには様々の困難が付きまとった。著作権の問題、ボランティアの難儀、専門知識の不足、スポンサーの制圧、その中で彼らがやっとたどり着いたのはこの批判の多い自虐の母だけを女子高生の母に変えることであった。彼らは言語構造には興味はなく、ただ好きなものを代表にしたかったのである。それに人気でいったらもう女子高生の勝ちに決っていた。制定が行われ、女子高生の母は彼らのスケールを超え、思いもかけぬ反響で発足した。すると、いきなり都心でまた記者会見が行われた。それこそが正規の委員会のやり口であった。

――みなさん！　私たちは国民の批判に答え、自虐の母を女子高生の母に自主的に変えさせていただきました。私たちは謙虚に反省いたします。

　女子高生の母を選んだアングラ会議の努力は一見無効になった。しかし彼らは自分たちを縁の下の力持ちと思い爽やかに生きるつもりだった。さてでも、半年も経たぬうちに、改変になれたマスコミの前でまたしても会見が催された。

――じの母を単なる女子高生の母とするだけでは、若い女をお姫様扱いするだけの女性差別です。ですので今後はじの母として、自主的に援助交際で学費を稼ぐ女子高生の母に限定いたします。どうですこの難解な長い主語をごらんください。ここにヤツノ先生の濁音の精神が宿っている（違う！）のです。我々は自分たちのこの努力を誇ります。

　そこから、じの母が慈味豊かな児童ポルノの母になるのはもう二分やった。

　ヤツノは荷物を纏めて下界へ下りはじめた。天国の階段を下りようとすると、「そういう曲はない（うん、ない）」と言われてワルキューレもすでに、冷たかった。

だ行は大変やった。団塊の母に弾痕の母、ダメイジヘアの母に、団子虫の母、ここで活躍したのはやはり正式の委員会やった。「判りやすい」言葉を彼らは知っていた。

だの母はまず、「誰にでも判る」母になった。しかしそんな母の実物を探してもどこにもいなかった。一方、――。

ぢの母は数がないために一発で痔の母になった。づの母は同じ理由でづけ丼の母になった。とはいえぢは汚くづけ丼は牛丼と売り上げで比べられたため、すぐに絶版にされて欠番した。どの母は同性愛の母などこの体制下では候補になるはずもなく、丼の母とドングリの母で背くらべをやった。

での母もいまいち盛り上がらなかった。人々は○べその母にしたくてならず、しかしその言葉はいけない言葉なので使えなかった。それ故にカルトな「で」ばかりが揃うことになった。人々が理性を働かせすぎて、インテリの出番になってしまったのやった。

人気はともかく玄人筋の期待値が高かったのは、それは、なんというてもデリダの母やった。国中の哲オタが母を取り囲んだ。そしてデリダの母はいきなりこう始めた。

――柄谷は言った。デリダなどいない。

哲オタの半分は「やたー！」と絶賛した。しかし半分は「こいつもか！」と言って大反対した。結果票が割れてデリダの母はまけた。

その時、孤高、での母候補「でんでれ、りゅうば」の母は、青函トンネルの中でひとり孤高に、でんでれ、りゅうばをうたっとった。腹の底では（おおおおお）これは、俺に、来る、と。

――でんでれりゅうば、ででくるばってん、でんでれれっけん、でーてこんけんこんこられんけんこられられんけん、こーん、こん。

白いギターを抱えたフリンジ上着の母は、カメラをトンネルの中に持ち込んでブランコのセットも作り、その上に乗って得意の高音を張り上げていた。また、ブランコの綱には言うまでもないことやが沢山の香港フラワーがぐりぐりと絡めてあったということやった。


だが、さて結局での母は「伝統に囚われないけど古いものの好き」な母になった。この母が候補になっていなかったことについては「手続き上のささいな問題で選考の権限の範囲内かと存じます」と記者会見では質問よりも先に述べられていた。つまりでんでれりゅうばの母はカメラが回ってない時にメットを被って「友よ」を歌っておった。それがばれたのや。「不当降板ではありません、私たちは新機軸を求めたのです」とコメントされて。

ヤツノはもう地上に下りていた。本人の体には血色も蘇っていた。しかしその一方地上は劣化したばの母に満ち溢れ死にかけていた。


ばの母はバンドの母やった。暴力蛇おばちゃん芸者というバンドを作った。

ところがその時、――。

げの母であったゲバラの母は、いつしか言論弾圧の母に変わっていた。バンド名はぐちゅっと弾圧された。そして金髪温泉芸者という名前に変えられてしまった。

そんな中、びの母は美人の母やった。当然ブスやった。「お母さんみたいになりたくないわ」と娘に言われていた。美人の娘を見て人々は言った。

——え、あの母の子供やて、整形やろ。

その通りやった。

ぶの母はブスの母やった。ブスの母は当然美人やった。ブスの母は酔って泣きながら男前の上司に訴えていた。「母は美人です、すっごい美人です、不倫をしています、許せません」。うんうん、と上司は優しそうに頷いて言った。

——苦労したんだねえ、で、お母さん、いくつ？

次の日、ブスは泣いていた。

——母はその夜上司もヤッてしまいました。ああ、母は伝説の美人です。凄絶な美人ですうっうっうっうっ。

それを聞いた人々はもう、完全にまったく、退屈し切って言った。

——やれやれ母親の方だってたいしたことないで。どっちにしろ短足や。

べの母は別枠の母やった。議員、アナウンサー、高貴な姫、科学者、歴史研究者、ブス小説の書き手、等の容貌を造形とはうらはらに褒めたたえる母であった。名誉美人というのさえ語弊があるような癖のある顔は、次第に歪曲され美人とされていった。

ぼの母は母系制の母であった。文化人類学に基づき、国家視点から、正しいフェミニズムを制定した。その正しいフェミニズムは仮想敵にされ、それと同時に他のすべてのフェミニズムを抑圧する時に使用された。

とはいえ、――。

ぼの母を母性の母にしなかったことは長く国民の批判の対象になった。しかし取材されると母性の母はただ、「みんな、仲良くしております」とにこにこするだけだった。ぼの母は別の役割を配されていた。それは、自治母親連絡会統括主幹、そして第一チーフアドバイザーであった。役職名はともかく、給料は部長待遇やった。

ヤツノは自然と、目をしばたいた。気が付くとそこは地上だった。彼女の目の前に現実があった。それはどこを見てもどの隅にも濁りがなく、ただもうリセットだけが幅をきかせる、判りやすさによって抑圧された「程の良い」世界だった。箪笥から出た母はヤツノとともに地上におりていた。天国にいてさえ、蛙や蛇の姿をとっていた母であった。そんな母がこの劣化の地平でどんな姿をとるのかと思うと恐ろしかった。やがて天川弁財天の声が聞こえた。

――ヤツノ、ヤツノ、今は見たらあかん。もう振り返るな、しばしの別れやて、お前はそれよりかそのもっと醜い世界の方へ、お片付け地獄のような、前へ進まんか。

判りやすく、見やすい世界に向かってヤツノは歩いていった。母の本質をまだ見る事の出来ぬ自分の弱さと愚かさをしっかりと持って。背後にいた母たちが、もう消えてしまったとヤツノは思っていた。この世で一番大切なその姿を脳に胸に刻んで、彼女は大地を踏んだ。

＊作中のウルトラ怪獣は本物と何の関係もありません。――ヤツノ

ヤツノ生き返れ。がんばるんや。——母の発達

母のぴぴぷぺぽぽ

ダキナミ・ヤツノの業績？　そんなものもうとうの昔に忘れられていた。どころか、誰それ？の世界に彼女はいた。かつて母虫神話の創設者として、一部フェミニストからも相当の誤解含みで称賛されていた、ヤツノの絶頂期はとても短く、過去の記録もさして残っていない。

「あ」に始まって「ん」で終わる、五十音順に並べられたヤツノの小話集、それが、彼女の全てだった。五十もの小話はほぼ、――「○」の母は○○の母やった、という書き出しで始まっていた。その上実際にページを開ければ。

「あ」が悪魔の母、「い」が嫌の母、「う」の母が嘘の嫌いな母などという母尽くしのエピソードを並べただけの単純なものだった。どれもごく短く本も薄かった。ただ、例えば、「あ」で始まる母話の代表が「悪魔」であり、愛情でもありがとうでもないというところに持ち味があった。要は世間が、マスコミが持っている母への固定観念を否定したものなのだ。そうした期待される母親像的な選択、組み合わせはむしろぶっ壊されていて、それをヤツノは母革命などと呼んでいたのだった。逆に、あり得ない、言語道断な結びつきが推奨されていた。例えば「う」が美しい母などという事はない。そう「う」の母は嘘が嫌いな母というだけなのだ。つまり万人にとって美しいかどうか等は不明のままに。ただ。

彼女は自分の子供を丸飲みする程に嘘が嫌いだった。え？　理解不能？　そう、その通りである。だって言語道断な母ばっかりだもん。

そんな「迷惑」すぎる母があいうえおかきくけことひたすら続き、「ん」の最後まで、結局は該当する「〇」の母が何か「いけない行為をしたひどい様子だった」という報告の羅列だらけ（「ん」の母はただ踏ん張っておった）それが、彼女のすべてだった。

ヤツノの小話とは結局、一番変な母を選ぶ事であった。選考及び、その報告であった。

例えば「あ」という言葉ひとつにしても、それこそアートの母からアンドロメダの母まで候補はあるではないか。なのに出て来るのは「悪魔」。そしてそこから選出された代表語が、従来なら代表であり王道であった母達をおちょくり、無効化する小話を演ずる。その上で愛情の母やありがとうの母までも今までにない新しい運動へと走る流れとなる、すべてが新世界の「母性」を生きるのであった。

「母の発達」と題されたそれは、今もネットや大きい本屋の片隅にこの作者の名義でひっそりと売られていた。というのも、「従来の母親神話、母性への偏見にこりかたまった世界観を打破する」という表面的主題をそれは持っていたから。つまり世の中はその煽りによって、ヤツノの作品を簡便に理解出来たのだ。またそれ故に、ある時は仮想敵である嫌な女としてまたある時は仮想味方である便利な女として、かつてのヤツノは頻繁にその名を呼ばれたのだ。が、しかし。

未だに激しくジャケ買いをされる、華麗な装丁の書物に隠れている、ひとつのテーマはずっと秘められたままであった。それはこの小話集の、世界規模国家規模のインチキ言語を暴くという隠された（文章それ自体の）悲願であり、歳月を経てまだ誰も、気付かない正味だった。だってこのヤツノ本人さえもそんな目的には無自覚なままだ。ばかりか、母親解体神話集を作成し終えてまもなく、ヤツノは一旦とはいえ地上の堅苦しい母性から解放されたのだし。つまり人々の前から姿を消していた。

多くの人々から「普通に死んだ」のだと誤解されたまま、実はヤツノは、賢母から悪母（わるかあ）となった母達の住まう、理想の来世へと旅立っていた。それは母天国と呼ばれる脳内の新世界だった。そこに、ヤツノは十二年住んだ。そのヤツノが。

大切な母天国を結局偽りの楽園と認識するしかなかったのは数年前である。「天国は劣化した、もとい天国は死んだ、いやいやいやいやいや、要するに天国などありえない」、こうして、ヤツノはそこを出た。

だってそこの天国には本質がなかったから。まるで偽物とすり替えられるためにあるようなムラに過ぎなかったから。何よりもそこは地上や外国からの圧力としがらみに大変弱かった。無論の事、経済原理にも。フーコーやドゥルーズの解説する、捕獲装置に当たるものが、そこでのヤツノの改革をずるずると無にし、また大量の劣化コピーを氾濫させ、結局、何もかもをおもいっきりバックラッシュしてしまった。

さてそんなヤツノも地上に降り立ってもう大分になる、今の彼女は伊勢弁でしばしばこう呟いてみる。「なあ、みなさんほんな日本語でもしうまく原発が止まったとしても、結局は同じような失敗で地球は滅びますに」。

特権階級呼ばわりされるのに何も関与出来ぬ弱い自分……嫌気がさした。真の改革を求めたはずのヤツノは結局、自ら創設に関与した母天国を出た。自由意志で追ん出てきたのだと確信していた。しかし。

実は巧妙に追い出されただけだったのだ。捕獲装置によって。物事の本質を奪い取って、あたかもそれ自体が真の本質であるかのようにふるまうものの手で。ヤツノとは所詮、その本質を隠されお払い箱にされたオリジナルであった。

天国の階段を降り、狂った地上から生還したヤツノのいられる場所は結局、故郷だけだった。最初に降りた地上はヤツノのとんと知らぬ成田空港というだだっ広い場所だった。そこから電車を乗り継ぎ、家に続く三重県三重郡笙野町の無人駅舎に降り立った時、ベンチに置かれた持ちかえり自由の、カレンダー付き時刻表（闇金広告付）に彼女は目を留めた。留守にした期間はおよそ十二年と、それを見て理解した。

自分にまだ、し残した義務があると、ヤツノは知っていた。地上に降り立てば一層、そこを自覚出来た。というのも、ヤツノの作った母虫神話は（けして本人の責任ではなく、作者がバカだったため）ただ清音の五十音、あいうえおの範疇だけに止まっていたからだ。

故に天国を出る直前、まだ少しの希望がある、とヤツノは思っていた。母殺しの後のヤツノは打たれ強い人間となってもいたのだから。

昔、作者が気が付かず作り残した濁音の母を今から創ろうがぎぐげご、それでやったれざじずぜぞ、それでもだめならぱぴぷぺぽ。半濁音が世界を変えるのだ、と思ったりして。

ところが、ヤツノが地上に降りるのと前後してその濁音が、地上の母制定委員会により身勝手に決定されたのだ。彼女はそれを再会した母（の幻）から教えられた、のだ。なんつか降りる直前にそれが判った、のだ。悪虐非道としか言いようがなかった。でもせめてやり直しを、上告を、とヤツノは思った。

だが、そう、やはり**甘い！　甘かった。**眠り姫の白魔女が意地悪な魔女に対抗して残しておいた願掛けの言葉だと？　そんなうまい話？　ないっ！　ヤツノは私財を投げうって街宣車を買いポスターを貼り、制定委員会の無効を訴えて全部、無視された。残った武器を理想化し過ぎていたと思い知った。ああ、ああ！「姫はくたばりませぬぞ、ただ百年おへたばりになるだけで」、やれやれそんなレベルの呪い返しでは捕獲からの奪還など無理な話だった。が、それでも希望を失わず、ヤツノは委員会の不正や世のシステムをすべて記録し、この作者に渡し「にごりのてんまつ」という題名で発表させて、告発に変えた。けして絶望の許されぬ世の中だと、ヤツノはその頃にはもう覚悟していたから。

そもそも既に世には、ことに最近では、この日本にまでも半減期二万年超の「あれ」がのさばっていた。そして世界規模の経済作り込みの前で、テレビの画像まで修整されていた。さらに他国のジャーナリストが仰天する程の「感じ良さ」で、「うちは中立の意見だけを載せるのだ」と自称する大メディアが勝手放題をし、報道を殺していた。彼らは着々と「何の問題も起こさず」に「多様性のある表現を目指し」、「個人や私企業をけして誹謗中傷しない公共性」を維持し続けたのだ。人々は何も知らされず「安心」し続けていた。なおかつ、金とスピードと効率だけの世の中になってしまっていた。

かつてヤツノが半世紀近くを過ごした、変わりなき地方都市も、携帯と地デジに覆い尽くされた。でもその中で小さいものたちは変わる事なく、そこになぐさめがあった。

……ヤツノの家は既に築四十年を超えていたが帰ってみると、しっかりそこにあった。門の鉄柱のペンキは剝げていても、倒れてはいなかった。またかつてそこに属していた町内会の方々は今も健在で、一年に何度かその建物に風を通してくれていたのだった。

その当日ヤツノはすぐ車のキーを受け取って植木職人を呼び、水道代をも、精算した。古家の水回りは無論、全て修理しなければ使えなかったが、内部のあちこちに黴が出ていても部屋は充分に住めた。苔庭の一部を潰して作った屋根付き車庫に車も残っていた。とはいえ苔や庭木の方はいくら親切な三重県人でも手が回らない。ただ、殺した母の遺産で買ったベンツＳＥＬ３００は、優しい御近所様の手によって維持され、時に喜んで、運転されていた。「ええ車ですな、まだ乗れますに」。さらに。

「ほれ、おたくの猫さんですやろ、まあ急に旅立ちなさって、どんなにお辛かったことですやろーに、ご心配なさった事ですなあ、おおおお、この猫ちゃんもおかあさーん、おかあさーんて、にゃあにゃあにゃあにゃあと、お庭の物置で鳴いていましたですんな」という、けして厭味でもなんでもない、ただ溢れたぎり立つ善意の言葉があって。

ヤツノには一切見覚えのない猫（推定十八歳超）が分厚いペットシーツを敷いた年代物ペットキャリーに保護され、届けられた。彼女は老猫にありがちな魅力的な絶叫鳴きと、腎臓が無事と判る幸運な濃い色の尿漏れをし続けながら、たちまち、ヤツノをひっかいた。すると神話制作者はその猫にいきなり、「完璧なトン子ちゃん」という美称を奉り、最期を看取った（というかあっという間だった）。それが三重県人として復帰したヤツノの、取るべき方向性というものであった。

そして五年。その間ヤツノには遠い土地で国の半分を失う程の巨大な災害があった。災害を舐めて経済至上主義に仕えていた原因企業による、国家規模の汚染が関東全域の心と平安を暗く変えていった。とどめそこに付け込んで国全体を世界市場に売り渡そうとする機会主義がはびこった。つまり、そこからまだ二年も経っていない。政府はもうのほほんとしていたが、人心はさして汚染の及ばぬ土地でも、微妙に荒れていた。

確か数日前も日課の苔庭いじりを素手で始めてふと、ヤツノは「この苔は大丈夫でしたやろか（三重県なのに、ふん──千葉の作者注）」と、無意識に呟いてしまっていた。「あああ、どうやったかいなあ、この苔」と。「なんやら苔が危ないやらご近所のみなさんが、言うてはおられんかったか」と。まあ三重県の苔に、セシウムはほぼ、ないはずだ（と思うけど……）。天国から帰って四年目の三月。

まき散らされた毒物が苔に溜まると週刊誌が書かなくなった（でも毒はまだある）頃、責任をとって辞めたはずのその（やたら広告がでかかった）原因企業の社長は既に別のエネルギー会社の社長になっていた。

ニュースは次々来てどこに行くのだろう、本当かどうか確かめようとするともう消えている、とヤツノは思った。

石油が四十年で尽きると言っていた人々はいつしか、まだあると言うようになっているのだった。そして温暖化で水が溢れると言っていた新聞が、太陽の黒点の動きによりそれがましになると今頃言っている。平然と言っている。一方文芸誌がなくなると言っていたロリタコは今では善良な神戸市民を煽っているらしい。そしてこんな時代でも文芸誌はまだあるよ、まあ作者はあちこちもう担当もいないけどね。

「小学生中学生にもすぐ判る面白いものならばいくらでもお書きいただいてようございますよ」といういそいそした愛嬌たっぷりの電話で、シリーズ中止の本当の理由を通告されたりもしてるけどね、でもまあ（そんなの録音しちゃったし、だって「この同性間セクハラに遭い」という語をお取り下さいませ、とか「相談」されちゃったせいで）純文学は続くから。そして苔庭もまた申し訳ないけどヤツノの家のは続く。

「そうそう、おかあさんの大切な苔庭やったなあ、ほやけど、おかあさんゆうたら、この苔庭になんでまた椿を植えたのやろ、ああぽたぽたと花の落ちるたびに手入れがえらいことや、斑入りの白、藪椿、乙女椿」。ヤツノの目に、上向きに落ちた花は暫し苔の上から咲きだしたもののように見えた。

　結局ヤツノの関心はいつも小さい可愛いものに向けられていたのだ。そして母とも本当は仲良くしたかったのだ。だから、縮めたのだ。いつしかヤツノは、庭が母そのものであるかのように感じながら、つい声に出していた。「ふん！　ほんま、オカブンカブシコ（えこひいきされていたヤツノの従妹、ヤツノのライバル）さえ生まれて来なんだらなあ」。

　今も昔も彼女は世間をさして知っていない。ヤツノが信じているのは自分のした事だけだ。しかもそれは殺した母に導かれて達成したものに過ぎなかった。そもそもしでかした事の意味なんか考えない人だ。態度だけ言えば、藤枝静男氏が褒めた古代中国の陶工のようにひたすら土をこねるだけで、無我の母虫を産んだ大物だ。つまり作者のようにつべこべ小理屈を言ったりしないタイプなのだ。

今もヤツノは、自分を産んだ母を通してしか世界を見てなかった。小さくつつましく暮らしていた。

あくまでも古風なヤツノの生活、固定電話はずっと健在だ。携帯も不要。流行り物と言えば、ＤＶＤプレーヤーがひとつ、そして、親切な三重県人がくれたマッキントッシュの古い、古いパソコン。「うちはもうええでな、あんたが使うたってな、遠慮せんといてえな、うちはもう使うたから」と。その贈り物を活用し検索と買い物だけをヤツノは覚えた。地上にずっといたかのように暮らすために。

だけどそんな欲のないヤツノさえふと自分の項目のあるウィキを見付けてしまうのだ。その間違いを時々チェックしながらも結局ヤツノは、放置していた。それにしても間違いの多いことではあったが。

ダキナミ・ヤツノ、１９４７年生、三重郡ジラト女子高卒（共学のプカイチ高校です―作者注）、オワコン的神話制作者で母性神話の草分け（ここは逆、母性神話解体を目指したのがヤツノである、オワコンはまあ主観の問題であろう―作者注）。出身は尾張ダキナミ党（という言い方はおかしく本当は愛知ダキナミ氏と書くべきだ―作者注）、関ヶ原の成り上がり野武士の末裔である（ルーツは千葉、三浦源氏―作者注）。遠縁に六〇年代に活躍した映画監督ダキナミ・ンパや大昔のウーマンリブで、ノーメイク総白髪、ガイコツのような女政治家のダキナミ・プサチェがいる（未確認のネット情報に過ぎない──作者注）。生まれてから四十八年間を三重県三重郡の自宅から出ず、高校卒業後は家事手伝いとして母と同居する。ジラト高校には電車で通学していた。十代は母との葛藤からその姿が時には数センチになったり粉状になったりするという幻覚に苦しみ、体験を「母の縮小」という短篇小説に綴る。これは同人誌三重郡芸文が掲載拒否したもので原因はヤツノが狂人だからである（本当は海燕四月号掲載、原稿料はヤツノでなく作者がいただきました、ありがとうヤツノ──作者注）。母虫神話の原型となった。その後引きこもりのまま、よく知らないのだがヤツノは四十八歳にもなって身勝手な理由で実母を殺害。とはいえ警察は来ず、要するにいわゆるフロイトの言う母殺しである（そのまとめは乱暴過ぎるね──作者注）。それ故殺した母は死なず、体から無数の母虫を産出した（ヤツノは実際に殺していて、母はヨミガエリである、但しそこに気付いたのは最近である──作者注）。その母虫と死んでもまだへらず口をたたく母の指導により、彼女は母虫神話を創出。子供なき母の祖として、一部のひがんだ女性達（いえいえ別にひがんではおりません、ただウィキは荒れるもの間違うもの、読者の皆様申し訳ございません──作者注）からの不当な称賛を浴びる（はは、悔しかったら浴びてみろよ不当でもなんでもその称賛をさ──作者注）。

この母虫とは抑圧的な良妻賢母であった母が殺されて生まれ変わり、悪母《あくぼ》（嘘です当然、わるかあ、とルビ）となったものを記号化し、一応、あいうえおに分けて表現したものである。つまり複雑過ぎ多すぎる日本語全体の、人間的内容を素描するために、母という語を選び五十音というアイテムを使った表現である（おい他人のブログ勝手に引用して貼りつけるのやめろよ―作者コメント）。従来の日本語の、ことに母という語に纏わる誤解や偏見を解体しながら、自然体の母縛られぬ母という、脱構築的日本語を集合させた。これが母性神話である（だから違うってば―作者注）。

こうした脱構築化によりヤツノは日本語全体の蘇りを志したと解釈され一時、不当に高く評価されていた。つまり母という語が全ての語に影響を及ぼす事に着目し、多くの思考の要である事をも想定して開発されたヤツノの神話なのだが、当時から既にネットでは「理解出来ない」、「不毛」、「売れない」、「こんなことしてもどうせ母には勝てない」、「実にブスのしそうな行為」等の批判が多かった。しかしこれらの批判はとても良い事を言っているにもかかわらず、「現実の母自体が搾取されたり抑圧されたりしているという視点を欠いている」と乱暴者で下品なヤツノから噛みつかれ、また「そのような感情的批判自体が従来の押し付け的母賛美や母のパターン化を一層硬直化させて、母という語の不正確さうさん臭さを隠蔽し、ただ現状を受け入れるだけのもの」とひがんだ女性から（すみません、ウィキ編集の中にひとり変な人がいるものですから―作者注）身勝手に反批判、一蹴された。要するにヤツノが凶暴で怖いので誰も反論出来なかったのだ。

１９９２年（１９９５年―作者注）、ヤツノは五十音神話の功績により、自らが作った母天国に卑怯にもその王として昇天。２００５年（２００７年です―作者注）、よく知らないのだが身勝手な理由でふいに地上に戻る。また地上に戻るや否や本来の性格の悪さを発揮したらしく、よく知らないが地上に濁音の母制定委員会が発足した時もまたおかしな理由でたけり狂い噛みついて吠えた。それは濁音中の「ゲ」の母に嫉妬していたからだ。当時から「ゲ」の母は舌が長く同性を苛める時だけ口から火を噴くが、しかし本当は実に気性のさっぱりした高学歴の美人であった。当然ヤツノのような三流の人間には陰で足を引っ張る事しか出来なかった。またこの委員会は私の畏友の気の優しい宇与さんがやっているのだから卑怯なヤツノが嫌がらせに来るのも当然である。その後はぱぴぷぺぽに嫌がらせを始めるというので、みんな泣いている。しかし怖いので誰も反論出来ない（だってさ……作者注）。

このウィキの他にも天国から降りたばかりの頃はよく「ヤツノのばかぶたでーべそっ」とか「ばばあ金よこせパンツみせろ」等の凡庸な悪口がネットには書かれていた。

だが今では、このページ自体が忘れ去られ、本人ももうあまり見なくなっていた。ネットからさえ彼女は消えていた。

そんなヤツノの今の楽しみはあるドラマを見る事とお菓子だった。天気の良い日さえ。「ほうや、ほうや、ほうといえば天気もええし、敷石の間《あいさ》に落ちた松葉もきれいにせなあかんのやさ」と言いながらもヤツノの頭の中ではドラマの音楽がもう鳴っていた。

でも実はそんな彼女の連続ドラマ歴はあまりに貧しい。かつてはまったのは二十代の時、一度だけだ。それもごく普通のラブロマンス物、なおかつ、「はあ、お気に入りの男優て誰ですかん？　ほれはまた、あんたさん、どうせ目がきつうて色黒顔にドーラン塗ってるような人やろうかねえ」とたまたま家に来た例の従妹、オカブンカブシコ（親が見てないと下品に偉そうにするやつ）にずけずけと言われ、見るのを止めている。あの時ヤツノは赤面し鳥肌し戦慄した。以後一切、テレビ自体から遠ざかっていた。

ところがそれから四十年後のある日、庭掃除のために天気予報を見ようとしていたヤツノのますますおぼつかなくなる手元が狂い、普段見ないチャンネルを回してしまった時、それは始まった。

場所はむろん、いつもの、慣れた茶の間だった。殺した母の寝室であった部屋だ。「あっ、これは」ととっさにお天気チャンネルに戻したボタンをヤツノはまた押しなおそうとして、それが何番か判らずもたもたした。ところがその短い間にヤツノは、「あっそんな、まさか」と言ったりまた「夢や、寝ぼけたのや」ともめまぐるしく思ったりしたのである。だって一瞬見た画面にありえないものが映っていたから。「あれはなんやったのやろか」。

番組の最初に時代劇の盛装をした主要スターが全員登場してポーズを取る形式が取ってあった、その部分だけを見てヤツノは驚いたのだった。

「ああ、どなたさんですやろか、あの美しい方は、なんちゅう懐かしもとい、なんちゅう斬新な、それにしても二十代の岩下志麻先生ですんやろか、だけれども首の傾げ方がおしとやかでそこは松山容子先生そっくりに見えたのやが」。自分は理想を、夢を見ただけではないかとヤツノは思った。昔見たかった、あこがれの懐かしい、夢の番組、でもこの茶の間で、それはなんという皮肉な事だっただろう。

テレビは地デジ化の中、買い換えたけれど、ヤツノの見たいものは昔のスターだった。つまりドラマを見る事はというより、何かを楽しむ事は娘時代のヤツノには禁じられていたから。「欲望」はそこで止まっていた。普通、作者より少し年上で封建的な躾をうけた阪神間の子女は男性スターのファンになる事を禁じられても、宝塚等は許されていた。しかしあの、ヤツノの母ダキナミ律子である、ヤツノは宝塚を見ても冷やかされたし、見てもいないキスシーンで涎を垂らしていたと非難された。王子の恰好で歌うスターを見ていても、母はその王子が「小便するように女を襲うのや」とヤツノの後を付きまとい、冷やかし、父親のいる前でも追及するのだった。そもそもクラシックを聴くのさえレコードを買うのさえ労音に入るのさえ禁止の家だった。ＮＨＫのラジオならば「聞かせてください」とお願いし家族と共に聞ける、しかしその「予約」はいつも父親が勝手に野球チャンネルに切り換えるため、反故にされた。

家族と比べて、また親戚と比べて自分が「芸能」を好きである事をヤツノは恥じて育ち、男性の姿も次第に怖くなった。だからいざ自由になりテレビを見られるようになっても現代劇は不気味だし、また日本の時代劇は必殺シーンやエロが多くて怖く、というかテンポが現代的過ぎてついていけなかった。ところが。

「えええええ、ぱっと耳に音楽が入りましたら、別に歌う狸御殿やありませんの、龍宮のような姿をして、昔の銀幕の華やかな女優さんが、また琴姫さんのように優しい首の傾げ方で、だけれども岩下志麻さんに感じはにているのや」、え、でもこの方のお名前は、おそらく宝塚出身なのではないか、でもチョン・インファさんて、あ、星由里子さんと思たら、イ・ボヒさんて？

ヤツノは自分と正反対の華やかな女性が怖くない出方で出ているところを見たのは久しぶりであった。それは韓国の大奥物なのだが、つまり女性の出演者が活躍する場面が多くてそこがヤツノには楽なのであった。とはいえ、実際に見てみるとこの古風な岩下志麻チョン・インファ氏は実は、朝鮮王朝史上最悪の王后を演じていたのだった。「わるかあではありません、ただのわるきさきでした、だけれどもなんや納得してみていられたわな」。

「絵空事て判ってても出ている人の顔が全部知っている人なんです。なんでか、しらんけど、言うてはることも知ってる事のようで」

とはいえ主人公はいわゆる傾国の妖婦なのでヤツノには感情移入が出来ぬのだが、そのはなつ言葉（ヤツノには無論意味の判らない韓国語）の音楽性や、狂気の演技の時の白眼が癖になって、また韓国の文化が全て珍しくて、見つづけたのだ。


要するにヤツノが今夢中になっているドラマは韓国で大ヒットした娯楽大作で、作中、女主人公が危機に陥るたび初恋の彼が助けにやってくる（それも回転宙返りで高すぎる塀を飛び越えた挙げ句十人以上の敵を一本の刀で切り殺すパターン）という展開まであるものだ。しかもそんな「奇跡」がなんども繰り返されそれなしにストーリーは進行しない。ただドラマの脚色がどこまでなのかは知らないがこの原作は朴鍾和、パク・ジョンファ氏（読みはドラマ字幕より）、韓国の浪漫主義的文学者で成均館大学の教授だった抗日作家の作品である。ということは作者のような日本人が何か言及する事も無神経かもしれないのだが（というか過去に申し訳ないと思いつつこのドラマの視聴者として言うと）作者はヤツノとは違い、これを見て権力、政治の描き方に引かれるのだった。登場人物が「権力は」とか「政治は」というたびに「そう、そう」とついついこっちもドラマ相手の相槌おばちゃんと化してしまうのである。

韓国で当時の政治がそうだったのか、あるいは番組自体が現代韓国への批判を込めているせいなのか、またこちらが韓国文化をまさに知らないせいかもしれないけれど日本の大奥物やおしんを見続けられない私もこれなら、見る事が出来るのである。例えば当時の政争が必ず大義名分を求めるところ（なるほど、裏は相当に利権絡みでも）や、王権が官僚に支えられていて、常に臣下の請願や土下座で政治が進行するところ、それがまた賄賂や情報操作、情実に左右されつつも、いつもそこに記録や批評を伴うところ等に引かれてしまう。ともかく王の言動が全部記録されるのも、まるで後世の評価を待つためにだけ王がいるようで面白いのだ。それは文学論争を想起させる時代劇である。例えばキム・アルロという重臣的儒者が、お后問題を悪く纏めるために言いはじめた両是論などまったくニュー評論家の開祖に見えてしまう。さらに政争が会社の人事を思わせるところもある。「人が政治をするのではない政治が人にさせるのだ」、「殿下は優しいが権力だ」という意味の事を「実直」と評判の王后が言い、その鋭い王后が実は政治的に一番腹黒く、なおかつ、彼女の本音はドラマ中でもなかなか明かされない。王も官僚もいつも後世の評判を気にする割にぐだぐだし、その一方庶子であるため身分差別を受け、科挙も受けられない人々こそ「いいことを言う」。この原作者は両班《ヤンバン》の子孫と思うのだが。「命があればいいさ嘘の自白をしてやる」、と考え、二股をかける弱小外戚が開きなおる。「さあ自覚して権力の奴隷になるぞ」と決心した若き両班は最初改革派にいたはず、それも宮廷にゲバルト乱入し投獄されていたはずの人物（儒生）である。そんな中権力者達の興亡を占いで当ててしまうパンおじさんは「今日満腹で安心ならばそれでいい」と腹をくくり、また、「殿下からの御賜酒なんて妓生と飲んじゃえばいいんだよ」という意味の事をカパチサンセンという、身分差別を受ける知の巨人が言う。史実ではないと思うがその彼と真に仲良くする天才儒者趙光祖こそ投獄され逮捕され拷問され服毒死させられる。さらさらとした哲オタ顔の彼は

（美男ではなく哲オタのある友に顔がそっくりだ）投獄されると素直に泣くのだが市中引回しの際に旅芸人出身の自分のボディガード（例の主人公の彼氏）に見送られ笑顔を見せる。尋問のさなか、反論して官僚を言い負かしたこの儒者の発言を、権力の記録は二行墨塗りする、それはかつて日本がした事への怒りを込めているものなのかもしれないから申し訳ないのだが、作者はドラマを見ていていきなり、あーっ、と叫んだ。

それは善と悪の対立ではなく悪人が動かしてゆく世界だった。出て来るひとびとの本音は小さい悪ならば肉声または内心の声（ドラマ内にしても幻想的な手法だが、この内心の声同士による会話も行われる）で判るが巨悪はいそいそと正直ぶり、大義名分を生きている。そして本当の大義名分と贋の大義名分はどれも結局一緒くたに罰せられてただ記録だけが残る。無論それも改竄された記録かもしれない（まあヤツノも相当このあたりに関心あったりするが作者はこればっか）。

要するに半世紀ぶりのドラマをうっとり見ながらついつい食べてしまう「京の吹き寄せ」等焼き菓子のせいで、家から出られぬほどヤツノは太ってしまった。無論巨大化の原因はそれだけではなかったが。

創出した母虫達がいつしか戻ってきてヤツノの体の中に巣くうようになっていたのだった。一四二匹と天国から抜けて、ヤツノを追ってきた。そこでヤツノは体を膨らませて、それを受け入れたのだ。

だって天国にはもう虫達を養う予算はなく、大義名分もないのである。母の名において彼らはむしろ追放され、野良となっていた。つまり行く場所といったらヤツノのところだけ、ヤツノはそれを、当然、歓迎した。結局元のままの世界に、「仲間」を受け入れた。
母虫達は本来なら、ヤツノが殺したその母親、ダキナミ律子の体に戻りたかったのだ。でもそれは既に溶けて骨は埋葬されてしまっていた。また、ヤツノも地上に降りて程なくその母の肉体上の死を理解したのだった。ヨミガエリの後の老衰であった。ヤツノは、おとなになっていた。

実を言うと母天国を出る時ヤツノは一度だけ母の声を聞いて「天国のおかあさん」の姿も見ていた。だがそれが自分の脳内の「真実」でしかないと、もう、知っていた。ただそれでも心の世界の、記憶の母は纏まりを欠くが故に真に迫っていた。つまり、もう母はいなかった。娘に殺されても生き返ってくれて使命を果たし、愛を注いで、自然死した。一方地上にいるヤツノは気が付けば産まない母であった、母の形見の母虫を育てていく永遠の娘なのだ。

五十音の母達は体長数センチ、服は昔着せたニノ・セルッティ風のカラフルなレギンスを大事に着て、ブラスも元のまま練習して持っていた。「八〇年代も洋服だけは保ちがよろしいなあ、楽器も長くよう役に立って」とヤツノはしみじみ言った。

母虫達はけして怠けることがなかった。努力の意志以上に、それは例えば米櫃の中のシデムシ達が人の気配や物音を察して隠れ、また現れるのと同じだった。それは言葉の、単語の自動運動のような本能、というより機械的奔流であった。

現実世界の米櫃の中で暮らし、隠れて食らいつづけ生きて死ぬ虫達、それが穀物の匂いや熱に反応するように。母虫達は。

世相に気圧に毎秒反応し疲れなかった。時代はヤツノが母を殺した四十八歳から、もう十七年経っていた。ならば七十歳にはまだ何年かあり、でもヤツノの老化は人より早いのだ。これも人より早く来た白内障の狭い視界の中、目よりもさらに早く、ヤツノの記憶力は退行していった。

玄関のドアからやっと突き出せるだけのヤツノの巨大化した手はぷっくりと膨れ、人間の手というより半透明の象の胴体に見えた。

その手同様に室内で膨れ上がりもう滅多に外に出ぬ体の中で、世間から忘れ去られたまま、かつてヤツノが創出した神話の世界はそっくりと生き延びて動き回っていた。そう、本日もまた。

劣化しないための発声練習で母虫の朝は始まる。一日も休まず同じ衣装に身を包んで、長年のレッスンでマスゲームの領域を越え、一体の生物と化している母虫達。トランペットやサキソホンはその手の上で舞い、音色は肉声に似てタップは飛翔となった。彼女らの全身で叫ぶ声はひとつに編まれながらも、自由であった。そんな「あ」の母、「い」の母、「う」の母達が今日も。

基礎練習にもけして手を抜かずに。

「あ、あ、あ、あくまー、の母、あめんぼあかいな、あいうえおーっ。愛情ありまきわるかあになれ」

「い、い、い、い、いやー、の母、いやといえたらいやみもいおう。いやいやいやいやTPP」

「う、う、う、う、嘘のきらいな母になれ、広告嘘嘘、数字嘘、テレビ嘘嘘、ことわざも嘘、ネット嘘なら調べてみやがれ」

　こうして、既に忘れ去られた小話作者の半ば透明化した巨体を、舞台に、巣に、故郷にして、五十音の母達による舞と祈りとは結局日夜繰り返されていた。10LDKの家一杯を占拠したヤツノの体の中で。

　性交しないで母になったヤツノは今もまだ子供を育て続けていた。そしておとなになった自分の母性故に、昨年までは産んでやらなかった子供をも偲んでいた。それは濁音の子供ばかりではなく、無論、ぱぴぷぺぽの子供であった。

　ちなみにヤツノがぱの子達を産まなかった理由は割りと単純だった。それは外来語が多すぎて横文字の苦手な作者の身にしんどかったからだ。が、なんと、現在この事実を思う度にヤツノは心臓に痛みを覚えるようになってしまった。

　今はもう実年齢よりもはるかにユルんでしまったヤツノの頭にさえ、必ずこの上ない不吉な予感が走る痛恨事である。たとえここが三重県でも、小話が日本語限定でも、それでも。

　――ああ、生まれる、わしの子でない子がわしの名を借りて、人類の嫡子として人類を破滅させる、毒より悪い虫が。おおおおおぱ、ぴぷぺぽよ。ことに呪われたぷの鬼子めが。

　ヤツノはそう呟いて涙を流すけど、どうしようもない。何かしても殺されるか無視されるかどっちかだと信じているので。結局いつのまにか、悲しみのあまり、ぼーっとしてしまう、するといつしか体が勝手に動き、気が付くと匂いのいい三重県嬉野産、伊勢茶を茶漉しできゅっと絞って飲んでいるのである。植物の甘味をふくよかに展開して、舌に翡翠色の香りがしみ入る。だって、ヤツノが少しでも幸福でいる事は復讐ではないか？　そしてささやかな贅沢や楽しみこそこんな嫌な世の中への厄払いではないか？　というか単純に欲望があるから、ヤツノは生きていて、許せない贋の子供に怒る力を持てるのだと作者は思う。日常を生きる忘れられた彼女、もうドラマの中にしか居場所はないし、それに何か記憶はいつも混濁しているし。

ヤツノの中にかつてあったいろんな境界線はいつしか少しずつ失われて行ったようである……というか最近など、ドラマと自分の記憶が混じってしまうのだ。例えば、――ああ、そうそうさっき、気の毒なまだ小さい王子さんが東宮を下りたいと言うて叱られはおんおんと泣いていござった兜虫みたような大きい帽子《ぼうし》をば被り、オレンジで赤のお服に金の刺繡のお子。でも、いつ見たのやったか、どこで、あれはもしかしたらわたいの子供やろうか、いや、けして、違う。

――ほうや、わしが産んだ子供は全部女の子やった、それも生まれながらにして、既に母やった。生まれたままの体で既に産んでござった、生まれ出る事により、自分の周りに世界を産んでそれを、統括してござった。今までのお固い世界を、きゅっとひっぱったり揺らしたり出来る賢い、女の子やった。

ああああ、だけれども、今世紀という今世紀、今度という今度という今度生まれてはならん、産む前に消すしかない、ああ、ぱぴぷぺぽをとうとう、政府はやってのける。

心臓の痛みでむしろ許して貰えるように感じたヤツノはかつて自分が作った、「話」をつい取り出した。過去はヤツノの幸福であり母の遺産であるが時に悲しみであった。ああああ、あいうえおの「い」、よ。嫌の母をどうして私はあの時あのように作ったのやろうか、悲しい、悲しい、でも読まずにいられない。

今も家に、母の小話は原稿で置いてある。手に取ればヤツノの体の中で母虫もざわめいて反応する。泣きながらヤツノは懺悔のように旧作をひとり、朗読した。

「い」のおかあさんは、いや、のおかあさんやった。なんでも嫌がった。生きるのも死ぬのも嫌で子供産むのも産まんのも嫌やった。イカもイカスミも嫌や、と言うた。イノシシもいかんで、好きなのはプロテインとかプルメリアとかプレーンソーダやった。それでみんなも嫌気さしてしもうて、ある日とうとう見兼ねて言うてしもうた。

――あんたもういっそ「プ」のおかあさんになったらどう。

「い」のお母さんはこう答えた。

――いいやわたいはただみんなが嫌がるのが面白いの。

そう一番の問題は「ぷ」なのである。ヤツノはテキストをぱたりと取り落とす。そして、あの時、あの時、おお、いけまへんアニデ、アニデ、いけまへんアニデ（禁止を意味する韓国語）、と号泣する。おおお、あの時わたいがもし「い」の母を説得して「プ」の母を兼任するように道を固めておけば、おおおおおあの時ただ「プ」が「嫌」を兼任していさえすれば、良かったのや、と。つまり政府がもしも「プ」の母を今からあれにしてこの世も未来も全部作り込んでしもうたとしても、もし前任がふんばれば。その「嫌」の母を手続きして下ろすだけでも国は手間取るのや、と（無理だってば）、その間だけでも、せめて「あれ」は、「核」は防げたのや、と（甘い）。オッチ、なぜに、オッチ（疑問を意味する韓国語）、ああ、イボゲ、イボゲー（これ、待ちやれ）、ヤツノの口から出るのはドラマの外国語になっていた。だって、なんかもう、ヤツノは日本語怖いから（これこれ、作者注）、そしてもしも「プ」を選出する、国民投票をやれば、でかい広告が国を覆い尽くし、無意識の脅しと、経済原理がただ横行するのみと、少々頭のゆるんでしまったヤツノにだって判るのである。ほれに、国民の半分はまだ安全な土地におる。だからテレビのニュースを見て、……「ああ白黒を決めるのですかいな」、「もめんようにせんと、もううるさいですし」、「ほれにしても反対反対て、なんていうしつこいひとらですやろ」、「ああいうことはあまりいうもんやない、なにしろだれやらさんが気をわるうにしますやんか」て、そもそも何も知らされぬいつものパターンや。

……ヤツノのぼやけてしまった記憶の中、少し物の言いにくそうな分厚い口もとをして、六歳の王子様が四書五経を読んでいる。この王子は外戚の伯母上が持ってきてくれた餅をワイロはいらない、と突き返して涙ぐむ。叩かれて泣く時だって帝王学で泣く。その哀れさにヤツノはまた涙を流す。

——ああ、生まれる、とちごうて、そうそう始まる、のや。

ヤツノはすぐに地デジのテレビをつけた。たちまち悲しみは隠れたがそれでも完全な逃避は出来なかった。そもそも一体この地デジというのはなんでこうなった、未だによう判らんと毎日ヤツノは思っているのである。ああああ、こんなもんいろいろ、買わされてあの時国民投票やらしましたかいなあ？　リモコンなどという面倒なものをヤツノは使わない。それを探すのも大変だから。でも、さあ、逃げよう「夢」の世界やわ、すると黒に白い文字がまず画面に浮かぶ。それは「番組中に光の点滅する場面がありますが（お知らせ引用）」という「御注意」である。さて、そこでたちまち眼球を脅かす稲光、流れる空。朝廷の御門を掠めて、天の怒りを現す雷鳴が轟き、金色の目に痛い文字も描かれる、「女、人、天、下」。

始まればそこは、緊迫と静謐にみちた宮廷の夜だ。闇と松明と疾走する馬。既にドラムは真夜中のマーチを鳴らし、惨劇を予感させる短調のブラスが、歴史の強制的冒瀆的進行を示唆して鳴る。それは今や、賄賂と拷問と言論統制に彩られた、「優しすぎる」権力者李氏朝鮮王朝第十四代王中宗の御世を怒り、この世の無常と権力の非道を、訴えるのだ（ああ、だけれども、電波が多過ぎるから地デジをするやて、なんで節電波をしませんのやろ）。

その政権は流血と殺害と侮辱に満ち満ちた暴君燕山君の、判りやすく悪い世の中（そりゃ屍を暴いて首をはねるわ、側室は本当に傾国の美女であるわ、また燕山君自ら実の祖母に暴力をふるい死に至らしめるわ）を正すための君主交代革命によってこの世に生まれた、本来なら望ましいはずの若き政権の物語であった。しかし、それはけして明るく穏やかな時代の到来ではなかったのだ。

というのも燕山君という、判りやすい悪が倒れた後は、結局両班派閥の力関係の均衡の上になりたった、傀儡としての弱い王が立つしかなかったから。臣下の手によって「選出」された王は「連立政権」の弱さを剝き出しにしたまま、また、兄から政権を奪うという儒教的には問題視される後ろめたさを抱えて震えていた。

そんな中、改革に期待した思想オタ儒者はこの新王に理想を述べたりすわり込みをしたり、する毎にいちいち裏切られていった。またワイロ、オカルトを取り締まったりする真面目な態度こそ、罠に嵌り弾劾され処刑される原因であった。暴君の後の世を穏やかにしたい、でもそれはただのことなかれ主義を生んだ。同時にまたそのような立派な諫官を弾劾する大臣共の武力と金力の優勢が大前提にあった。またそんな「臣下」にこの中宗は「ふーっと言って横をむく」、か「情に負ける」のがほとんどなのである。しかもブチ切れてついに改革をしようとするとこの王動揺して次々と失敗しさらに、臣に、妃にも騙されるのだ。

暴君の世はまた別の意味でどうしようもない世を描いたこのドラマをヤツノは「母として」ついつい見ないではいられないのだった。というのも、こんな「現代的な」、「まるで世間の会社みたいな」王の国であっても、ひとつ、日本と違う点があるからであった。つまりヤツノもまた別種の救いを見ているのだった。文字というものにまだ希望を抱いていて、消されてはならじと、ヤツノは叫ぶのだ。

――みなさん、この時代この国の文化は記録されていますのや、ドラマの王さんのなさることは毎日、閻魔さんのような記録係に記録されていますんな（まあしばしば言論統制で削除されるのだがそれでも）。

この国の王は百年後の評判を気にするのだ。

そんな中でドラマの字幕の中にあった、この言葉がヤツノの目に焼き付いた。意味を求めないヤツノにしては珍しいことであった。

――生き残ったものは恥ずべきものとして記録されるでしょう。（字幕引用）

ああ！　ああ！　こうして世は、こうして天下は、こうして諫めるものは消され、正しいものは追われる、ああ！　ああ！　権力は？　政治は？　民衆は？　歴史は？　言論は？　思想は？

　また、それと同時にヤツノの救いになって、六歳の王子の笑顔より魅せられたものは、この宮廷劇に流れる、さきはう、ぱぴぷぺぽだった。時には、連ねた珠のように、または錦に織り込まれた銀糸のように、きらめき飛び散って流れるぱぴぷぺぽ。

　時にホームドラマと化してしまう日本の歴史ドラマから見ると、近過去の政治がそのまま反映されたように思えるこんな作中で、その怒りに満ちたナレーションや、また女性がブチ切れて始まる嵐の長台詞がヤツノを夢中にさせた。でも、音しか聞いてないのだ。それでもヤツノは、もう日本語怖いから（これこれ―作者注）。

　同じ韓国語のドラマ、ＣＭ、時代劇には反応しないのに。ヤツノ的にはその見知らぬ聞き知らぬ母音の中に何らかの救いがあるらしいのである。彼女なりの日本語への危機感の中、そこに縋ってみているらしいのである。そしてヒチョル先生の『一時間でハングルが読めるようになる本』という本を手にとっている。

　すると、日本語と違い、母音は基本となる六音がある、とヤツノは気付かされる。ウが二種類、その他にヤ、ユ、ヨも母音扱いとなる、複雑な発音、そればかりか子音を重ねて表記する激音、喉の奥で息を籠もらせるような濃音の力。

「わたいは、子供を産みすぎたのや、もう疲れて疲れて、それでもまだ産んだ子供は一人前にならへん。出ていくと死ぬしかない場所のない子ぢゃ。五十音そっくり産んで居場所まで拵えてあげても結局わやになって、またこの母のところに帰ってくるこのわるかあの胸に。国はやった事を無駄にしてきますし、あった事はなかった事にしてしまいますに。時間かけて綺麗にした庭や畑に、二万年残る毒を一瞬でぶちまけます、ああ、ああ」

そうそう、あかん、だめや、あにで、絶望してはいかん、あにで、いけまへん、あにで、……だけど天国も地上も。

天変地異のあとも三重県にいるヤツノの目には普通のスーパーや普通の景色は元のままに見えた。水や安全は三重県にはあった。だがそれでも物の値段や流通はヤツノの判らぬところで激しく変わり、情報統制は関西をも覆っていた。


画面に浮かぶ道の両脇には藍色と水色の衣装の女官達が、現代人に見慣れぬ中腰のポーズで灯を捧げ畏まっている。運命を嘆き恨む割りに開放的で、ダイナミックな歌唱も、高まっていく。さて、華麗にして妖艶、陰険で残忍な絶世の下克上美人もついに、入宮する。それこそは闇を押し返し自体発光する五彩の太陽、にして金毛九尾。

その、夜を押し返し厚みを誇示するカチェ、慎ましやかに布の下に隠した手の、動きに連れて縫いも地紋も震える濃緑の唐衣《タンイ》、金環食の如く震えるノリゲは賄賂アイテムにもなる「財物」の塊、巨大なるチマはふうわりと彩雲に化し、菩薩の如き上体を運んでいる。またその仏の雲となった、チマの下には、尖った華奢な花靴の先を外股に！ 蹴っている。両手は恭しく拝礼し座る時は立て膝。生地は足袋に似て見えても先を尖らせた靴下の白が出て。

それは正妻を殺して正一品外命婦の高位にたどり着き、貞敬婦人という称号を得た、ああ一介の妓生から貴婦人となった、韓国三大妖婦のひとり、チョン・ナンジョン。

しかるにその名のナンの字は高潔なる花の蘭、さらにジョンの字は貞節の貞。だけれども本性は地獄の策士、しかも悪の総帥腹黒王后、ムンジョンワンフの懐刀である。

このナンジョンは側女であった母（実は産みの母ではない）に「なぜ産んだ」と恨み続け、育ての父の意地悪な正妻と娘をどつき、いつも殴ってくる息子をも平手打ちし（まあここまでは普通に仕返しだけど）、ついに、その父とも縁を切る。またお約束で正妻の娘の婚約者の一目惚れにつけ込み、心を弄んだ挙げ句に恥をかかせる。その上自分に惚れている名剣士キルサンを兄と偽り、単純な夫ユン・ウォンヒョンと平然と同居させる、清廉潔白な王族儒者パルングンを贋の証拠で追放し、子供時代の顔がたらこっちそっくり（なので可愛い）秀才王子ホクソングンとその母でイプンミョンブ（一品命婦）のキョンビン、パク氏をも罠に嵌めて殺し、清純な教恵公主さえ余計な政争にわざと巻き込んでおいて脅し、死ぬまで追い詰める。最後は、継母ムンジョンワンフに孝養を尽くす（そうあの王子）聖君仁宗を呪い、結局死に導く。

しかるに、そのいくらなんでもな悪の総帥ムンジョン王后やまた地獄の策士やまた好敵手女狐の声というものが実はこの。

まったく、ヤツノにとっての不思議な装飾であり音楽であった。意味の取れない慕わしい前衛詩だった。それが、この韓国大奥物語（にしては陰謀世界観辛辣過ぎ）からヤツノが受け取るもので、要するに、――ヤツノは隣国について何も知らないのである。

現代韓国ドラマをヤツノは見ず、少し見てもその発音に引かれたりしなかった。だがこの王宮の親しいようで違う、敬語、おじぎ、似た言葉（うやむやという語など共通なのかしら）、あまりに彩色流麗な母音、いつも詠嘆に聞こえる流れと高低にはひたすら魅せられた。

但しいくらディテールを気に入ってもその内容は時代物とてあまりにも男尊女卑である、故に。

ドラマを見ながらヤツノは思っていた。自分は結局男の子でなかったから、だから生前の母、律子は自分を気に入らなかっただけなのではと、ああそれだけではなかったのかと、たったそれだけかと。するとそんな自虐の痛みがさらに彼女をドラマに熱中させた。が、「結局このひとらはわるかあではないわ、だって言うてる言葉が良妻賢母やで」。

継母を慕う弱い王世子を害して、わが子を王位に就けようとする悪の文定王后のカチェの後ろには、ある日は、小さい手鞠のような可愛い髪飾りが三つ付いている。分厚い若草色の唐衣《タンイ》の襟にはくらくらと光る梅を連ねた刺繍。

気が付くとヤツノは交泰殿にいる。結局その豪華さでわるきさきの本音を暴露させてしまう王后の居場所。後宮に勤めて五十年を超える、巨木オム尚宮が「チュンジャンマーマー」と来客を取り次ぐ。「トゥラヘラ（通せ）」、「オソメシオラ（お通しせよ）」、「タンジャン、ムロカゴッラ（とっとと出ていけ）」、口をへの字に曲げ、岩下志麻しか出来そうにない強い発声で応対する悪后。その濁り溢れる濃音から沸き上がる威厳。また男の四分の一程にしか見えない小さく柔らかな手。男の子が産めず王に疎まれ外出禁止にされると「キンミョンジョン、マ、リンガ（外出禁止なのか）」。組織悪を知る女の、腹黒な清楚ぶりにヤツノは見入る。

過激に国を正そうとするのはここでは思想オタそっくりの役者が演ずる儒者の方だ。あの男女差別、嫡庶差別の、儒教なのだ。にもかかわらず改革を志す儒者はドラマでは身分差別をしない。一方その儒教から社会参加を禁じられた高貴な贅沢な女人達は、巨大なやわらかなチマを外股に蹴立て、一般庶民の苦渋も怨嗟もまったく無視し、日本ドラマの摂政関白よりはるかに非情に悪辣に政治的男根的にふるまっている（ウラミズモのよう？）。

どの母もどの母も王子を産みたい。側室も王后もわが子を王にしたい。女の子を産むというのは、ただ男の子ではないというだけの事ではないらしい。女が生まれると不吉呼ばわりされ、母は生まれたてのわが子を呪い蔑み悲しみ、しかも外ではたちまち雷が鳴るのである。だがその一方で王子たちはすぐに王位を重荷に感じはじめるのだ。「父上、私は東宮を辞めたいです（字幕引用）」という王世子。兄弟仲が悪くなるのが嫌で王位継承を辞退する男の子もいる。中でも王になりたいあまりにわざと王世子の足を踏んで転ばせたりしていた福城君は結局その位も追われ最後には毒殺されてしまう。

生まれると権力争いの種になる王子、毒殺と陰謀の中で怯えながら。

「ペウラニヨ、クムスマリヨ（黒幕か、それは誰だ）字幕引用」、王宮に五十年超暮らした名族パピョンユン氏出身の慈順大妃が、気丈さに老いを忍ばせしかめ面で呟く。「チューナー、アンニュンニダー、チューナー（殿下、違います、殿下）字幕引用」、絶世のヒステリー寵姫キョンピンパク氏は、女官に手足を引きずられ退出させられる。そしてついに、反省の印の白衣となり、悪の総帥ムンジョンにひれ伏すのだ、「いつも足下におります」どうか、息子の命だけは（つーて、まだ隠し玉があるつもり）。でももう助からない。

線の鋭い色白さに零れる愛嬌、策略して土下座する、彼女は美しい。でも生粋両班王后の前では小さ過ぎる悪だ。国策レベルで企む、腹黒い「気高さ」に呑まれ滅びゆく出自低きキョンピン。意地悪をする時、口の端をずーっと上げて優越感に酔うのが、可愛かったキョンピン。

ああ、でも、そうそう、これはなんという「ぱ」だろうなんという「ぴ」だろうなんという「ぷ」だろうなんという「ぺ」だろうねそしてなんという「ぽ」なのだろう。真似したい、出来ない、ヤツノは心を吸われて、この「ぱ」をころがしたい、この「ぺ」を展開させたい、あああ、断言はダンギョレと発音するのですに、そんならこのギョレをとても使いたいと。だけれどもあああなんか日本にもう「外」はないのですかならばこの国はどうしますのやろ、と。

だって、世界戦略の中に日本はいる。選挙で選んだ党だろうと言われたところで全部の政治を動かしているものはこの島の外にある。なのに「気高い」人々は「実直に」言っている。「選挙で選んだのだから自分達の責任」と。騙されて責任、取り囲まれ責任、作り込まれて責任、押しつぶされて責任、犯人だけが粛々と免責されながら。ああ。

「生き残ったものは恥ずべきものとして記録されるでしょう（字幕引用）」、「生き残ったものは恥ずべきものとして記録されるでしょう」。「生き残ったものは恥ずべきものとして記録されるでしょう」。でもそれを何度でも言っているヤツノはただ前に言った事をすぐ忘れているだけだった。そして。嫌々ながら、痛みながら、ヤツノは自分の現実に戻るしかない。

だってひどい事になっていた。巷ではとうとう、今は既にヤツノの名さえ消されたそこで、結局ぱぴぷぺぽの母の選定が進んでいた。しかも選定すれば人が集まり金が動き（あくまでも脳内の話ですがはははははは―作者注）、利権が発生する。そこにはいつも同じ利権屋がいるのに「更新」される利権だけは「必要」なのだった。つまり。

ぱぴぷぺぽ、それは今、なんと、世界、国外、地球全土を覆う市場経済の別名となっていた。だってどの母が「ぱ」を代表するか、それで地球の残り持ち時間が決まるのである、そしてどの母が「ぴ」の母となるかそれでＩＭＦの政策が決まるのである。無論、ＴＰＰも、どの母が「ぷ」の母になるかをしたなめずりして待っている。これでジェネリック薬品の恩恵も国民皆保険制度も、好きなように食いつぶし利益を絞り出す機会がついに来るのだから、しかもマスコミがほぼ、「中立」したままの中で。ああ、何かがまたきっと「勝手に」決まるのだ。反対した人までも「責任」を取らされる。平等に？　自由に？　わが国は売られるのだ。

ああ、ぱぴぷぺぱぴぷぺぱぴぷぺぽっ、ぴぴぷぺぷぺぷぺぴぴぷぺぽんっ。

おおお、どの母が「ぺ」の母になるかで美の基準までも、国際親善の是非までもが決まってしまう。また「ぽ」の母の名において表現の自由がどうなっていくかがね。そうですそうですもう判っていますやろみなさん方。

「ぷ」を誰にする？　プルトニウムの母か、プロメテウスの母か。

ああぶるぶるぶる。

家の外に出られぬヤツノの巨体はむしろ救いだった。だってこんな無人駅の近辺さえそこら中にもうプルトニウムの母の、大手広告代理店を独占して作らせた、豊富な資金力のポスターが貼りまくられてあったから。「なんですやろ、オリンピックですか」と御近所は言うだけ。そして、警戒警報の強制化という最近出来た法律によって、「節電」と張ったテレビも強制的につく。というか……。

「わっなんやドラマ消えてしもて、なんですの」

ライン、節電、と文字が出た後、ヤツノのテレビにはなぜか勝手に別の番組が……。

「は？　なんですかん、この、え？　あさはかなまてれび提供、ウラミズモ温泉協会って、一体……」

見ると、そこにはすでに清楚で明るい癖に歯茎に変な癖のあるプルトニウムの母が、画面一杯にオウム美人な外見をさらし、長い舌を震わせて演説していた。つまり、まさに、とても「前向き」に。さらに見ると、スタジオの大量の見学者はパイプ椅子に足を縮め畏まっておった。

……演説しながらもプルトニウムの母はずっと首を傾げ続けていた。そうして、つねに自分の言葉も相対化し、変な自信は持たず、いつも人の考えに耳を傾けられるように、中立公正にね。へええ、こんな時にもかよ！　で？　上から？　総論？　またかよ？

「みなさん、みなさん、みなさん！　こうなったのもみんな、自分が悪いんですええ、私、反省しております、そうですみなさん、政府は原子力委員会の個人責任を追及しない事を早期に決めて、そこで私達は全員まったく、平等に一律に責任を取ることになったのです。ええええ、むしろ私はこれで安心しました。だって地震の時、わたし知らないでぐうぐう寝ていたんですもの（ああ大物やなあという笑い声が入った）。おほほ、いいんです、これで、だって自分が悪いのを認めないのは爽やかではありませんものねえ」

なるほど、プルトニウムの母はいつも爽やかやった。そしてぺろと舌を出して頭をかき、はきはきした大声でこう唱えた。「なんでも一方的に考えるのは止めましょうね怒るのって不毛だわ」。

テレビを見つめつつ、いつしか……そんな爽やかさとは対照的な恨みがましく血走った目つきをヤツノは思い出した。そうそう、彼女の息子は大昔、猿にひとしい古代の人間に炎を与えた報いで今もハゲタカにはらわたを食われておった。その上、プロメテウスの母は煤けてやけどだらけ、燻《いぶ》ったり燃え上がったり気分にむらがある。ヤツノさえもう、あの母の落ち込み長電話に付き合うのは嫌やとつい思うけれども。「まあ息子さんがまだあれでは、ほして、うちも、お世話になっとるで」。

だけども根本おとなしいヤツノにとり、プロメテウスの母はとにかくうざかった。ここのところ電話の内容も繰り返しのみやったし。

「うわーっ！　なんで『ぷ』の母をいまさらに決めますのや、前からうちの息子は火を熾《おこ》していましたで！　そして、火というたらあんた、海の目印ですやろ、お産の守りですやろ、温めて煮たきをして金属も溶かして、焼き畑もやって、それでなんでも拵えて千年やそこらは息子の仕事だけで人間は食ってきましたやん、今さら急にどういうことですやろ、私らが汚いやて、煤がでるからて、細かすぎて勘定でけへんて、上から数えるから判りませんのやろ、だいたい煤の出ぬ火があったらみたいものや、どんな電気でも発電の時には煙が出ますのや」

ああこの方は何時《いつ》までも古い事を言う。すぐに「食う」とか言いながら恩義を数え立てるしわざわざそんな事するから人が離れるのやとヤツノは三重県人らしく思いながらも、この昔気質の尊い母と息子が哀れで、大切で、電話を切れなんだ。いつもいつも命を狙われる後ろから追突されると言いながらもう千年以上本の刊行まで止められてほそぼそと生きていた。それ故物を言いだそうとすると既に文脈も歴史が長すぎて中東戦争みたいになり、テレビの放送時間に入り切らへんし。

一方プルトニウムの母の演説は「冷静」で明るかった。ぴかぴかの「理性」は、物事を一通りに決めつけたりいちいち人を疑ったりする事もないし、細かい事は気にせぬ、「公平」さに満ちていて……。

「みなさん、どうか私を核兵器支持だと誤解しないでください。プルトニウムの母だからそうだと決めつけるのをおやめくださいね。ここでお知らせすると、今後の私は反原発をもかねますのよ、これからは売れる反原発判りやすい反原発トラブルのない反原発だけを報道します。だって私以外の反原発では再稼働が出来ませんもの。ええ私には責任がありますから。

私だって別に原発に賛成しているわけではありません、ただ冷静な正しい言い訳を求めているのです。え、原発の電気は高くつく？　だけどあらゆる可能性を捨てず、目先の利益に囚われない良心的な考えを考えろと言っております、は、原発は危険？　そのような即断と決めつけより、豊かな熟考を目指しております。そして新エネルギーのソーラーにも風力にも、いつも祈っているのです。それは、再稼働にも同じことを、祈っているからですわ。ただただ私は子供達の変わらぬ願いとして、利ざや稼ぎと天下り、脈脈と続く永遠の利権を願っているだけです、どうか私に清き一票をなどと申しません、なんと言っても子供達と産業は一心同体です、未来を考えて、まさかの時のために、このプルトニウムの、ほーら直観を信じましょう、いやだ、と思ったら少し考えてね」

「だまらんかっ！　軍の兵器の分際で」

スタジオ見学と称して侵入しておった、プレカリアートの母がついに怒鳴ってしもうた。息子が心配で気がたっておる。だが何を言われてもプルトニウムの母はびくともせんのやった。

「あーらなんだっけ、あー、……わたしー、何か？　言ったんだっけ！」

などと言うてる間にその当のプレカリアートの息子達は、なんと自分のおかんを取り囲んで責め始めた。「おい女はだまっとれ、景気が落ち込んだらわしらからあぶれるんじゃ」。

その上結局民衆は選挙を「人柄」で決めるのであった。例えばプロセスの母はこう言っていた。「なんというおおらかな方やろか、プルトニウムの母は、ええとまず、可能性の選択を尊ぶやて、人間出来てるやんか、そしてかりかりしない事、悪い事嫌な事は水に流してすっぱり忘れるとさ、ああまさにこういうお方の隣人になりたい」、加えて。

「政策は見せ方や、よく研究していやる」と心から褒めるプレゼンの母も。

「そうそう、プルトニウムと聞いてはなから嫌ったが、声涙倶にくだる誠実な演説や」とプリテンダーの母、また「エリートは見ていて安心やな、なんというてもすぱっと説明し判りやすい」というのはプロポーションの母、「やっぱり美人はスリーサイズやねえ」。さらに、「はぁ、このままやと地球は滅ぶやて、それは実験で証明出来ますか、だったら核実験やるべきじゃ」とポパーの母。

そこで、ここぞとばかり、プルトニウムの母はむしろ声を低め、広告だけ大きくして、切々と訴えた。

「暖かい火のある未来、それはどんな未来でしょう、私達が安心して暮らせる社会ですね。年収三千万のみんなそしてその子供達が、いつでも好きな時さっさと外国に逃げられるような安心な社会、それは私達みんなの美しい国です。そしてささやかな幸福が当たり前の社会、それは誰もが年をとったらのんびりとエネルギー関連の顧問をして暮らせる未来の約束です、さあみんなのそうした社会を、みんなのために」

応援演説もプルトニウムは大物、プロメテウスの方は野次しかない。

また大物といえば、ペンは剣より弱いかもの母が一言言い添えた。「えええええ、けして広告を引き上げるなどとも申し上げませんがでも広告でかいですよ、中立の広告です」。

するとそこで、ふいにテレビの画面がぼーっと暗くなった。ま、照明がどちらと結託してるかは自明の理で、そんな待遇にされたところへ、なんとわざわざプロメテウスの母が、（これじゃテレビに出る事自体が負けの原因やろ――作者注）よろよろと現れた。元々この母は戦いに窶《やつ》れ心に傷を負ってぼろぼろやったのやし、まあでもたとえ野次だけでも各界から日本を代表する人材が来たのは流石に古いからや。

さてこそ、敵を見付けて、プルトニウムの母はめざとく駆け寄った。というか相手がどのタイミングで出てくるかは既に知っておる。そこで「フェアー」にも相手の手を両手でぎゅっとにぎり、この母は「エールを交換」したのやった。つまりこういう事が「平気で」出来るからプルトニウムの母は「好かれる」のや。

「あら、プロメテウスさん、今までご苦労さま、今後は私よね、だって、あなた程度のものだったらいくらでも人類に渡すことが出来ると思って、私出てきたのよ」とここまで言うとすっと手をはなしプルトニウムの母は両手をさらっと拭いた。

「私は作品のクリーンさで勝負するわね。煙のない火を燃やしてみせて誰にもやけどをさせませんからね」

は？　は？　作品、さ、く、ひ、ん、このプルトニウムの母に一体何があったやろか、そもそも火を目的にしては使われてないやろ、あれは、もしあれが作品ならその意図はなんなのや、あの、危険な火で、誰を救うのや、あんな迷惑な火で何を照らすのや……あまりの事にプロメテウスの母は唖然とするだけでそれ以上は言葉が出なかった。すかさず「あらっ、失礼ね」とみなさんに聞こえるようにプルトニウムは言った。

しかもその時、プロメテウスの応援はリハーサルでは謂われなかった注意を、急に本番でされていたのやった。結局彼らの言いたい事全部が「誹謗中傷」に当たるとされ、プロメテのママ友全員は「怪文書」扱いで外野席に置かれた。発言時間もテーマも制限された。

それでもまずパチンコの母が、こう切り出した。「ふん、結局おたくさん事故ったやろ、そういう、ばくちに負けたもんが言うなっちゅうことや」と問題提起やった。

さてプルトニウムの母はにっこりと笑い、「え？　バクチ？　違います未来の展望です」と一声のみ。笑っていない目もナチュラル目張りで、にこやかに見えた。

次は日和見をしつつも古い方についたピンサロの母、「なんのかんの言うてもぼったくりはいけませんな」と声をあららげる。と、「世界規模の予算に何を言うのです」と宥められて、たちまち「ええええ景気次第ですがな」と裏切ってしまった。

ところがプロパンガスの母は、これは自分の家門が滅ぶかどうかのところやので必死やった。そこで「まあ、まあ、一本から引っ越し当日にお届けしますがな、あっちこっちにまた大きいガス田が発見されましたで安うしときますよ」、とついつい最も高度で難解な事を言ってしまった。肩を竦めたプルトニウムはアニメのエコ少女同然の澄んだ眼差しで、「は、それは未来永劫に供給出来ますか？」と問い返しただけだった。

そこで生産量がいくらで、国民が何人で、と数を数えたプロパンにまた一声。「それちょっと、全部判りやすく無駄を省いて、四捨五入で整理して貰えませんっ?」。

一軒一軒の家の煮たきやストーブまで覚えているプロパンガスの母はびっくりし混乱して黙ってしもうた。そこへ追い打ちや。

「まあ、あなたは日本の事しか考えていないのね、そのガスをアジアの人に分けてあげて、自分達はもっと工夫したら、その上で私達は全アジアの頂点に立ち、未来の産業をアメリカに次いで、巨大にするべきなのです」と。

ああ、うっすら涙を浮かべてからすぐ気丈に微笑むプルトニウムの母。そこへふいに「ポ」の母をポルノの母にするのを止めていただきたい、と窓口違いで走り込んできたものがおった。その場でご挨拶の手拭い(エッチな絵付き)を配りまくったのは、「バ」の母の傘下にいる、破礼噺(落語の艶笑ネタ)の母やった。無論、このご時世に別の事で必死なのやから純粋な奴や。態度も丁寧や。けど、みんな迷惑がった。それでも本人には大切な事やった。

「だってポルノの母にはお色気がありません。そんなのお固くて嫌でございます」、と優雅なお辞儀をくりかえす破礼噺の母。また、その羽織の脱ぎ方の様子の良い事! ところが。

「この非常時に! この千載一遇時に!」、とそれをも非道な四字熟語で一括するのはプルトニウムの母の盟友、パニックの母やった。選挙対策は全部この母の担当であった。

「えええこの災害のどさくさに、阪神大震災の地上げしまくりな私が、またこの外国資本自由化の好機にこの保険制度民営化一歩手前の旨い汁に何が破礼噺かーっ」。当然プロパガンダの母が付和雷同する。ポパーの母も陰で糸を引いている。しかしそろそろ放送時間が終わりに近付いてきた。

さてプロメテウス側はここで最後の大物として、というかランクも定まらんのにやたら態度だけでかいと言われているプロミネンス（太陽の紅炎）の母に発言させた。これはプロメテウスにも（実は）プルトニウムにも師匠格で、太陽の上で燃えている炎だけに地球それ自体を信用してなかった。故に、一切を信用しない神的な高潔さを発揮して大上段から、天空から物を言った。「……しかしあんた原発のメーカーの洗濯機や掃除機は三十年持ちますかウチは古いですよ」と。

そこからはまったく進行の通りだった。ここで放送時間の終わりの合図の音楽が流れ、スタジオ見学の人の上からいきなりカラフルな垂れ幕がさがった。そして、「パンピザプルコギペペロンチーノ！　ポークジンジャー直火が一番！」、まだうら若い可愛い母が五人揃って主張を述べたのだ。が。そんな彼女らの。

私達はプロメテウスに投票しまーす、という声にピーという音が被さり、カメラが外れ、別のカメラは彼女らのミニスカだけを下からなめて映した。無論「ピー」の母が誰の側についているかは丸判りじゃった。やれやれポルノの母とはツーカーの仲の癖にのう。

変わった変わったと言われる震災以後の社会、しかしそれはただ震災の前も後もただただただただ、たった一種類の嫌さがまかり通るだけだった。

結局告発だけか、また作者に原稿料だけ取られて、うちはただの資料提供者か、とヤツノは思った。この神話作者は今直接何も出来んしかし書いておくのや、ああでも残るかどうかは判らないけれど、と思いながらも、彼女はなんとか絶望しまいと、意地でも楽しくなろうとあがいていた。

そうそう、要するに混濁をさ迷いつつ、「母に生き母に死のう」とするヤツノだった。故に、気がつくと彼女は今宵も、パピプペポの華麗なる宮廷劇に誘われていた。つまり明治時代の赤毛物の劇のようにして。ヤツノは自作時代劇の発光する闇の中にいた。ドラマの宮廷劇の王様になり、美妃達から、ぱぴぷぺぽの選択への請願を受けていた。そこはやはり、夢のぱぴぷぺぽの天国なのだ。天国では人の脳の容量は無限大で、言葉の海を人は泳いで暮らす。

さあ今宵は何を召還しようかとヤツノは思う、「パ」はパンダのパ、「ピ」はピングーのピ、「プ」は絵本のプーさんかあるいはプードルペキニーズと続けようか。プリンセスプリキュア、で戦士シリーズを作るか、結局楽しい事もないとあかんと思います。だってもしなんにもなければ悲しくってパニックの母に負けますやろ。

唐衣《タンイ》とチマで正装した内命婦に囲まれ宮廷のヤツノは歌っていた。「この私達五人の母は朝廷の内医院で作らせた良薬達の母でございます」と、彼女らは告げる。それは。各々。

パンビタンピロエースプロポリスペニシリンポポンエス、の母。

パンビタンピロエースプロポリスペニシリンポポンエス、の母。

楽しげにそう繰り返すヤツノに、ペニシリンが怒る。濃紫の唐衣《タンイ》に、銀の刺繡がある灰色のチマ。

「殿下《チューナー》、私は有力両班出身の一品命婦《イプンミョンブ》、殿下にお仕えしてもう十年になります、その上私は薬品名、なぜパンビタンピロエース等商品名に、ぷぷん、尚宮出身の淑媛ごときと並んでいるのでしょう」。ふんクレームかよ！　それでも伊勢茶で酔っぱらい、必死な幻の中をヤツノは「上機嫌」で踊り叫ぶ、巨体は家につっかえるが、体の中では母虫が華麗に夜ライブをやっているのである。

判ったアラッソ、判ったなんとかするからさ、ペニシリンの母よ、でも今はとりあえずほれタ、ム、ラ（黙れの意）、タッムッラ、タッムッラ、タッムッラ、しかし母音がこんなに沢山ある国で母虫は一体どんな発達をするのであろう。そうやコングロマリットに勝つには、いっちょアルファベットの母（って読者ブログからのリクエストだよ―作者注）でもやってみるか。そう思うとヤツノの言葉は弾け始め三拍子になって来た。まあええやんまあえええやんまあええやん、そしたらわたい、世界で発達か？　ほんなら薬より食にするかん？　ぱぴぷぺぽぴぷぺぴぴぷぺぽん（ぽれ）。ぱぱぴんぷんぺん、かっぽれぷん！　あらゆるぱぴぷぺぽとヤツノは踊ってみる、生きようとして。死ぬまで、生きたるわ、そいで、ヨミガエルわ。

パンナコッタピンシャンプリンペプシコーラ……で、ポンジュースや。ヤツノはちょっとよろけた。そして、パンテオンピンクパンサプリンケップスで、ペルセポーネ……。

パルタイピスタチオプレオキュペイション、ペレストロイカ、ううう、パ、ポ、ポ、ポラン！（関節痛でヤツノは顔をしかめそして）。

パピルスピニンファリナプテラノドンペッピョンユン、ああポリフォニーもある、でも、バラバラじゃいかんかなあ……。

まあよいぱぴぷぺぽ、進むはぽぺぷぴぱ、小さい言葉、すべてよし！　ともかく厄払いじゃ小さい火をかざせ！　遠くに耳を澄まし、そう言い言い、結局、ヤツノは尻もちをついた。

＊作中、女人天下の字幕を引用、誤引用、意訳いたしました（コマッソハンニダ）。
韓国語は耳コピです、不調法ではございますが……。

そして境界線上を文《おれ》は走る

「母の発達、永遠に」あとがき兼「猫トイレット荒神」前書き
プラス「はみ出し小説」その他「蛇足作文」

さて、物語は終わり、こうしてダキナミ・ヤツノは今後ほぼ永遠に、新しき母を押しつぶす最悪のプで出来た世の中を転げ回りつつ戦う羽目になった。

とはいえそれは、けして世の中が「変わって」そうなったという事ではなかったのだ。つまり今まで見えなかった世の中の暗部が見え、それによってヤツノは母神話の創設者として、苦しみの未来を自覚したのである。ならばさてそのようなヤツノの心にはまったく何ひとつも救いがないのだろうか。いや無論。

ヤツノはヤツノなりに楽しみを見いだし、ひとりの小さい幸福を死守する事で世と戦っている。また、いつも練習を欠かさず、たとえ五十六億七千万年後であろうとも真の出番に備えている、あの選良的母虫達もヤツノの仲間である。が、だからと言ってヤツノの今、生きている世界に救いはあるのかね？　ふん、まったく。

そう、まったく作者はこんなひどい世をそのまま書いてしまってどうするつもりなのかね？

え？　その時作者は？　どの面さげている？

そう、その時作者はどうしていたのであろうか。ま、元気ではないけれどね。無事は無事だけど。

だって、続母の発達、濁音篇と半濁音篇の間に千年に一度の地震と人災原発事故があった。そして私事ながらその同じ間に、伴侶である長老猫、ドーラと別れた。とはいえ地震は震度五強で無事。長老猫は作者の膝の上での大往生であった。ただ今後はどこに、汚染物質の貯蔵施設が出来るかもしれず、また坂の下の公園や学校まで除染されたり、心配ごとはあった。

というかまた「あれ」に「もし」何かあったらどうするのかね、という話なわけですよ。だって「あれ」って未来とか産業とかまるで最先端みたいに言われていた割りに、実はカマだのプールだのってそんな「施設」だったのだよ。そしてまたメディアが何か隠しているかもしれないしね。ただ今日は無事だとなると結局「本人」から、言葉は出て来るね。古井由吉氏は「言葉は浮く」と発言したけど、一方、笙野ごときの作品はいつもフィクションとしての完成度が低く、地面に止められたまま生えているものだからね。文庫化の時さえいつもその時の現実を求め、泥の中を這い続けるし、そうやって出た言葉は始終、笙野を叱ってくるし。

うん、無常観に閉ざされながら彼方を見ていても、生きていれば、自分の生命はひねられて反応するよ。言葉は生まれてくる。生まれてきた言葉に怯えていると、時に脳内の「別人」がそれを語ってくる。つまりは、笙野本人を突き放して。言葉が出ない時、笙野は喉の中で「うわーっ」と言っている。ただ地震当日についてて書くときこの「うわーっ」をどうしても大字に出来なかった。不謹慎に思えて。つまりその時の小さい「うわーっ」はほぼ、現実の泥の中のもので。ルウルウが死んだとき、確か改行を綺麗にする事を控えた。控えたというか手が止まった。それはその時の自分にとって詰まった汚い文面が現実だったから。でも、それでも、言葉を出した。生きていれば出た。ただルウルウの事は、そのまま発表しようとしたら死にそうになったので一カ月遅らせた。

笙野は書く機械だ。生きている限り言葉は地面から泥を付けて這い出てくる。言葉は別れえぬ猫だ。そうでなければ、誰が今さら、ドーラをうしなってまで書くであろうか。

ドラの三回忌の朝、彼女が息を引き取った時よりも少し遅く起きた。夜が明けようとしていた。二年もの時間がただそこにあった。猫キャンパス荒神という長篇に地震の事も近隣の汚染物質の事も書いた後である。「売れない」以外の理由で、この長篇が、文芸誌を有している出版社から出しにくいという、愚劣すぎる事情を抱えたまま、毎日を生きていた。

三回忌のその朝、静かな気持ちで起きた。すると老齢の猫が生前、十七を越えた初夏、自分の今も寝ている古いソファベッドに、一年ぶりにふいに飛び上がって爪を研いだ事を思い出していた。いつか、その記憶の中で猫は生きていて、しかも猫が死んでいるという事実の方も心の中にそのまま静まっていた。悲しい気持ちよりも思い出の実在と厚みがむねを暖めた。

楽しかったねドラ、と別れた後も言った。その楽しさまでが鎮魂され痛まない場所にしまわれていた。猫の背中の曲がったところの毛は記憶の中で少し光っていた。

私はワープロを点けてその思い出を書いた。出版がどうなるかの心配も越えて。夜には観音経を読んだ。朝もワープロの前で言葉を供えたのだから。書くことで命日を猫と共に過ごす事が出来た。

これが反復なのか、と。ドゥルーズの言う反復。

繰り返す記憶を書くうちに失った猫と私との生と死は混合される。通り抜けた時代は、今日に寄り添う。それは追憶ではない。ドゥルーズの反復だ。復元しつつある今を生きるために、過去は生まれ変わる。記憶の魚は生命の水に次々生まれて出る。なおかつ、魚たちは現在の微生物を食し、新しく得た知識や覚醒の鱗を纏う。無論そんなのは地震自体の被害がなかった人間のエゴな言葉に過ぎないかもしれない。というか、こうしている事も実は、やはり遠隔地のまだ見ぬ人々に対し申し訳ないとは思っている。責任者に怒る。被災者を気づかう。それが普通過ぎると言って笑う人々を、私は文学的だとも文学の外だとも別に思わない。

猫の死から時間がたち私はもう猫との幸福の記憶を手の中に握っている。そこは、私の実感だ。原発への視線も生命力あってこそだ。

さて、こんな私にも未来はある。ならば、ヤツノのこのやり切れない世界にも心の救いはないか。

ヤツノは死んで天国に行きまた地上に帰ってきた。地獄と言ってしまうのはまだ不謹慎な地方に。ならばこのまま退場する事はあんまりではないか。小説と小説を接続する事は一般読者にとってただうざい事なのか。でも物語の最後にヤツノがどこかまた別の小説の中に現れ、そこで背景の中のひとりとしてでも生き延びる場面を書いておきたい、というかヤツノはどうも「まだまだやれる」と思っているようだから。

小説 「ふだらくの母」

母を慕い母を殺し母神話をつくり、天国から生還したダキナミ・ヤツノ、気が付くと彼女は、昔遠足に行けなかった熊野の海岸で石を拾っていた。どうやって家から出たのか、体がどんどん膨れ上がって家を押しつぶしてしまうほどに大きくなったから、家から転がりでてここに来たのだろうか。

晴天の七里美浜、それは半世紀前、中学の遠足で行くはずの場所だった。しかしあの時も母は、ダキナミ律子は、そんな「大層な物見遊山」に出掛けるヤツノを「まーあ、そーんなにあんなところにいちいち、行きたいのねえ」と、冷笑し蔑んだ。ヤツノの望む事や行う事は全て浅ましく迷惑で、ヤツノが主体となって喜ぶ事はどれも売春のような罪とされていた。しかし、ヤツノはそれでも行きたかったのだ。無論、母は「ほーら行っていいのよ」といいながらヤツノをすーすーと玄関に押し出した、にまにま笑いながら。結局、ヤツノは行かなかった。ああ行きたかったのに。級友はヤツノにお土産の貝をくれた。

「碁石の浜があってな、きれいやったよ、でも拾うたらいかんのや、貝殻くすねてきたわ」。

楽しんではいけない、貝殻は捨てた。でもここはなんという明るく、遠い海だろうか。とうとう来てしまった。母天国を下りてまさか地上に、こんな晴々した。しかし息苦しいまでの濃い光があるとは。

ヤツノは景色を見ている自分がふと恥ずかしくなった。波打ち際には籠を引いて腰を屈め、姉さん被りと割烹着で碁石の材料を拾う女性達がいた。遠くには紺のサージの制服で三々五々浜を行く中学生が見えた（すると）。

あれ、いつのまにわたいはこんな恰好をしていたのやろ、とヤツノはどこからかぱくって来た籠を引いて我に返ったのだった。石拾いのアイテム、でもそれは巨大化してしまったヤツノの手先しか入らない大きさである。強いて、石を少しだけ、それも碁石用でなくいろいろな色形のさざれ石をヤツノは拾ってみた。そやけどなんかここの海、実は、遠足で行くような気楽な海とちょっと違うかもしれん。

水平線が煙らんのは観念の海やから？　本当にここは現実の浜ですかん？　獅子の形をした岩がえらい遠いようやけど、この配置は地図と同じですかいなあ？　すると、そこに律子の声がした。母の、生前の声だった。浜の、小石の底から聞こえたそれはまるで呪われた触手だった。

「あーあーお嬢様、景色がみいたいの、見ーたいのねえ、ひゃっひゃっひゃっひゃっひゃっ」、ヤツノは一瞬景色から目を背け、しかし気を取り直してすぐに目を上げた。

お母さん、やめてえさ、もうわたいをほっといてさ、ほっといてくれんのならもう死なしてさ、と、昔、ヤツノはよく泣いていた。でも今はそうでもない。年を取るだけで或いは姉さん被りをしてモンペを穿くだけで心が強くなって。いやいや、この身なりはよう考えたら庭の手入れの時そのままの恰好や。

それにしてもわたいは許可をもろうてこれを捨てるのか。叱られたらどうするん？　さてあの空の上の母天国のインチキやった事、だけどこの景色はなんや、わたいを許してくれるような景色さんやなあ。

なあ景色さん、景色さん、「御熊野」さん、みくまのさん、わたいを笑わんといてえさ、こうやって見ているわたいを知らん顔していてえなあ。と、――。

声が、聞こえた！

あほぬかせっ、ここは普陀落の浜じゃっ。

いちいち聞くなっ、どうやあの向こうがええ国やぞ、と。

無論それはヤツノが殺してのちの死後の、発達した母の声だった（あ、声だけやけどうちの悪母《わるかあ》やわ）。海の向こうから、そして。

腰を屈めて石を物色し始めたヤツノの前を制服の群れが通り過ぎた。明朗というよりカン高い三十代の未熟な男の声が、その群れを覆っていた。「おーおー、デッサンしてござるわ、おーおー大層な事で」、十人程の女子中学生が細い足と薄い胸で、さらさらの制服に包まれて移動中であった。その中のひとりがスケッチブックを胸に抱えてよろけ続けていた。

ヤツノは知らないがそれは作者の学校の遠足だったのだ。そして煽っている男は数学の人気教師だった。作者は絵を描くという、「芸術的な臭い」行為をしようとしていたので、「数学」美男から嘲笑されたのだ。つまり引率が美術ならば何も言われないはずで。

その時、抱えた白い紙の束に腹をくっつけて、低血圧のまま、作者は小石の浜に膝をついてしまった。見学、散策の時間なのでその行為は許された。その時、作者は群れから離れたかったのだ。するとその目先で他の生徒は「少しくらいええやろ」と一、二個の石を選びポケットに入れはじめた。しかしこの浜の石は天然記念物なのだ。というか浜が暑すぎて、教師の声もいやで、というか。

数学出来るようになりたいのになれなくて煽られているだけの自分が嫌だった。またなんでスケッチブックなんか持ってきたのか、本当は自分は、絵が嫌いで下手なのにあああああ、血が下がる。石欲しい、でも叱られるの怖い。

「持っておゆき、これ、おばちゃんが拾たのを」。

どこか自分に感じだけが似た知らないおばちゃん。眼光鋭いのに白目の優し気な女の人が、石をくれた。感じは似ていてもその顔だちは作者と違って彫りが深くまともだった。彼女は籠から出した石を作者の手に乗せて握らせてくれた。

「おばちゃんがな、あげるからな」。

「だけれどもな、自分で、拾うたらいかんよ、ここは許可がいるでな、石さんを神さんに供えておき、今に元気になるで、あんたは頭ええから今、頭痛いのや」。私の身長は中学で百六十をもう越えていた、その私の頭を彼女は上から撫でた。

「神棚にあげておき、すっと治るから」何が？　頭痛が？


石をきっと握って海の向こうをにらんだ。日が好ましく体が暖くなった。遠くで声がした。千年も前の声？　それとも海の向こうから聞こえる声？　違う。近いようで遠い声、神であると同時に可愛い動物のような。あっ！　握った石の声だ。

ヤツノの目の前にぱっと影がさす。白と黒の生き物、光と影のような神的動物。

（ええそうですその石のところです僕はいわゆるひとつの猫神様ですよ名前は若宮にに、属性は荒神様、最近は千葉の建売の書斎にある神棚の中で仕事しています。作者の神棚の中に供えてある、熊野七里美浜の小石十個を、僕は眷属と一緒にヨリシロにしている神なんです。この石実は、僕の生まれた場所にあったものなんですよ。ええそうですとも、作者の書斎に置いてある荒神棚ですよ。え？

荒神棚は台所に置くものだって？　そんな事ないですよ、僕は別に台所神じゃない本当は託宣神なんです火の神というよりは言語の神ですよ。そして笙野の小説を守ってあげています。え、なんで熊野で生まれた癖に千葉の神棚にいるかだって？　だって親の代からずっと、ヤマトの権力神に追われて放浪してたので。そして笙野の家にたまたま置いてあった石が出生地の石だったのでそこに居つきました。ええでもその石がどうして笙野のところにあったのかはよく知りません。ともかく僕の生まれた土地の石と、僕は放浪の果ての千葉でめぐり合った。そうそう、笙野が言うには、それは遠足に行った先で碁石拾いの女性に貰ったという話でした。でもそれは多分彼女が僕に出会う、三十年も前です。

古代、僕はクマノオオカミと呼ばれるモノトーンの狼、大口の真神でした。滅ぼされてあの浜に倒れている時、姉神の百襲呪六日月姫に保護されたのです。そして僕はおねえちゃんの弟として生まれ変わり、千年近くも旅をして、千葉の沼際にやってきたのです。ずっと僕達は負けつづけてきた神です。ずっと就職も僕は出来なかった)。

え、僕、誰か知らないって？　全然判らないって、あっ、説明不足かな？　読者さん、おこんないでよ、もう直ぐ会えるから、この本のあと少し後ろにいるから、ほんの何ページかで。

「学生さん！　学生さん！　石、あげるから」

作文　「熊野で貰った石」

笠野頼子

熊野で石を貰った。いろとりどりの浜の小石と白い貝殻片、中三だと思う。貰ったのは遠足に行った七里美浜である。くれたのは柔らかい布を着た三メートル程の体長のお婆さんだった。

やさしい白目の中に鋭い黒目があって、強い眼光でこっちを見ていた。彫りの深いきれいな顔だちの人だったが、私はその迫力に思わず身を引いた。石はざらっと、手に開けられた。その石に命をこめるように、石の載った私の両手を彼女は大きすぎる手でふわっと包んでだ。その、大きいおばさんは可哀相に、と私に言った。

あの人は善意で、そして罪のない霊能者的な人だったのかもしれないとかつて、思った事もある。またそんな時は、この件とまったく関係ないのに、小さい女の児だった頃、私だけを激しくひいきして異様に沢山の「富」をくれる女性が、何人もいた事を同時に思い出した。とはいえ別に私は可愛い子ではなく醜い、そして愛想がない、声のきついとげとげした餓鬼だったの。そして無論、人を見れば逃げたのだ。くれる物も拒否する事が多かったし。

　そうそう、伊賀の曽〇村というところに松茸狩りに行った。五歳とか六歳ではなかったのか。山の管理をする女性がいた。今なら若奥さんとか言うような年齢のその「おばちゃん」に私は、なぜか愛された。しかし可愛いまともな子供がいくらでも山に来るだろうに。しかも私はその山に車酔いで到着し、体をがちがちにして半分眠っていた。寒くて怖かった。お洒落もしてなかった（なのに）。

「小嬢、こじょ、こっちへおいない（小さいお嬢さん、お嬢さん、ここへいらっしゃい）」彼女は笑いかけた。まさに、百パーセント逃げた。私の顔は多分引きつっていたはずだ。それでももんぺで割烹着の奥さんは温かく笑っていた。松茸は当日、おとなが必死で探しても何ら見つからなかった。その上その日の昼食のすき焼きまでも私は拒否気味だった。弟はもっと拒否でサンドイッチを食べた。山でうんこする時に「きじうち」というのだとその時に習った。

　当時の私はおしっこ我慢の天才だったのでトイレなどなくても平気だった。しかし一方、すぐに吐く子なのだけどね。まあそれもその日は無事だったけどどっちにしろひどく機嫌の悪い子供。なのにそんな私を彼女は気にいってくれた。でも私にあるのは、困惑だけ。

「こじょ、こじょ、あんたまた、きてくれるんやね」。何も考えずに首を横に振っていた。外の風知らない土地、草の葉の先まで怖いのに無感覚の時間、なんでも嫌で、空の晴れて爽やかなのまでが痛くて気味悪い。というかいつもそうだった。いつも嫌ばっか。なんか奥さんは半分泣いていた。

「こじょ、こじょ、もうかえってしまうんか、そしたら、このかごを持っておゆきない（帰るのならこのかごを持ってお帰りなさい）」。相当に大きい、緑色のビニールの、網カゴの胴の異様に膨れたもの。上からさらに濃い色のビニールが掛かっていた。

「これは、ひらたけやで、ただのひらたけやで、もっておゆきない」。うわーっ、いややーっ、うるさいーっ、がーっ、と私は叫びたかった。しかしこちんとした礼儀正しさで「いらんわな」と必死で答えていた。奥さんの顔がきゅっと歪んでさらに泣きが入った。

「こじょ、こわくないで、これはただのひらたけや、ほら、こう手でもて、こう抱かえて」。奥さんはおろおろしながらついでに私の胴を抱いていた。

　もう車に乗っていた母が走ってきて、すぐに礼を言った「まあ、ありがとうございます」。普通にダットサンのトランクに入れた。母も、気付いてなかった。末端価格でいくらか、家に帰って、そこからごろんと出て来たぎゅう詰めの大量の松茸を無論、私は嫌いだった。その奥さんは子供がいないと言っていた。ずっと葉書をくれた。「こじょ」と書いてあった。「元気ですか」と。しばらくして葉書が来なくなった。早くにガンで亡くなられたのだった。

　石だって松茸だってその時はなんとも思わなかったのだ。だけど、お礼を言わないでこのまま私は死ぬ。「こじょ」を可愛がる習慣は私にはない。だけど、怯える猫に拒否される時、その猫を「こじょ」と私は心で呼ぶ（ごめんなさい）。そして、「ひらたけ」ありがとう。あれからもう半世紀、でもずっと覚えてます。最後にヤツノさんありがとう。あなたに貰った石だと思って私は今、家の神棚にそれを入れて書斎の神様のヨリシロにしています（てなことで……猫トイレット荒神に続く）。

猫トイレット荒神

何かを問う思考とは、それだけで、ある特異な次元に宙吊りになっているのだ。納得のいく正解が与えられるなら、問いは即刻忘れられてしまう。しかし答えのない問いというものがある。あるいは答え以上に重要な問いというものもある。否が応でも、その問いは、どこにも片付けられず、たとえ答えが与えられても、停止することも消滅することもない。問いに固有の次元というものがあることが、それとともに確かめられるのだ。

——宇野邦一、ドゥルーズ、群れと結晶

謎を越えて書き進めるしかない小説がある。多くの謎を不本意に残したまま、あるいは不毛な問いを理不尽に押しつけられたまま。それは権力によって謎の存在にされ、消されたも同然のテーマを抱えた「話」である。「一言で判る一律な回答」を要求されるような問いを問われた後に、逆に問いを自らの側から発して身を守るための、行為《フィクション》である。自らの定義を逆に相手に問い返して、問いを自らの側に引き寄せてスタートする小説。それは問いに守られた、問いで武装した小説の始まりである。

「は？　名を名乗れ、だってじゃあ私を一体誰だとあなたは思っているのよ」、「へ？　文学ごときが何の役に立つか、だってだったら逆にあなたは何の役に立つのよ、なんでそこにいるのよ」。「え？　純文学なんてどうせ描写だけでしょ、だって？　あらあら、残念ね、それ間違っているわwあいげんぬにやっ！」と。

——著者

僕は若宮ににゃ、職業は荒神様、姿は耳を伏せた白黒の子猫です。お仕事はそうですね、いろいろ忙しいけど、基本は質問に答えることかな。例えば、家のメンテナンス、動物のお世話、家事に論争や訴訟とかも、あっ、当然、文学もですよ。ええそうです。それが、荒神文学です。

猫トイレット荒神

というわけで、――**さあ文学です**――おっとその前に（へっへーい）！

そうそう、**さあクイズです**。実はこれクイズデフォルト文学、というやつなんでさ。ま、ひとつお付き合いを。へ？　その理由は、はあ、扉にもありましたが、とりあえずまずこの作者本人がですねえなんか謎まみれの存在だと思ってください。ええもう、いわば本人が生きたクイズ、なんですわ。だって今までさんざん私小説に書きましたけど私なんて元々は深海の生物なんですから、金毘羅《こんぴら》といってね、一応「神様」ですよ。ま、それが人間の体に入り込んでいる。しかも生まれてすぐ死んだ女の子の体にこの精神だけの姿で、入り込んで。そうですその子の親や祖父母を騙し、人間のふりをしながら養われてきました。挙句、今はその体から出られないわけですから、実態は結局人間なんだけどでも、中身は神。但しそれって神の真相から言えばですね。既に生まれはともかく実質人間という話ですわ。つまりね。

えええええ、一般の市民、ただ心と体の継ぎ目が不具合。そんなレベルです。一方長所はというとなんかストレスに強かったり。苛められても判らなかったり、その割りに制度の理不尽は妙に判ったりとこんな程度で、要は、たいした奴ではない。ただまああたしは海から来たというだけの事で金毘羅という、日本の有名権現ネームを僭称していますので、そこはお得かもね。だってそれでヤマトの神々に対抗すると称し直に本朝のマイナー神方とお付き合いが出来るようになったのだもの。その後も何か無資格野性のままで、この神々の闘争に参加していますしね。神界、ひっかきまわして生きているしね。神様って結構裏業界ありますよ。神様用噂の真相みたいな世界ですけれど。

え？　あたし？　うさん臭い、だって仕方ないよ隠されたマイナー神だもの。国土全体が国様のものですしよ。どこもアマテラスの領土ですしよ。歴史まで嬉々として記紀が持っていっちゃって、残っているのはただ身の回りのもの、、、、だけです。しかも、それは、「勝ちなき、価値なきあたしだけ」ってさ。その上誰もうちらの事なんか知りたくもない。なのにね、職質だけは、やってくるの。「おいお前だれだ」だって？　ふん、じゃああててみろよ、さあクイズだよ。

そりゃまともな名乗りは出来ないけど、素敵な嘘でおもてなしだ。幻こそがこの世の花。ね、上から言うこと全部糞、隣に座ってご説明。は？　説明うざい、だからクイズにしようって。そしてその上で問を重ねて。ほら家庭の問題から、(内）宇宙を見ましょう。さて銭かねの難儀から哲理を開きましょう。まあそんなのどうせ売上会社から突き返されるけど。じゃあそれでは、狭い浮世の闘争から神話でも生みましょうか。もし最後に偽神話として、すいーっと「中立な言説」から横ちょへのけられてしまう、としても、さ。ま、こうして、このようにして。あたしはあらたなるオリジナルを創出するのですわ。だって。

既にね、多くの、真実、本質は消されているの、それをフィクションで取り戻すのさ。ふん、偽物だけは大量に流通しているのにね。また言説は本来の意義を削除されて。ただもう人の呼吸に、目に、蓋をするためにだけそこに置かれているしね。世界が全部偽物だといいこしらえるために。心を全てお国に丸投げにされるために、いきなり根っこごと抜かれてしまい、ざっ、とシャベルの土で覆われるために。うふふ知ってるだ。

そんなのを捕獲装置って言うんだよ国家装置だとか。こん前ぼうず頭のゲイのしとが言っていたんだよ。物事の本質を奪い隠して、管理した偽物を与えて来る。そうするためにだけ、本物に接近し、紛らわしい言動をして捕獲して来る。

あたしに徹底批判されたどっかの評論家があたしと似たような言説を（それも前世紀の、十年前のをな）繰り出してくる。それは「手打ち、すり寄り（引用侃々諤々《かんかんがくがく》）」ではなく捕獲なんである。紛らわしい言動、紛らわしい行為、無論、結論だけがある日いきなりひっくり返るのだ。さもなければはらわた全部をすぽーんと抜いて来るためにそこに飼い殺しにしてあるのだ。

そうして一億総からっぽになった後のプラケースに等しい民草の心にまた、また、一層空虚な偽物をぶち込むさ、それは「国家好きの兵隊さん、それ故の自由意志で、国家にだけ捧げる滅私奉公」ＩＣとか「おおらかな古代の性、少女奴隷に与える自己責任の自由」チップだのそういったもの。ひとりへの恋愛も家族を守る気持ちも、心の美徳も、すべて国のための滅私要因として回収してしまう。それが、国様の方針だ。で、そのようにしてね、千五百年とか既に経過しているなう。故に。なんでも確認して、クイズで掘ってゆく。嘘で固めたこの世の敷石もはがす。ねえ、クイズに答えてみな、そしたら自分がどんなに物を知らないかお国様にだまされているか、よーく判るから。

そういつも、あたしのこしらえるものはフィクションだよ。だってフィクションの中にしか見えなくなっているほど現実も定義も新書も教科書も新聞もテレビも宣伝もようつべも嘘ばっかりだから。ところがそんな中でフィクションだったらいくらでも「真実の告白」をできるのだもの。それに他人の言動は真似できてもフィクションはパクルとばれがちで（比べやすいせいかな）馬鹿にされますもの。つまりオリジナルを守れます。ていうかフィクションを捕獲するとネットじゃなくとも割りとばれますぜ（百年見てればね）。

ただまあね、それでも困難な道ではある。だって。

皆様方が日常意識する事は殆どなくその上、それをまたやっとついに意識していただくと、たちまち、「あ、判ったねあれ、ね」とすぐにお楽にまとめてしまわれる、んなものばっかを、これから、あたしは、書く、わけなんで、あります。故にそれはやむなくクイズ付き小説になる。ね、いちいちいちいち、その根本を真の姿を、相手に問いかけて我に返っていただくしかない状況下だよ。説明よりはきっと、楽しい、クイズを、やっていくのさ。例えばここにある小説という言葉そのものを疑うような、或いは、最初から「ほーら近代は誰でも言葉の通ずる時代さ大きい文学は誰にだって通ずるね」みたいな言いぐさでできた世界全部を、ひとつひとつ、嘘か本当か確かめるような、そんなクイズ、クイズ、クイズ小説をね。さあ、皆様、ここにある事の真相をいくつ知っていますか、誰に教えられましたか、どうして疑いませんか。ほーらクイズが付いていますよ。

え？「クイズ付き小説？」ならばミステリーじゃん？　て？　いえいえ、つまりミステリーのようにですねえ犯人がいる、という立派なあり方で犯人が存在するわけではないのですよ。だってすべての、この国の根本にある、大切な真相を覆い隠すために、事件はもう千五百年も前に起きた後なのだし（さて、ぶっ飛ぶぞよ）。

　場所は九州宇佐《うさ》王国、あまりに遠き五世紀前、さて、ほれここにさる神社乗っ取りが行われた。そして、本来の国が、民が、天が消えた。その上人間、個人の意志、内面、感情、イメージ、祈り、そんなものは狭いところに押し込められた、負けたものとされた、ないことになった。それが故に嘘は流通し、ばら撒きは大儀となり、大儀と大組織は虚妄となり、結果古代中国の理想帝国から共産主義まで全部失敗した、というかそれが失敗するに決まっている事が見えなくなった。調べればどこの国でも本朝そっくりの同じ「フィクション」が。古代史の誰も見てなかった隠れ物語の中に、ええ、あります、とも。

　え、さっぱり判らんて？　じゃあクイズやれよ。

　ほーら、クイズ、さあ、国家とはなんだろう。それは隠された失敗のことだ。たとえ繁華街の真昼だって、みんな見ていたって助けてくれないそれが国家だよ。「一瞬わかんなかった」、「え、何かあったっけ」そして声を裏返して説明する目撃者は、自然と（談合だけが目的の）共同体からいなくなっている。

　え、ますます判らんって？　うん、でもあたしは死ぬまでこれやるから、どんなに暗くとも。遠くとも。

　そんな事物の陰に隠れた見えないもの、をあたしは探って、写し取ろう。それは、神秘でさえない、そしてまた「犯人がいない」事をトリックにしているわけでもない。あるのはただぐっさぐさのだらだらの現実の流れ、犯人とはとても呼びがたい言語の蟠《わだかま》りや、自我と国家の関係の不具合について。しかもですね、それ、それこそ闇の中に一秒ぼーと光が差した途端そこには。

大声神忘れ神リセット神押し流し神紛らわし神が氾濫し……そしてまた。

あたしは別のクイズ小説を書いていくのです。そしてまたぼーっと浮かぶ影の前で「なんだまたいつもの繰り返し？　あんただれ？　よくある不細工の、また怒っている、酔っぱらいのおばちゃん？」とか言われてでも……。

繰り返しを繰り返しにしないこと。それが肝心だ。そして国様は都合悪ければすぐ忘れるから、その油断している隙に、むしろ身も蓋もなく汚れも恐れず攻めていくだけなのさ。そう、手を替えても品を替えても結局ひとつことを繰り返すたびに、そのひとつは新しくなっていく「古く」なっていく。起源に近づいていく。終わりから遠ざかる。

はいはい身辺からやってゆきますよ。国家がついつい放置したこまっけいところから「ええ、〇〇〇？　あれ世間で言ってるのと随分違いますぜだって、ほらこれ、知ってるか？　それ、本当か？」って、そんな問いからさえ、何もかもが、この世では偽物三昧だと伝達してしまえるのさ。ふん、訴えられねえよ、どうせ「フィクション」だし。どうせ偽史だし。

問の力の威厳を借りて、あたしは見えないものをみせます。それが今日日《きょうび》のクイズ私小説でさ、しかもそしてそんな丁度いいクイズのテーマがまさに私の身近にあったってば、そうともよほーらこの身辺に。

ま、そういうわけで、その身近な素材がクイズのテーマとなっております

ので。まず第一回クイズ。

ええ、というわけで今回の質問は全て**荒神に関するもの。**となっております。だって、……、なんたって、(おおきなこえではいえないけど)。

……もしここでクイズをするべきだとしたら、必ずそうなるのが妥当でしょうからね(題名上もですけれどね)、だって今から、

どんなに紛らわしかろうが怪しかろうが、ともかく作者は人間の内面の本来語りえぬ「全」歴史についてなんとか語ろうとだけはしていますのでね。そりゃもう本邦初宇宙開闢《かいびゃく》以来で、えええええええええ、そうそう、未来に向けて、ね、ここなファーイーストの未熟国に、おいて、ベストセラーの陰に隠れて**ひとつやったろうと、どーんな変でもね。**ただそうするとするとね。この流れ上ね。

世間ではどうでもね、ここではなんか、ま、我が五十四年の人生の必然としてね、ついに現れた最後の鉱脈とゆうことになるものをそれを告白せねば話は前に、進みません。生まれてからここまで捜し当てたもの、それこそこれ、ちゅうことである。え? 「どうせまた騙される」、うーんでも今の時点ではこれ、どうか皆様一緒に騙されて、あるいは、そうでもなくても、騙されるあたしを、笑って見ていてね。だって間違いながらあたしは進んできたからさ。もし今これ間違っていたって次にまたちょっと前に進むからさ。

嘘で固めた国史の面皮、出てきたにきびを絞り出す。そして「精製」純度はともかく、それが、ああ、われらの希望つまり……。

だーかーらー荒神様です。荒神、こうじん、からたにこうじん、違う、猫トイレット、

こうじん、さま、ええ。

　そうですわが家にはひとりの荒神様がいます。今からこの荒神様についてのクイズを主催します。その前にちょっとだけヒントあげますね。これで商店街のクイズみたいに甘くなるから。ヒント、うちの荒神様はけして台所神ではなく、私的総合神です。例えばあたしのような覚えの悪い頭でドゥルーズ使う事を心配してくださいます。そうして家猫のおトイレの心配もしてくださいます。また論争原稿のチェックやさるブス叩き論敵の提訴期間（あたしは間違えていたのにお陰で無事対処出来た）まで覚えていてくださいます。その上この前なんか新しい電子レンジまでプレゼントしてくれました（その話はどうぞ、単行本『猫ダンジョン荒神』でお読みくださいませ）。

　ちゅかここんとこ自分に関する大抵の質問は荒神様に伺うとたとえ間違いでも答えが返ってくるシステムに（うちは）なっています。そりゃ「嘘」も多いけどね。例えば。まず、このブスに嫌がらせをするのが趣味のさる面食い高学歴論敵、託宣によると、「二〇〇八年末逮捕される、反訴せず放置せよ」って教えられた、のにその年はなんともなくってまあでも放置正解で済んじゃっていたり。それにね、神はけして嘘ばっかり言うわけではないですよ。ことに「家畜」の世話とか自分内の自己がんばりが少しでも効果ある事に関してはね。

　例えば――。

　投薬と食事をちょっと考えたら、一度プチ危険状態になった十六歳の猫の排便と発作は元の健康な状態になりましたね。え？　「んなの自力じゃん」ええ、そうです。自力を発揮させてくれる自分の一部それがうちの荒神様。自分感謝、自分神です。われこそ神ね。は？　「んなの猫力じゃん」そうそう。同時に猫に感謝ですわい。だってうちの荒神様って家の猫の祖霊でもあるのです。即効でね。だってお姿の一キャラは猫状なんですぜ。

とはいえ荒神様にも出来ないことはある。なんでもありの神つまり西哲から家畜まで可能なのにそしてもしペット様のならばおトイレ問題だってＯＫのこの方が、なぜか大事なことですが、なぜか人間のおトイレの担当だけはなさいません。しかしね。

でも、ね、これは、けして人間のおトイレを差別しているのではないのだということです。いろいろ聞くと（誰にだよ・はいはい神様方ですわほほほほ）家の、屋敷内の、まあ私的なことですね、それも竈《かまど》だの水回りだの、家の中のどっちかというと裏方的、ああ洗面所、お納《なん》戸《ど》、おトイレ、物置、お風呂、そういうところ（これを後ろ戸と言います）の殆どは例えば荒神様だとかおシラ様だとかお納戸様（このお納戸様は座敷ぼっこよりもおとなで割りとケチな神様です、お願い事の時に張り込んでお高いお御馳走をお供えすると、「節約しろばーか」と言ってばちを当ててきます、その上になんでも握り込むタイプなので未婚の娘がこの方をうっかり拝むと「惜しまれて」しまい「他家に出られ」なくなるそうですつまり独身で終わる〈あととりでない限りはね〉のです、ま、でも人によってはそれを幸運と思うかもしれませんけどねー）等の非国家神様がやってくださるのですが、その中でなぜか、人間の使うおトイレだけは天上界というか「国家神」というか、「ヤマト側」の管轄になっているからという事だそうです。

え？ 信じない、なんで？ あたしの言う事がころころ変わるからって？ 「だって、なんかあんた、今はやたら荒神づいてるけどつい去年別の神の名前呼んでたろう」って？ 宗旨替えも大概にしやがれって？　前のはどうなったって？　ああ、五世紀前に追放された主要な御三神？「人の道御三神」？　その事ですかい？　あはっ、そんなの、大丈夫ですよ、実はこのフィクション、前のの続きなんですもん。その人の道の神様とここの荒神様はまるで語り物みたいに、なんと親子同士だったのですわい。つまりうちの荒神様とは、実は、あの五世紀前に滅ぼされた人間の内面の本質にして、真の自分宗教にして、本朝が隠した大事な事ばっかがそっくり入っている、この謎とクイズに満ちた人の道御三神から生まれた大事の御子、しかもその後千年、巡行にも随行、つまりマスコットちゅうか、**シークレットキャラだった方なんですよ。**

　利発なお子様だけれどお生まれもあって就職が出来なくって、お体はお小さくて、大変可愛らしい動物形。ずっと女神のふところに隠れていたわけで。ええ、家に来た荒神様って実はその方だったのです。そういうわけでいきなり猫荒神が出現して活躍するわけですわ。そうそう同じ字使いですよ。清荒神とか三宝荒神とかのあれと同じの、でもいわゆる、現代マスコミまた教科書等の既成概念とはまるっきり違うクイズ的真相を今ここに表している、それが本物。ええ。

　も、なんたってね！　この二十一世紀こそ実は荒神の時代ですわ。そして今の新内閣、はいはい、どのような一見官益排除の仕分け政策も忽ち文化叩きに転がるような、そーんなごけっこうなご一新の御内閣様さえも、実は荒神の入閣なしにはへーっ、やってれんはずですわ。まあでも荒神様がもし入閣してもね、やっぱあんまし役には立たないと思うけれども。だってどうせ「お前らみんな辞職しろ、僕も辞めるから」とか「辞めて掃除しろ」とかそんな事しか言わないから。でもそれでもね、私的な事から始まる世界それをあたしは荒神様に。

一応だけど祈ってみるのです信じてないけどね。

つまり、後は自分の判断さ。ともかくうちの荒神様のお仕事は祀っている人間の質問に答える事です。なんでも答えてくれますよ。家の中の神様って割りとそういうひと多いみたいでしてね。但しあんまり恣意的に身勝手に祀って、欲深な質問ばっかりねちねちしていると、どんどん劣化しますぜ。ついには「人殺せ」とか言ってくるようになってしまいます。でも、ま、うちのは大丈夫今のとこなんか社会性ありますから。高い物品は要求して来ないし妥当な常識の範囲内で、忘れている知識は思い出させてくれ、そしてひたすら客観性を保ちつつ励ましてくれる。そ、相談にのってくれ話を聞いてくれ、親身に考えてくれて**一緒にいてくれる無害が取り柄、**そして別に猫トイレット荒神というようなそんな身も蓋もない名前でもないですしね、故に、**若宮にに、**っていう仮名でやってます。は？　お前ひとりよがり？　ふん！　しかし本朝は最低でも千年以上前からね、実は荒神なしではやれない国だったよ。少なくとも生産や創作や小商いの現場においてはねえ。それなのに、今ではねえ、内閣ばっかりでねえ。で、そこ、押さえといてくだはい。

で？　あたし？　うるさい。

本人だけはやる気満々でも？　皆様お困り？　へえへえ、申し訳ないこって。ところがねえ、そのやる気まんまんの事情てのが実は。

そうですよね本人にしか意味ない言葉ですがこれ「復帰第一作」なんです。それは猫看病諸事情（ドーラ十七歳半認知症また進んじゃったけど食事も若向きに戻ったし階段駆け下りるし明日は判らずとも本日は幸福なう）に加え我慢ならん血縁諸事情において小説一年の休筆明け（下書き千枚溜まったけど）って事なんです。ええそんな時あたしのようなはた迷惑な作家は一層悪あがきして悪めだちしようとして、イタくもクルいます。ていうかすでに一人称狂ってるでしょ、今まで三十年。作中においてずっと「俺」や「私」であった笙野がなんと今さら、今ここに、うわーっ、「あたし」とか称していやがるんで。そう、訳ありなんですわ。というのも。

実を言うとあたしは、この「休筆中」に私小説上の設定の大切な部分を失ってしまったの。つまり今まで信じて生きてきた家の歴史、両親の人間像、あたし的には一番コアなところがほぼ嘘だと知ったのだ脱力。ええ、金毘羅の親と家がですわ。つまり神の人間部分を形成した初期条件、そこはまだ脱力すぎて直ちに語れません。だって今まで書いてきた私小説の角《かど》ひとつそっくり偽歴史になっちゃったんですわ。そして自分に残されたのは金毘羅である事だけ。や、でもその間に得たのはこの人の道神隠れキャラ最強の荒神様。お、そっか思えば猫史と論争史はそっくり残っとる（でも子供時代返せっ！）。

ただね、まあひとりの「人間」の魂が蛇とフェニックスとジェイソンの霊力を借りぼろぼろになり嘘つかれてもなんとかやっていくというそのあり方において、「身辺全部」を書くことくれえは出来ると思ったので復帰してきました。故に、こそ、書く事も目の前だけその日の宇宙ですわ。（だって猫が明日どうなるかも判らないし）。

それは体の身辺にありながら手に取れない事。構造、ストーリーの中に収めようとするとたちまちすり抜ける事、関係性で出来ていながら「これ関係かよ！」と呆れるしかないみみっちさで、なおかつ量だけ膨大にある、なおかつそれらもまたいつ一瞬で消えるかもしれぬ、つまり、秒毎に変わるもの。結局はいつも目の前にある、大海である。そう、神変させなければ全体の見えない、神秘に満ちた日常茶飯的雑事の集大成です。それは、名付ければ神変理層夢経、身辺を神変し理を重ね重ね、それでもまだ語り果てぬ夢の、「真相」にして呪文、そしてフィクション。

あらみなさん……。

うんざりしちゃった？　あ？　これまでのところも全部、「意味不明」って、いえいえ、意味なんかただひとつだけでいいんですわw要はこの腐れ果てた現代のどん詰まり末法の世の中において、いきなりただならず、誰にも、今も、まだ見えておらぬ、この、難儀に、錯綜した、因果の規則により、今ここについに、この、齢《よわい》五十四となった鬼婆的ブス婆は、なんとかしてふいに急に、この現代文学の世界において、なんか要するに、いやーもう、ただただもう、ひたすらこの時代に荒神様を導入**しようとしている**、という、その事だけね、判ればいいです。他は煽りです。

え？　お前うるさいって、そして、今までの「騒音」で目がくらくらする。まるで、いけない商法の催眠みたいにして、なんだか、荒神をもう自分はなんだか、「既あり」のひとつのフレームの中で捉えてしまい、ここに身を委ねる、事に、決めさせられている、ような、気がして、来る？　で？　活字中毒幸いに（うふふふ）なんか荒神様が自らの身辺にまつわり付くような感じになって来たから、最後まで読んでやるって？　うはっ、じゃそっちの方向に向けて今日はことにサービスサービス、そして、連れていってあげましょう。猫トイレワールド。

てな感じで**荒神様！　荒神様ですよん、読者様や！**

こういうわけで、嘘の中の嘘、虹の中の虹、神の中の神についてのクイズですよ。クイズ。えヒント多すぎてもう全部判ったからやる気しない。本当？　ほおんとお？　ふん、でも実はあなたもしかしたら生まれてから一度も、あの、荒神様についてなんて考えた事ないでしょう。そうそう、だって柳田國男先生ですら考えるのが大変だった（？）あの荒神様ですよ。そして民俗学の研究者の、大学の先生方さえ荒神は纏められない程に、荒神は大変だ、そう言いきってはばからない日本最大の謎、不可解、それがこの荒神様なのです（つまり金毘羅は日本第二の謎ね）。

ま、要するにクイズ文学とは参加文学です。同時進行での学習文学です。ですのでね、簡単と笑う方はなおの事どうぞ、そしてまったく判らない方も取り敢えず、ぱ、とお考えんなって、そして直感でもって、AB二択、次のうちの正しいものに丸をお付けんなってっ。さ、さ、さ、さ、偶然でもいいから——。ほらー、もう始まってますよん。

荒神様！　荒神様ですよ、読者様や！　ほら。

＊

問一　荒神とは何者か　またその定義や本質はどのようなものか

A－1台所神。過去の遺物。愚鈍な村社会の詐欺的現世利益信仰である。

定義等ないに等しいので考える価値もない。**本質**的に日の光の下には存在出来ない。私的極小神。マイナー神である。国家神から見たら神ですらない。妖怪である。何者かという問いに値しない。

B－1個人の内宇宙神、ひとりの人間のアラミタマを祀ったもの。祀る人の数だけ荒神があるため**定義**は難しく「放置」されてきた。面的居場所を持たず、線上に立ち、部分に属さないことを**本質**とする。中心神であり、境界神でもある。逃走神でもあり、隠れ神でもある。内宇宙神として魂の全過程を統率する。

問二　荒神の立ち位置は

A－2荒神は皇太神宮から排除されている。故に台所にいるしかない。黙殺された無力な裏方神である。

B－2荒神は皇太神宮から独立自尊している。多くの線が交差する台所を私的な聖域とする。最有力国家対抗神である。

問三　荒神を祀る場所は

A－3荒神は必ず台所に祀る。他には祀らない。かつて後ろ戸と呼ばれた家の薄暗い私的領域、便所、納戸、洗面所、風呂、そのようなパーツの内、台所だけをその居場所とする。つまり公的、社会的に存在する事を許されない。

B－3荒神は竈に祀られる事で知られているが、実際は地方や時代により様々な場所に存在する。暫定のものは祀りやお盆、託宣儀式時に。日常的な場合は、山頂、山麓等、また村の共有地に鎮守として。家内においてはけして台所だけでない。家全体、屋敷全体の守りもする。中国地方には家畜を見る牛荒神が目立つ。地方によっては台所に竈神を別祀し、荒神には託宣、その他を専任して貰うケースがある。

荒神が村や山をケアする時は地荒神と呼び、屋敷専任の荒神を屋敷荒神とも呼ぶ。但しこれらを併せて彼の居場所とする事は間違っている。

つまり、彼の居場所は、この世とあの世の全境界線。全ての時間の更新線も彼の領土である。宇宙上の線という線が彼の領土である。その線上を逃走する事により生と死を関連させ、その一方で国家対抗的な役割も果たす。

問四　荒神の役割

A－4荒神の役割は単機能の竈神である。台所限定で火と衛生のみ管理させられる。その他の管轄はない。このため視野が狭く激烈な神罰を与えるがそれは偏っており、要するに小物である。荒神には留守番が良く似合う。閉じ込めておくのが適当な神である。

B－4荒神の役割は森羅万象の生成変化を司る境界神である。矛盾対立する二要素や危険防止のため分割線引きしてあるものを反応させ、万物を生む。宇宙飛行士からコックまでただひとつの例外をのぞき殆ど全ての仕事、家事が彼の管轄となり得る。混ぜるな危険的境界線上の神であるが故に時に厳密、時に非情ともなる。つまり、激烈である。荒神との接触はよくよく注意して行うべきである。

問五　荒神の知的レベル

A－5荒神の知性は古代土俗神最底辺レベルである。屋敷神からは常に命令を受け下位に置かれている。料理等の知識も丸暗記だけ、釣り銭が判る程度の算数である。けして運転等させるべきではない。またひとつことを繰り返しさせる時も常に監視するのが理想的である。

B－5荒神の知性は華厳系哲学思考に人間的内容千年分を習合させたもので、一般屋敷神はけして彼に手を出せない。もし出せば論破、告発、逆《さか》ネジに提訴、この世の終わりまでひどい目に遭わされる。その創造性はトリックスターとは微妙に違うものの、時に、はた迷惑である。

問六　荒神の正体

A－6荒神は地神と呼ばれる土地の守り神の指示を戴く事で、辛うじて竈を守っているパシリ神である。その姿は髪の毛の荒れた顔の不細工な、子沢山の女神である。弱小神である。

B－6荒神は大地の底で閻魔と習合または地獄を牽制する黒幕神である。最終的には阿弥陀と習合し、観音にサポートされながら人間の内宇宙を支援する光明仏である。しかし現世の権力だけは永遠に持てないので、地元公務員神である地神をちゃんと付けで呼んで、バランスを取ってうまく世渡りしている。それは弾圧下を生き延びる老獪神の知恵と言える。

問七　荒神の業務

A－7荒神は節約と用心の神、その仕事は主に火の始末である。その他には流しのしまつと家計のしまつ。

B－7荒神は言葉の神、その仕事は主に託宣である。要するに人間からの質問に答える事、またその答えは全部フィクションである。質問者はフィクションの中から自分なりの正解を見つけるように。

答えは章末に。

＊

家の荒神棚は書斎に置いてある。設置はここに越して二年後位と思う。

昔、若い頃サルタヒコという神を拝んでいた。その当時は神棚を持っていなかった。四十半ばに、心配ごとや争いを沢山抱えたまま、虚名に苦しみながら、千葉にやって来た。その地に、家を買ったからだ。すると、夢の中でお前の神様は元のサルタヒコからもう交替したと誰かに言われた。替わった神の名前もその時に教えられた。で、その、スクナヒコナという名の神を神棚に祀ろうと思ったのだ。すでにうまい具合にアクセス出来ていたから。しかも発狂とかしないで夢枕においてである。だって発狂する必要なんかなかったから。どの神もいつもフィクションの器に入れておける。別に実在の神様ではなかったから。

　神様とは現実にはいないものなのだ。それはせいぜい声になって夢の中にやって来るだけだ。しかも日常の邪魔にならぬようほんのひとこと、夢現の暗示だけ、それでも毎日出てくると困るために、その交流時には小さい神グッズ（水晶）を握るとか声を聞くときのうるさい条件付けを自分でしていた。その条件付けのひとつとして、あるとき神棚を買おうとしたのである。というのもその頃神と今まで以上にアクセスする必要がある程、現実生活のトラブルを抱えたから、そして頻繁なアクセスが危険なのを、神慣れしている身は知っていたから。つまり勝手に信仰をやっているとただの電波になってしまう恐れがあるので、冷静になろうと思ったのだ。いい方法は世間の目を導入する事。声がやたらに聞こえるようになるとそれは狂気だ。故に、歴史性のある祭祀の様式を採用して、神棚の前でだけ神に声をかけ、それ以外の場所で気にしないようにしようと思ったのだ。祈り方に気合をいれるためという切迫した事情もあったりした。時にはそれでも精神をトラブる人もいるようだが本人は根本的に普通のおばちゃんで、体力はないけれど大きな病気はなく、また昔から慣れていたがために危ないこともなかった。何よりも（当時の私は知らなかったけど）私は式内社の宮司の孫だったのだ。思えばその宮司が孫の命名に際し、ヨリマシのヨリという名を選んでいるのである。私は巫女になるよう期待されたのだ。

故に、自然と注意すべき事は知っていたと思う。例えばまず、「悪霊」は不当に褒めてくるとか。または不当に貶めてくるとか。他には繰り返しが多く、大災害の予知等のネタを入れてくるとか。他人と仲違いするように疑わせても来るし。まあこちらはもともと家のインターホンを押す人も全部自分で疑うタイプなので。いくつもの「声」の厄介を今まではずっとクリアー出来た。要は根本的にどのような時にも、私は「相手」を信じていないのだ。また自分なんかのとこに偉い神が来るとはけして思ってなく、自分信仰をやっているだけと判っていた。猫が死ぬたび心弱って声のコントロールが出来なくなると死にかけたりした。つまりその時はむしろ自分で、神から、遠ざかった。

神ではなく知人や医者に頼り助けて貰った。人に相談する気持ちと指導してくれる良い知人を私は持っている。その脇で最後は自分の本心に聞く。けして、自分は神に選ばれた人とか思わない事。夢に見たものは現実の記憶の合成とか常に自分に言い聞かせる事。

「神が降りてきた」とそのまま信じる人がまるきり無知だったら、それは他人を松葉でいぶしたりはするかもしれないけれど、現代だったら（普通は）誰も相手にしないし警察もいる。ただ厄介なのは出世等に失敗したインテリのケース。かつて自分の実力を国様が認めてくれたという過去を信じすぎていて、「夢見」の中で神が褒めてきたら傲慢にも批判も保留もしないで応答してしまう。それがただの個人の内面の物語で、脳内他者というあり方である事を理解しない。すぐに、この超越使って一発あてようとか思ってしまう。とどめに「それは神意だから」他人を犠牲にしていいとかも思ってしまうのだ。さてその神がまた時に「デリダ」だったり「科学」だったりもするし無宗教と称したり理性と言ってみたりたちが悪い。一方、もともとから、幸福にも、国様とあたしの相性は悪かった。

要するにあたしは自分の祈りの嵩上げとかをしようもなくただ祈ってきただけだ。二十代どころか十代からもうあたしは神様に聞いた。神が物理的に存在するとか思った事はない。信仰というより私的お祈りだ。また、ここ十年程の望みは。

孤独な時に、客観性を持ちながら自分の味方をしてくれる、唯一絶対の他者を獲得する事だった。普通、そういう時人は結婚とかするのだと思う。しかし、あたしは夫婦も、結婚も、他人も、ドラマに出てくるような恋愛も判らないで生きてきた。今となっては、親子というのも判っていないかもしれないのだった。尼さんが仏といるように私は神といて、ただそういう文学を書いてきた。それは文学が「好き」なだけの人に読ませたとき、「こんなの文学じゃない」と言われるような小説であった。

ところがここ一年ほどあたしはそんな文学も発表出来ずに暮らしていた。

既に重度に入った認知症の猫の看病があったから？　違う。だって看病はまだやっているから。その間も小康状態はあったし、猫の脳の老化は止まらなくとも、あたしがケアしさえすれば割りと嬉しそうに無事でいてくれる。そして別にワープロに触らないわけじゃなかったから。

何があったってあたしは書けるのだ。体が死んでからでも硬直が始まるまでは書いているかもしれない。だから文学を発表しなくてもワープロは動いていた。いつもより不具合でも文章は染み出て来た。でも纏まらない。固まらない。まるで悪い征服神に呪いを掛けられて固まらない金属、仕上がらない刀。

ていうか、あたしは今まで培ってきた人間の歴史の多くをなくした。この休筆同然だった一年の間に。自分がこれと信じて生きてきた自分自身の私小説的設定、出自、そんなものが結構嘘だったと、知ってしまった。ショックだったのは親の顔が死んだのも生きてるのも、もう見えなくなってしまった事、いや、ま、家の親は戸籍上も遺伝子上もどっちも実の親ではあるけれどそれが、異物みたいになって。でも気が狂って離人的にそうなったのではない。

だけれどもそれでもあたしは平気だったというかむしろ一層金毘羅になり、「猫と論争と千プラ」になりあたし自身になっただけだったのだ。放浪者みたいに土台をなくしたのに、型から取り出した落雁のように、こちんと固まったままであった。そう、もう輪郭がないのに、無事に中身がある。——あたしは、商人だと思っていた父の家が侍だったと、知った。村の無名の鎮守だと思っていた父方の祖父が神主やってた社、それが伊勢国式内社に属する有名な古いもので、しかも祭神はアマテラスの鏡をずっと磨かされている、海民の女神であると知った時に……彼女はニニギノミコトを生んだ天孫の母なのだ。ならば、ずっと頼っていた宇佐の神の身内なのか。

そんな鏡の女神はまた、高級織物の神でもあった。そう、どちらも宇佐の先端技術なのだ。それらは例の五世紀以前、奪われた王国から貢納されたものだ。金属は銅と金、無論鏡は金属製である。秦氏に象徴される高級織物もまた、渡来の技術である。ほーら機織りの美少女を天の王子は見初め玉のこしにいざなった。ね、ここでもう美少女なの。つまりそれは海民女性全部の技術と睡眠時間を美少女と共に奪う鏡磨きと機織りの収奪の頂点である。というかそれの纏め話だった。一方、社の歴史はまるで宇佐王国の負けと変遷の写し絵のようだった。ともかくその来歴は平安まで「不詳」そして江戸期だけで何回も名が変わっている。神々の闘争をそのままにして。権力側の名前にどんどん書き換えられ。

そんな神社をあたしは無名の鎮守様と思い、餅も上がっていない等と自分の小説に書いた。しかし本当はどんな時も祖父と使用人との大所帯であってもかきもちにしても食べ尽くせないほど餅が溢れていたと。またそれよりショックだったのは「古臭い百姓家」と母が馬鹿にした父の家が維新時に亀山から持ってきたという本物の武家屋敷だった事だ。「なんで冠木門《かぶきもん》あるんだろう」ってよく思ったけど。そして侍自慢の母方が笑っていた父の家の方が侍だった。むろん、あたしは別に身分にこだわっているのじゃない。ただ、自分の受けて来た「家内差別」にこだわっていた。小さいものだけれどそれがあたしを作ったのに、なのに嘘だった。とどめ、現実に母方の家が全部絶えて消えた。そんな後始末と相続問題の中さらにあたしの中の脳内父方が消滅した。あたしは弁護士に委任状を出し大銀行に提訴予告を出し遺言執行人に当たる銀行を解任した。しかしそれに必要な当の相続の公正証書を見せて貰う事が出来たのはその直前であった。ごく一部分とはいえあたしも相続人であるのに内容を教えられなかった。そして裁判の審判を五回受け相続財産管理人名義の通帳を持ち、銀行に電話して申述書を送り、弟のために登記変更や何かを弁護士に頼んだ。その間も寺院への土地寄贈問題を勝手にされそうになり墓の権利書や、保険の交渉やなにかあるたびに普通には出来ず、眠れぬ夜が続いた。その理由はあたしが「女で何も教える必要がないから」、しかし法律や審判はあたししか出来なかった。登記前の土地を売ると騒いでくる人に苦しめられた。公正証書の通りにするなと怒鳴られたり。父は葬式や現場の家の片付けを弟のために引き受けていた。そしてその中であたしの目の中の父の人間像が変わり、(ちょっと唐突だけれど)この世において父の娘とはあたしではないことと、もっと長女にふさわしい人間が昔からいてあたしはその女に翻弄されて生まれてから五十四までまったく騙された嘘の人間生活を送っていた事が判ったのだ。とはいえ彼女には何の「道義的」責任もない。父と知り合ったのは十五、六だし、なんたって娘に過ぎないから。恋愛でないから。彼女の名はみいや。この金庫番を父はメイドのようにみいやと呼び、母には運転させず会社のでないような良い車を買って使わせていた。母は父の靴を磨こうとしてもみいやが磨いていて出来ないと言った。そしてあたしはこの件をあまり考えてなかった。でも逆算すると判るのだ。それもつい最近まで知らなかった父の人間像を使って、一気に。ああ歴史は贋物だ国のものも家庭のも。母のくつは二十一・五センチみいやのサイズは二十一センチ以下。私は、二十五センチ……。

　後妻の子で家来にされ侮辱されて育った。厳しい商人の家で玩具ひとつ買ってもらえず、苦学して肉体労働し、自分で会社を起こしたそんな「あの人」の前でお前の態度は全部否定されて当然。母はそう言っていた。だから、「男」として父に報いなさいあなたは丁稚になるのよ、そして将来は無医村の医者にね、そしてパイロットと結婚して子育ても仕事も男並みにね。そうすればお父ちゃまはあなたを認めてくれるのよって母は繰り返した。でもなんかコース間違えたよ、母が嘘つきなの？　またその横で父は「家は神主がいたけど唯物論者なので神棚はなかった、武士じゃない」って言ってた。でも本当は士族だって、けーっ、だから何なんだよ、それで？

彼、お坊っちゃまだった。ひとりずつ専属姐やがいるような貴婦人的姉三人が彼の召使。どのように仕えられると快いか知っている三姉妹が家来。他にばあやがいて、七歳まで乳房を吸わされていた。喧嘩でなかされぬよう昼間はずっと兄やがつききりだった。なのに娘は金毘羅で丁稚だもの……そりゃ相性悪いわな知らなかったよ。

自分が悪くて父の機嫌が悪いというのではない。それが判ったことは良いことであった。しかし金毘羅に耐えられるような忍耐強い親でないことも良く判った。双方に不具合があっていろいろあったのだ。なんたってでもやはりあたしは娘とかでいるのに向いてないタイプだから。もともとこの神もどきの魂は育つと蛇体になるしそんなものよりは他人でも人間の方がきっといいはずだ。その上昨年までは頭に蛇が四匹生えていたし。今は大きいの一匹になっている。

ああそうだ、さっきの話に戻るね。

神棚を祀る程のトラブルとは何か、それは今時純文学論争をするためであった。抵抗する事にしか意味ない戦い、でもその果てに結局金毘羅と荒神をあたしは見いだした。先の見えない状況、ことに、昔同じように戦った先達は高齢化していたりガンを切っていたり。それでも葉書や対談で手を差し伸べてくれた。彼らが神だと思った。だからどんな時も神に祈った。——自分の中に眠っている別のレベルの心の働きを求める時、研ぎ澄ました判断力が欲しい時も。眠っている自力を動かしたい時、おじけづいた自分をはげます時、他、猫の健康を保てるよう自分が無理したい時。とはいえ、素人祈りである。近代以後神棚である。

ある時、あたしの拝もうとするものは、謀叛の神だった。国家に抵抗して消された神。スクナヒコナという体の小さいその姿を脳内他者として自分の想像の中であたかも生けるがごとくに動かそうとし、自分の心から判断を取り出すようにした。戦えばある程度消されるだろうとは覚悟していたから、消えた神で良かった。

そんな神を祀るにふさわしい棚を求めて、ホームセンターに行った。だって祈りの対象が、主観だけの「的」では勝負にならんと思って。でも実はその時既に矛盾を感じていた。つまりこの脳内対抗神スクナヒコナはあたしの想像上の産物だというのに……売っているあの神棚はというと、いくら様式を借りたいといっても、どこかのお偉い様のおうちのコピーなんだよ。ところがそこに入るのはレジスタンス神で、どう出るか判らない黒く機敏な神、捨て身の怖い神、なのに「容れ物」は偉いさんのコピー？　で、偉い神用の幅広い神棚が嫌で、ふと横にあった小さいのを買った（それ、違いますよお客さん）。そして、実は、それが荒神棚だった。その時の祈りは結局うまく行かなかったけれど。でも自分信仰だから神は捨てられるし取り替えられる。故にその後いろいろあって私の拝む相手は転々とした。台所に道祖神が生えたり海から大物が来たりした後、御三神が来て、今は（その御子の）荒神様だ。いろいろ考えて熊野で手に入れた石をその御神体にした。荒神棚に入れた。荒神様だ。正しくなく何も知らず買った棚は最後に正解になってしまったのだ。狭いこの書斎に荒神棚は似合う。

六畳弱の小部屋は天井の一部が構造上下がっていて、窓が三カ所あるのに全部小さいので開けた土地に建っているくせに光の入り方が隠れ家ぽい。そうそう、結局はなにか屋根裏部屋系。しかもこの棚において、実は。

そう荒神様なのにこの荒神棚に彼は常駐しない。常に、出入りを繰り返す。「僕、屋敷の床下まで見回りするし」と称していて、棚に居つかない。ただこの家に居坐る事は早くから決めていた。というかあたしがこの家を買う直前に、門からさっと入ってきてしまっていたと（別にぬらりひょん、じゃないのだけど）。そういう入り込み神様だけどそれについてうちの荒神様は「荒神特権」という呼び方で説明してくれた。中国地方では地鎮祭的に竈払いというのをして荒神を祀る。その時に荒神は家の持ち主より早く家に入るそうだ。

つまりそれはあたしが神棚を祀る前の話である。というか家の契約の手付け金を現金で持って電車に乗り間違い、泣きながら（他の人が買っちゃう、売主がおこるー、とかあり得ないのに思って）お札《さつ》を両親指でぎーと押さえ付け（貧乏人！）電車の中でも進行方向に走ってあせっていた時点の話なのである。と語ると神様は家を買わせたのも僕とか言ってのける。つまり千葉に来てからというもの（十年一緒だよ！と）。

ずっと一緒にいていつしか相談にはぼちぼち乗っていていてくれたらしい。その声が届かぬ、または他の神と思った理由は、祈る側の間違った知識である。

（ふん、どうせ棚はホームセンターで千二百円で買ったものだろう）。

番号で区切られた巨大店舗の、工作材料や踏み台のコーナーの裏側にそれはあった。上の段に（伊勢）神明造《しんめいづくり》タイプと（出雲）大社タイプが並んでいた。それらはどちらも横に張り出していて金《きん》金具が目立った。無論一番小型のものを選んでも嫌になるのだ。

郷里の言葉で大きくて嵩《かさ》がある事を「ご、がある」と言うのだが、まさに「ご、があって」しんどかった。その上にこの神棚の規則というものだけは既に知っていた。荒神棚以外の神棚とは本来、必ず伊勢神宮のつまり皇祖神のお札を一番いい場所というか右の端に祀る故「部屋」が複数あるのだ。まずヤマトの国家の神、そしてその後に自分的には大事だと思う神や氏神様を祀る、鎮守様を祀る。それが「通常」神棚の規則というものらしいのだ。だがそれでは、国家（伊勢）から逃れたくて国家に対抗したく、そうやって祈るのにそこに伊勢神宮が入っている、という事になる。税務署にむけて、脱税の方法を聞いているような、ことになってしまう。ああああの時点でもし正しい知識さえ持っていたら、とついつい思う。つまり、荒神棚とは何か。それは日本で唯一。その神棚に伊勢神宮の札を入れないことが正式の祀り方であるような棚なのである。つまり、荒神はどっちにしろたとえ形だけでもお伊勢と別室にいるのだった。でも当時はそれも知らずこのなんだか気に入ってしまった荒神用の棚も、しょせん荒神が台所の神でしかないのなら、闘争のために祈るわけにもいかないしと悩んでいて、それでも結局知らぬままにそのどんぴしゃの棚をあたしは買って帰った。荒神という規格に不安を持ったままま。だって。

それは単なる台所火の用心神に過ぎないと思っていたから。ああ、でもね、そう、何も知らずとも実はその日あたしはうまく買ったのだ（違うよ僕が苦労してその心境に誘導したのさ、なのに持って帰っていきなりよそ神の札を入れたね、と荒神様はちょっとすねて言うのだけれど）。

心に浮んだのはこの品を「選ぶべき」実用的な理由ばかりだった。――だって、これならお伊勢の札入れるスペースもないし、小さいから六畳弱の書斎のフェミ本が入ったユニットの上にだってぴっ、と載せられるし。なんたって値段も一番安いし（その後ろにはもう宝籤を入れる箱みたいなのしか売ってなかった）。なにせ縦に長くて軽いし、壁に、フックでも掛けられるし。要するに荒神だけの個室というわけである。そして普通は台所に祀るはずの棚をあたしは自分の文学と論争のために、

　なおかつこの神が実は最強の「私」神であると、知らぬままに私は選んだのだ。また荒神が本来の日本最古の託宣神であることも知らぬままに。そして様々なひとり信仰の遍歴を重ねたはてに彼がまるで恋愛ばっかしてきた女の最後の「恋人」である孫か末息子みたいにして、わが家にやってきて、というより、この家が建って、あたしがそれを買う直前に実は彼がにこにこ入ってきていて、勝手に呼びかけ続けていて、そして出会ったわけである。なんかこの信仰は妙に恋愛みたいだね。というかブスなのでみたいも何も何かを恋愛にたとえると人々はきっと嫌がると思うのだが。そうそう、しかしその一方なお。

　神はいないのだ。私的にはそして、いない神がいい神だ。それはこの前荒神も夢枕で言っていた。「荒神はいない」、「いないのが荒神だ」って。彼に言わせると、荒神とは自分の魂をある角度から祀ったものなのだ、それを荒御魂、アラミタマというのだと彼は言っていた。外から見るといない。しかし内面から見るといなければ駄目。それは石塚正英の研究するものがみ信仰とも、またフォイエルバッハが取り上げる原始キリスト教とも似ているのだ。とりあえず、（ああ、だから面倒だけどね）皆様、こんなのが家の荒神様であって。

てことで第一章終わり。クイズ正解は天動説の国ならA、地動説の国ならB。しかし日本のマスコミは天動説かもしれないので……。

さあ第二章。これもクイズ付き小説です。今度は便所神クイズがついています。

こうして、神棚を買ってほどなくの頃、棚の中からは時々モノトーンのちび猫が一匹ぽとんと出て来る、ようになった。それはまだ家の猫が四匹とも無事だった時代である。無論モノトーンのその子は夢の中の猫で、うちの子達の数に最初は入ってなかった。しかもそれはまだ小さい猫だった。どこか変だったし。でもとても丈夫そうでがっしりして、ただ、猫離れしてた。子猫と言っても六カ月位で最初の頃は耳が寝ていて尾が巻き上がっていて、ぷくぷくの肉球、ぐるぐるの変な模様、はちわれのちび頭で、きんっ、ら、きんっの金壺眼《かなつぼまなこ》。棚から直に書き物机の上に横飛びすると机前の窓から沼を見ていた。それは静止していてもこともといそいそと見える、なんか充実した感じの変わったやつだった。ちゅか、白と黒の振り分け柄がもの凄かった。そんなわからんちんが、ほら僕は世界から隠れているけれど実はここで全宇宙を支配しているよ、へっへいそれも、国家を？　出し抜いた？　挙げ句にね、みたいな気配をちらつかせながら。そして、まるでその沼が海ででもあるかのようにうっふっふと見る姿、まあ、**いくら夢でもね生々しすぎる。**その上でそいつは、そのモノトーンちび太郎は、その年の大晦日台所に出張ってきて、なんか前足の肉球を実効的に翻して、味付けゼロの松風や以下同様、な錦卵をぽんぽんと焼いていたええええええいっ。このっ勝手なちび猫め、ぽんぽんぷんぷんめ！　とあの時思っていた。そんな彼の正体がまさか荒神様だなんて、ね。しかし猫的に大分普通の姿に近づいたね、だって前のあれ本当に猫だったわけ。なんか白黒の狼とかいればの話だけどさ、ま、今は一応可愛い猫ちゃんになったけどね、白と黒のださい靴下はいてね、あんたダレー？　ていうと名前も答えるし、「僕、若宮にに」ちゃん。そして「荒神様」自分に様を付けるけどこの人ちょっとない位の苦労人でねえ。どう見ても子猫なのに一千歳で。最初の頃は夢でも、あなたどこの子？　よその？　にゃん公くん？　て聞いた。でもいつか毎年正月になるとこの子は夢の中で活発に動くのだと理解したね。いつもお節《せち》は自分の食べる分だけを、ぱぱぱぱぱと仕上げ、さーと二階に持って上がって行っていた。それで私が三時間もしてから二階に上がってみたら（という夢を続きで見るあたし、無論フィクションとかにしなくてもそんなくらいなら見られる、――）。

　そうさまだ今年中というのに、年も改まっていないのにその古い火、去り行く年の火「今はもう死ぬばかりの火」で焼いたまだ温かい、本来正月にいただくはずの松風をあああまだ年内ですが子猫は既にげっふげふに喰らいおえて、かけらが棚の周りに飛び散っていたな、錦卵は二口、わぐうううと喰い進められ、半月形の喰跡が両側に付いていたな。なんかでもそんな料理普通一晩寝かすとかしないかなー、そんな作ったばっかりの松風味判るのかなーって思うけれど。

　翌年も毎日大晦日までそいつは台所に出張っていやがってなんかああ、最近は牛炙り肉トッピングのサラダまでやってくれて、うんあたしにはくれないの全部ひとりで食べて、あたしはその夢の中で猫に言っていた。「お祀り用だよね、それ、神人共食で食べるんだもの、それでもあたしにはくれないんよねその犠《にえ》」て厭味言ってやる。そしたらばに、に、はこう答える。

「お？　いいじゃ？　んなの？　僕、君に」

福をあげているもの、守り神だもの。

微妙な福ではある。でも感謝したいのだ。何よりも君といたいのだ。そしてこの猫のくれる福とはけしてプラスではない。さあ福とは何か、それは貧乏人にとっては単なる復元である。かき乱しのマイナスの後の回復が「福」なのだから。でも実をいえば、家の福の元ってだいたい不幸なんだ。不幸がずーっと一杯並んでて不遇と不当と不公平が固まって死体になったやつを料理して無理に福にして食っているのである。しかしそんな台所の幸福と来たらこたえられん。例えば宇宙一うまいビールを飲める台所をあたしは持っている。うんそれでいいの。つまりある夏の日、猫が階段全部にうんこをなすって暴れあたしの顔にゲロをかけたその後でンコをうまく引っ張りだし階段に臭い消しをかけたら臭いが消えた。夏だった。全部をうまく片づけて猫が一応すぐ無事になったから、そこでビール飲んだ。荒神様！　荒神様最高！　「小さい」から凄い神なんだね。ビール（内）宇宙一うまかったよ。そして大晦日の大食らいの理由はこの前聞いた。

正月始まったら食べる暇ないんだよ僕。

理由？　荒神だからってさ。彼に言わせると荒神というのは変化とか更新を司る神でもあるから、正月忙しい。しかも「君んちのやしきまわり、僕、フェンスのメンテまで全部やってるのでね」。正月は門、竈、窓、米櫃《こめびつ》、全部のパワーを更新する上、あたしが執筆業なので言語の洗い張りまでやっているからだってさ。「いい？　前の年が死ぬ時は、次の年が生まれるね、でも、人はずーっと歳月を生きている、僕は君の家の命を見張りながら、生と死の境界線上に立ってその交代を監視する、それが仕事だから」「だから心配せず君は人間の用をしてね、僕は古い神で国を失った、負けたからなんでもやってきた。そして君といる。嬉しいでしょ、ね、さあ、生きなさい、他の事はみな僕がやるから」

棚から出てくるのでなければ気にしなかっただろう「猫」。そしてこの家で黒白を飼った事は一度もないのに、「本人」は言っている僕は君のところの、家の猫の先祖だと。そしてとうとう。

夢から錯視の中に入り込んできたのはここで、あの二匹が死んでからだ。あたしは角膜に傷もあり眼球が分厚くて乱視が進んでいく。まつ毛も生え方が変で痛い。要するに目が悪いので、うっかりしていると家中で横切る影が実在の猫に見える。ところがこれが、失った二匹への悲しみやドーラの未来への不安の中で、徹夜明けや高熱時、居もしないくせにそう、おなじみの白黒がふと、ついに、横切るようになった。時には冬の夕方の電気をつけたワープロの上からさっと逃げて神棚へ。故に、未来に飼う猫かと思った事もあった。いつかあたしの家から猫はいなくなる、その時の希望みたいに思ったこともある。だけど神だった。今は能弁な屋敷神だ。

死を否認するアマテラスは、ミカドの永遠の若さと健康と美を保証する。それはつまり老いも病も否認し、精神の成長や魂の中身を嫌う神だ。故に荒神は言う、ほら僕は死が平気なんだ。だから天の偉い神は僕と組まない。だから僕は自由だけど出世はしない。僕は独自のまま、現場で終わるのさ。

荒神様、荒神様、パソコンいじるでないよ。え？　スレッド保守だって？　モノトーンの猫は、虫が上下するように、神棚の上をのぼったり下りたり、十年もの間あたしが気づくのを待っていてくれた。

生まれた家でもあたしは浮いていたのに。大切にされてもなつかない事は確かだったけど、家庭の中にまでも国家のご都合が入りこんで汚染されていて、というか偽歴史が家庭を覆っていたのだった。あたしの心は神なので金毘羅なのでついに今それを見つけた。そうそう。


昔、昔、母はあたしを叔母の養女にしようとした。でも、叔母はあたしの子供の頃からあたしを嫌がっていた。弟が欲しかった。母は弟を惜しむという自己都合を隠し「男子が跡を継ぐ」という本音を隠した。

どうしてそうなったか、今思えばこの国で生まれたのに、また人より言語をつかう能力は特には劣ってないはずなのに、あたしの言葉は家族にあまり通じなかった、通じた時には都合良くねじまげられ無効化されようとした。で、まともに通じた途端リストラされた。うん、家族からね。それ故あたしの言葉は別の相手をもとめた。すると、その相手は結局神だった。そういうあたしは、でも、オカルトは否定、自分由来でない神もまったく否定していたし、またキリスト教とか既存仏教とかそういうところに行くと祈れなかったのだ。あたしは神仏ニッポンの画像も聖地も使うし、お供えはするけれど、外からの光や、組織や団体はあたしのお祈りをゼロにしてしまうと感じて団体拒否していた。それでは何を拝むか、自分を拝む。ただの自己崇拝か、違う、自分の中の、他者を拝む、それを神と呼ぶ、人間の個々の精神の中にある社会性を備えた魂を呼んで拝む。フォイエルバッハはそれを「人間の本質」と呼んだけれど私は荒神と呼んでいるだけだ。そんな荒神がいるから、きっと猫が死んでもなんとかやっていける。だって彼十年も待っててくれたのだから。え？　「百五歳まで生きてごらん、ノーベル賞あげるから」ってうん、ありがとうね荒神様。

ここで、さあまたクイズです。だってあたしがちょっと図にのってクイズ出したらなんと、荒神様は今いきなりここ（つまりワープロの上）にやってきて、「僕も」って言うからさ。あれれ、荒神様あなたのお姿見たのお正月ぶりだねえ。

正月確か猫がやばくてそれから暖房器具が事故って父とも事故ってそのあとでついになんかトイレまで事故った。あの時確か彼はトイレ前にいたね。しかし彼モードが違っててモノトーンじゃなかったな。雷の鳴る前とかにそれになるの。なんか金茶色のSFぽい恰好になる。人用トイレの事故の時、彼は荒神様は入れないから。いらいらかりかりしてもうひとつの正体を剝き出しにし、あたしが危険だと警告をしていたのかも。

その事故はあたしの精神の危機に繫がるものだった。あたしはトイレにいて意識を失い、そしてトイレから帰らぬ人となってしまうところだったのだ。しかしそれはあたし以外のところにその改善法があるからって荒神様は言った。つまり家の建売は建売によくあるケースとして普通の地鎮祭をやっていない。ま、それ故に天孫の管轄を逃れていて古式ゆかしい荒神様がするーっと入ってこられたというわけだけど、その一方それ故にこの家便所神がいない。しかも下手に正式勧請《かんじょう》するとここも権力に抑えられてしまう。しかしそれでもどうしたって人間のトイレだけはその天上の、「ヤマト側（ここに悲話あり）」の神でなくてはメンテナンスがやれないのだ。故に「僕がうまいことなんとかしますよ」でもね「来てくれる神様が遠隔地のオタク（ヲタクではないらしい善神らしい）神です。ですのであなた便所神の勉強をしないとだめ、話合わないと守ってくれないよ」ということである。そしてまたその勉強をすると、例えばわが家で起こっているおトイレ関係の不具合についてと国家権力の「正常作動」というある意味最悪の不具合について私でも理解出来るそうです。そう、権力は便所をも掌握する。最も現実であり現場であるものを捕獲している。そしてそれで破綻しない以上そこには収奪された、誰かがいる。ああ便所神様は鏡の女神のお身内で最も美しい若々しい方だそうです。クイズのヒント、として便所神画像も拝見しましたです。それは、ちょっとない清純さ。海神一どころか世界一の可愛げ、そしてその便所神サポートは今からはたしてどのような展開に。ま、それよりはこのサポートさん、家に果たして降臨してくださるかどうか、ていう事ですよね。

さあクイズです。当てたら家のトイレ回りがなーんにも困らなくなるというサポートが得られるクイズですよ。しかし答えるのはあたしだけじゃ、今から答えます。そして答えは章末に書いておきますので。

ね、荒神クイズの章は終わりましたから今は便所神のクイズですよ。荒神様から来たメッセージをそのまま転送します。

＊

——僕は若宮にに、職業は荒神様、主なお仕事は質問に答える事です。だけど、たまには僕だって質問したいからね、さあクイズです。二択です。二問です。賞品はなんと！

　僕の仕切りで君の地鎮祭さえやっていない、建売住宅に、専任の便所サポートをお迎えいたします。但し本社からお越しくださるのではありません。現場のメンテナンスの方にお願いしますのでね、着き次第修理とメンテナンスが始まります。本社の方の代表神様のお顔はこのサポートのお兄さん神がよく知っています。ごめん、僕荒神ですので頑張ってもおトイレのガードは出来ないのです。立場上公務というやつを全部止められているので。じゃ、ちょっと「言いにくいところ」の真実についてです。

　他には僕と便所神の関係についてね、そこをはっきりさせないと僕も機嫌悪くなるし（このコメントがヒント）。

A　ここより北の伝承

荒神と便所神は仲が悪い。なぜなら荒神は子だくさんで醜く、嫉妬深く、髪の毛の少ない女神だから。一方、便所神は独身で掃除好き、本朝一の美人、その上アマテラスオオミカミの妹分であるから。つまり最前線の激務に耐える上に「さっぱりとしていて気立てが良い女神」という、その政治性をもって、本朝一の美人とされているだけである。

B　ここより北の伝承

荒神と便所神は相思相愛である。なぜなら荒神は潔癖症で引っ込み思案の草食系男神だから。他方、便所神は優秀な託宣神で本朝一の積極派肉食系美人だから。しかもこの女神は滅ぼされた四世紀海洋華厳王国の機織り最高神◯機千々姫の実の妹だから。つまり投降した悲劇の美少女神の、そのまた独身の妹、故にただ単に、ヤマト朝廷の理不尽への反発を込めて本朝一の美人とされている、だ、け、で、あ、…る。

＊

家のトイレは、まあ小さいおうちなんだけど二階にもある。一階も二階のもそりゃ、当然水洗。でも、ううううむ。

なんか最近になってというかこうしてお便所神様サポートを待っているが故に、やっと判りました。えええええ別にさっきのクイズに答えたおかげではないんですよ。ただ今までのあたしってなんて傲慢だったのだろうって。

指定なし、イコール、水洗っていう発想。一体、いつあたしはそんなひどい身勝手な偏見を身に付けてしまったのか、と。要するに、便所について真面目に考えておりません。思想としても感覚としても放置したばかりか現実として対峙していないのだよ。

なにせあたしはこのトイレの仕様を、今まで書いてきた身辺取り込み風自分語り形式小説において、ことに二階のそれについてまったく、書いていません。「様式」の指定を、していませんでした。つまり説明する時は「二階のトイレの内装がピンクなので気に入った」だのと、みてくれについてだけ、なのであった。一方機能というかその根本についてはまったく省略し、そうそうレバーひとつでさーっと出る文明的水流がデフォルトかよ。ああそう言えば、——。

昔、この便所水も中水道にしろとかつて物凄く熱弁を振るっていた女の学者がいた。あたしが子供の頃、なんか水とか環境のシンポジウムです。教育テレビのお昼。

他の年配紳士学者の人がきれいに総論に入ろうとするたびに、なんかその女性だけが（確か女はひとりなの）ぶりかえすみたいにそればっかり言っていてでも世のため人のためと顔に書いてあった。すると紳士学者達は彼女をはぐらかしたりなだめたり、別の「公平な」話題に持っていこうとする。でも本人は真剣。あれからもう三十年は経っていると思う。水不足になるたび、ダムの話題が出るたび「ああ、あれやっとけば良かったんじゃないの」って思うけれど。

その一方でしかしあたしは今駄目な人になり、この水洗という仕様をいつしかあって当然と見なし書き落とす程に堕落してしまっていた。で？　中水道ってどうなった？　一方今のあたしはあの中水道レディの苦労も省ず水洗デフォルト文学に身を落としてしまったのぼっとん？やれやれ、さてでも尾崎翠がいつそんな傲慢な事したか。それをあたしごとき時代も下った未熟者が。森茉莉がそこまで贅沢であった事一度だってあるか。それをあたしごとき時代も下った未熟者が。でもね、ついにね、今やその事を思い知らされている。今思うと、ああ、私小説の中にさえ。

例えば「いつから水洗か」についてあたしは正面切っては書いていなかったかもしれないのだ。これも偽家族史、思い込み親イメージの中で育ったせいなのかよ。さあそれでは……人生のどの時期一体いつ、あたしは汲み取りを卒業したか。そうか。家に会社が設立され事務所が建ってそこに水洗が。じゃああたしは九歳か？　だけどその時、元の家は別にいじらなかった。つまり。

お、お、おおおお、思い出したですばい。裏に白塗りの蔵と藪があって大陸から帰ってきたご家族の家がありました。うちの汲み取り口は、引っ込んだ玄関にそって隣の家との広いどぶに面していた。少し、蓋が外れていた。壁にとり付けてある枠のある蓋。どぶは遊廓のある頃からのもので（だからカンに障《さわ》る言い方かもしれないけど立派で広いどぶ、昔その遊廓は観光客でにぎわっていた）、隣の家は当時（今はいません）歌舞伎に出て来る大きい遊廓の子孫がそのまま住んでいました。そして汲み取り口は下から太陽光線が入っていた。家は木造で汲み取り口も木の蓋だと思う。便器は、青の松と唐子《からこ》模様が入ってて、そうだ、あの便器、勅使旅館のと同じデザインになっているらしい。といったって家は中古ではなく新築の家だった。で、おトイレに入って中を見ると、なんか下の方池みたいになって光っていた。だってあの壊れそうな木の蓋から太陽が入るから。高台に住んでたので溢れた事はなかったけど。樟脳球吊ってあった、しかしなんで。

あんなのすぐそばに溜まっているというのに、なんで、臭いの記憶がないんだろう、ああ、ある。やっぱ、ある。ただ、蘇ってきたけれどもでも家の中でずーっとしていたという記憶はない。多分、窓をよく開けていたのだろう。おや、なんか風呂の炊き口の灰の匂いまで蘇ってきた。えええええ、だからね、普段はまだまだ、まだまだ旧式の、あの、「池と太陽」で。

事務所の水洗を使ってもいいのは、家のトイレに誰か入っている時と、その側でいきなり催してしまった時だけであった。社長の家族は基本、事務所に行ってはいけない事になっていた。お仕事の場にうちらが入り込んで生活のにおいをさせたら失礼というので。また父は母を極力仕事に接触させなかった。子供が会社を継ぐ必要もないと常に言い切った。でも向こうの水洗トイレを何度か使った事はある。そうそうあの時は慣れなくて今思えばなんとも不思議な感慨を持った。それは、「不潔だわいちいち、自分のうんこの姿が見えるなんて」というもの、そして「透明な上等の水とこんな便が混じるのってなんか嫌な感じ」ってもったいなさ。で、その後。

父が新しい家を建てて事務所もその隣に引っ越したのが中三位だから、そこでついに、「卒業」となったのだ。すると今五十四で、そうか来年で卒業四十周年か。

でもまあ、今の本朝の小説のトイレに、いちいち水洗って保留しませんわな。だけど汲み取りを使い易くする工事のご案内っていうチラシ、昔、ここに引っ越した直後ならば見たことがある。

ま、二階トイレだから水洗なのであろう、だの。新築、んなの水洗に決まってる、と。そして水洗になったから、人はトイレに落ちないと勝手に思っている。本朝においておおむねトイレの怖さはなくなったのだと。でも、考えてみ、汲み取りは池、水洗は川、流れの先から魔が逆上ってきたら、というか溜め式と川式だったら川の方が原初だし神秘が湧いている。だったら水洗も緊張して、祈って感謝して考えて使わないと。異次元に通じている事だって昔と同じかもしれなかったのに。ただ**ぼっとーん**でないというだけで甘かったあたしは。

ああこんなレベルででもあたしは便所神クイズに挑戦したのだなあ、そして、正解でも**ま**

ぐれあたり、って荒神様にめいっぱい言われてしまった。でもまあまぐれなりに当たった理由をこじつければ（だーら答えは章末）。

あたしが荒神様の事を割りと理解してるからかなあと思ったのだ。だけども、じゃあそれで便所神様の正確なディテールが判ったわけではないの。だって一応、解答のためのヒントは貰ったの。「ぐぐれや竈神」って、一言のみ。それでまあ「勉強」しましたよでもちんぷんかんぷんでね。

その上、資料手に入れたのに、また多分これ以上の資料はないわけだのに。だけどこれをこのまま信じたら荒神はまた怒ってくるかもしれないのだ。そもそもうちの荒神様的事実というのが世間のそれとはまるっきり違っているのですわ。例えば。
（1）古事記日本書紀は全部裏読みせよ、だの（2）八幡託宣集は全部敵の言説、だの（3）八幡慈童訓はそのうち提訴してやるから、とかそして最近はとどめに、（4）秦氏とうちらを一緒にするな渡来系でもうちらは単身で来てあれらより古いから、ってこんな感じ。
まあでもそこが肝心なのは判っているわけで。

「ぐぐれや竈神」やれやれ素気ないねえ。

ええ、普段からうちの荒神様託宣はなんかいかにも猫的で好き放題だから別にめげないです。たったひとことで放り出される事は普通ですし。そしてまたたまーに言語に開いて長い分量になる時は、あたしが翻訳しているというのもあるけれどそれ以上に、何かグラフィックなものとイントロ当てみたいな音楽とか、「感じ」がくっついただけの、「夢の塊」でやって来ますから。故にどっちにしろ一言で済まされている感じ。

複雑な要素を、開き難いファイルで全部こっちに丸投げしてくる上に開くとそこには「フィクションですから」って全部の行に、書いてあるね。またパソコンで調べて判るような事はまず答えてくれないで検索を命じてくる。

故にその時はなんで竈神が便所神だろうと、早速ウィンドウズに「お願い」して。すると出て来た資料は「竈神と厠神」というもの、本は文庫サイズですぐに手に入ったけど。クイズの解答そのまんま、なんてないに決ってる。読んだけどAB両方が散見せらるるわ、どんぴしゃでないのです、というかどっちもどっちという印象が変わらない。

なる程該当箇所は「一部」ありました。しかし要するにクイズ作成者がすでに、通説を取らないですので。とはいえね、だけどもね、そうそう、でも本自体はねこれ身になる本でした。著者は坪井洋文氏や高取正男氏の研究にインスパイアされてこれを書いたとある。見ればすぐ会津の伝承に、便所神はアマテラスと兄弟なのでかなわぬ願いもかなえる(大意)、と確かにあった。また飛騨地方では一番えらくこの神を拝むならば他の神を拝まず信仰せねばならぬ(大意)とも非常に美しいとも、しかし本朝一の美人かどうかは明言していない。でもね、なんかそう聞いただけでもう何かある思った。だってほらRTうざいから纏めて書きますよ。竈神様がどうだとかは一旦省略ね。そして、今は、その美について。

解答A

便所神は一番偉い女神の妹、大変美しい、それは政治的名誉美人。王女〇〇お美しい。するとこの美しさは右系の美人。

そして、

解答B

便所神は征服された対抗神でなんか研究的に価値ありげ。でもだったらローザ・ルクセン◯ルグ薔薇のごとくに、とかそういう左系の美なのか。じゃあこれも名誉美人じゃん。

ていうかね、質問はともかく本がなんかすごく勉強になりましたよ。但し荒神様のクイズはなんかAにしろBにしろすっごくズレていますね。だって飛驒と会津とひとつにまとめちゃってるし。だけどこのまとめが、なんか、歴史の影かもしれん（勝者の歴史のな）。だって、アマテラスの妹、美人ってもう微妙も微妙、怖い、じゃないですか。

だってほら、こんなところで美人、美人、妹は美人なんて、実にまったくやーな立ち位置ですよ。まず、じゃあその妹とやらは、世界一、つまり姉より、きれいなの、それとも世界二、で姉の次にきれいなわけ。無論、女神が美人じゃないとなんてあたしは言いません。ただなんたってお日様のようにきれい、ってグリム童話的慣用句じゃないですか。それで姉は太陽神、妹は？　どこにいる？　或いは、姉妹でせいぜいそこそこっていいたいわけでしょうかね？　でもそんなふざけたあしらい実際ゆるされるのかしら？　だってあたしら今、現に最高神とその妹分の美貌について民草の分際で言及しているのよ。ミス太陽に向かって。

国様代表とその妹君。それとも「双子みたく、そっくりなんですよー」って事で円満にいってるわけ。だけどね、まあもし仮に円満だとしましょうよ。その円満は一体誰様の円満かね？　国様のなんですか、民草のなんですか、ふふー、もしも姉妹自身が本当にそれで円満なら結構な事だけど。例えばね、あたしの場合、叔母と母の競争心の代理戦争地点、それがあたしの誕生ポイントだった。人間としてのね。ああ、そう言えばこれは私小説的になんら変わっていないとこである。そうか父親像とか出自の誤解程度では母系の記憶はまるで変わらないのだわ。またあたしには姉も妹もいないせいで、そして母に対する娘のありがちな批判精神で姉妹というものに結構冷たい目を向けているのですが。

で、姉妹は？　仲いいの？　ふん？　例えば「あたしたちとっても仲良しのそっくり姉妹、そして帯や着物を取り替えても判らない程ですの、でもあたくし、妹の草履だけはちょっとね、入らないわくくくくー」、ってか？　「そうそうちょっと妹のガラスの靴はくくー」。それに「本当に」そっくりなんだったら、どうして妹だけきれいって言うわけさ。ていうか、そんなに仲良くってなんでも共有なら国の領土まで二人で所有する感じになってなんか国様的に問題が出てくるんじゃやね？　太陽神、ブス？　「あり得ねえ、普通」。

だってもしも国様一の権力者が女だとする。その国様神の妹がすっごくきれいという評判だったとする。さあ、あなた、そこのあなた、あなたがもしそーんな国様の大使館のパーティにまねかれたとするよ。「あっ女王陛下、ごっきげんうるわしゅう、……ううう、そしてそのダイヤモンドのお高いおティアラがぴっかぴかで国力発揚しまくりの……高級さですなそして……うう、そして、お妹君、ひえぇぇぇぇぇ、こ、この、なんか黒衣みたいなスタッフみたいな恰好させられてても、いやー、補佐役かSPか判らんその就職スーツがまた、結局何着てても、**うわーっ、うわーっ**、あ愛しているかわいいいい、うづぐじーいっ」って言うかね？　それはつまり「女王陛下は名誉男で容貌不問」という意味かね、そして妹君は「権力ないから取り敢えず顔を褒めてやれ」とこういう事かね。

あっついつい、いろいろ考えているうちにクイズから遠く離れてしまいました。だって「アマテラスの妹」、美人、それだけで十分、お天下様を曇らせてしまう何かがあるじゃないの。一方Bの例の機織りの女神（この人ようするに七夕の織女でもあるつまり技術者の頂点よ）の妹であるという記述ははっきり言ってこの本には、ありません。また竈神ブスで便所神美人故という不仲説はあったけれど、しかし、んなのだから何？　ってなもんじゃないですか、どっちもお互いに領分違ってるし別に喧嘩も損得もあり得ないでしょうが。だったら放っといてやれよ相方無事って事で。でも、じゃあAが正解か、というとそこだけ当たってても、ていうかなんかそれも微妙に違っていたような。ではBなのか……。

ああそうそう、正確に言えばクイズのAには妹と書いてあって、資料の方は兄弟とあった。まあ神世界ではこの性別と血縁程いい加減なものはないのは判っているけれど、でもなんだろうつまり太陽神の兄弟で、もし男だったらすっぱりスサノオって言うんじゃないの？　ていうか神話の主要部分に出てくるメジャーな兄弟姉妹の担当は月、とか海とかそんな感じだし。あっそうそうそれなら取り敢えず実の妹ではなくって、つまり、妹分《いもうとぶん》？　これ結構問題かも。じゃその分は何の分か。「付き人だけど妹のように可愛がっている妹」それとも「自分自身が見込んで養子縁組的に貰い受けてきた、血は繋がっていなくとも心の妹」つまり義理の妹。ま、弟の嫁さんだったら妹分って言わないね。普通義妹とか弟の奥さんとか、「理由」述べるはずだよ。妹になっているその理由をね。あっ。

父の愛人の子供、という別枠、しかしこれはまずないと思えます。例えば古代だったらそんなの一律に姉妹だもん。いちいち妹に分付けたりしないと思いますし。それになんたってヤマト最高神のアマテラスがですねえ、たかが気に入ったというだけでスタッフを妹呼ばわりしては差し障りがあるはずだ。生涯に亘り全的献身、とどめに殉死、そんなの卑弥呼クラスだって三千人はいたでしょう。私用や業務をよくやってくれたとて身内にはしないな。しかしね、便所の大切さを考えれば感謝は必要だ。ただ、それなら位を上げたりご褒美をあげたりすればいいじゃないですか。それとも「ひとつ、家族待遇で」なんか言って残業全部サービス扱いにしてしまっているのかね。えっ？

父の愛人の子供だけど一律に姉妹と呼びがたい程権力争いがある派閥違いの異母妹。や！　それはね、あり得ないね。だって。コネがきくんだもの。

アマテラスの兄弟で叶わぬ願いも叶えてくれる。ただね。

叶うけれど他の神を拝んではならぬ。**なんでしょうね、これ。**そしてただ便所神様だけを信仰するのである。そして一番偉いという他説もある。ならば唯一絶対神ですよ。じゃ？　姉上様は、つまり最高神どうする？　ええ、資料から二地方の便所神の三要素を私は今ピックアップしました。でも、そのどれも何か、「太陽」をしのいでる。ていうかその上この方、夫の影はないしね。

しかしこんな大事な役職の方がたかが人間のために労を取られるでしょうかねえ。特におトイレ関連の願いではないみたいですしね。つまりお金でも恋愛でもこの姫様経由でアマテラスに頼めばそれは国家総力を挙げて叶えてくださるってことらしくて。でも。

願いが叶うその幸福者は、本朝で一神教をやるしかないのである。うーん、このあたりがツボかもしれません。つまりこの妹（分）君は姉上に対抗する程の最高神的、唯一絶対神的な性格を持っている。でもだったらそこまで一本気の方《かた》が何ゆえに本朝の上下関係歴然みたいな神の系譜に属しておられるのか。（ええ神話上はね、つまり便所神様が姉ってことは不可能なんですよ）或いはこの方は。

ん？　あたし？　やぱちょっとテンション高すぎ？　猜疑心強すぎ？　で？　あああ、すごくうまく纏めるのが旨いキャラクター番付け神様がコメントをくださるの？　ですか？

「姉は太陽神、妹は月の女神、さあこれですっかり仲良しです」、ってうーん、だけどもね、本朝において、月の女神様というのはツキヨミノミコト、つまり担当が違うのだ。太陽とトイレ。ま、並列する程に大切な場所というのは他のところの記述を見ても判ったけれどね。

またこの本の中には様々な別キャラのお便所神様も展開していたから。

美人でなくて男だとか、仏様だとか。体の不自由な方も。地方により実に、様々だ。でも重要視しているのは確かですな。だって。

その行為は出産に似ているから（体から出る）。

だけれども、出て来るものは死（冷えていく）とお別れ（会わないよね）であるから。

そして出産ともかぶるけれど、そこにおける失敗は死を意味するから。

その行為をしなくなる事も死を意味するから。

心配なところ、怖いところ、肝心のところ、割りと独立して祀ってあるけれど、差別というのでなく、やはり家のもうひとつのかんどころであり、後ろ戸の中で別の意味の最重要ポストである。例えば、――便所参りといって生まれてから何カ月目とか決めて赤ちゃんを連れて入りご挨拶をさせる、だとか、その時にご飯を供えてそこで赤ちゃんもお下がりを頂くとか。要するに大切な場所として、予算（お供え）を別枠で確保してあるようなところがある。お正月のちょっと前に家の主がおトイレ様で食事（少しだけど）して年取りするところもある。**そうそう。**

このおトイレ、死のタブーと出産のタブーの両方をかかえているようですな。

ええ死と出産。それは土俗における二項対立です。例えばお納戸様は死が嫌い。一部山の神はお産お断り。その現場の仕事内容つまり、狩り、釣り、金属、料理、井戸、等の区分により、まず、増えるのが仕事の現場は死を嫌います。そうですだって、典型、お納戸様は納戸にため込むお仕事、お米もお金も子供も増やしたい、ハイミスもいればそこに止めて数のうちにしたい、減るのは口減らしさえも癇《かん》に障《さわ》る、という噂であります。一方山の神様は猟の仕事がある、沢山取る、減らすのがお仕事、また金属を溶かして固めるのも仕事のうち、山で鉱脈を探す方も山の神を拝みます、故にひとつの状態に「冷やしておく」のもお仕事、故に増やす系の仕事の典型である出産は邪魔と思える、加えて血のタブーもあるし、という事かしらね（参考文献注）。え？　お伊勢はどうかって？　これは、死のタブーというよりもそれ以上、死の否認じゃないですか、死を、なかった事にしていますな。「いじめ、ありません、事故、未確認です」

の世界ですわ。つまり対立も何も、枠の外というか上から見てるだけで、まずい事があるとすーっと動かして忘れている、みたい。死なない？のが神道、じゃあそしたら仏教は？

　禅宗のお寺だとおトイレは烏枢沙摩《ウスサマ》明王とか格の高い存在がやはり単独で担当しているもよう。一方荒神様というのは一節だとやはり同ランクの大威徳《たいいとく》明王と習合しているので、ああ、或いは明王同士同ランクという対立があるのだろうか。それでおトイレとお台所なんかライバル視されるのかもしれない。また京都の民家でおトイレ様をウスサマ様と言ってお祀りしてるところはなんとお正月に荒神様と便所神様を同時に祀るケースもあるのですな。しかし、禅寺みたいなところでもやはりそこには魔が棲んでいるのかしら、或いは異次元に通じていると思っているのかしら？

　で、ここでまたひとりクイズです。「じゃ美人の便所神様を本地仏で言うと何？　仏教のどこに位置付ける」うーん、うーん、うーん、これって荒神より難物かも。

　ああああ、駄目だっ！　このクイズ自体が実は激しい恐怖をはらんでいるっ！　どんだけあたしが理屈をこねても錯綜しながら実体が逃げるっ！　だってあたし自身がまぐれで出した正解に納得していないもの。ていうか未だに疑問だらけの反省だらけであるし。

　なんかなんか、判らんままに、ご褒美だけが、まぐれあたりでいただけるのだ。だけど次第にうしろめたくなってきました。しかしそれでも、やはり、トイレのお守りは頂きたいと強く願っている。つまり賞品を、サポート様のおいでを待っています。ええ、正解の賞品を。うん、当然荒神様はなんか割り切れないだろうね。またそれであたしは本当に大丈夫なんだろうか。だって。

おトイレに対する理解が足りないのって荒神様ばかりか道祖神にも海神全部にも嫌われるみたいだから。故に。

すっごくいろいろ恩着せられて説教も垂れられた。ふふん、荒神様うるさいわ。でもだからあたしは反省しているのよ証拠見せるから。つまりその反省ポイントは。
（1）水洗デフォルトの間違い。
（2）水洗安全の思い上がりと安全仕様トイレへの過度の信頼。
そうそう纏めて回顧的作文を書くほどに過去の検討をしてしまいました。

なんかどんどん反省が湧いてきて止まらなくなっている。そしてお世話してくれるけどちょっとうるさくなってきた荒神様がだるい。そんな中でまた、東北のとおいところから来るというのでこのサポートの地神様がなかなか到着しない。一方なる程最初のクイズの通りにうちの神様はこの地神の事をちゃん付けで呼んでいる。ちょっと甘えるふうに、しかも気軽にしてみせていながら実はぴりぴり緊張してね。ふん内弁慶の荒神め一歩外回りに出るとスタンス変わるのだな。でもそれにしてもこの恩着せは何。いちいちいちいち荒神は注意して来る。まあ無理もないかもね。だって、神のサポートは料金が決まってるわけではないし、それも非公式で、アルバイトで、「特に来てくださる」ありがたいお方なのに。そうそうそれをうるさく言う一方で「ま、地神ちゃんにはね、僕普段良くしてあげてるから」とコネを強調する世渡り荒神め！　ああああ、それで？　一体何が厄介だと言うのよ。ふん、判っていますよ。地元神が頼めないのはうちが地鎮祭やっていないから。故に次次次々小言託宣も来て。つまりそれはこの馬鹿へのご注意専一。

「いいですか、いいですかっ（くどいっ！） 地神癖あるからね、どーんなのんきでも癖あるからね、僕の兄弟の荒神達なんていちいち竈祓いの時でもすーごい気使って、その代わり気にいられたらどんな遠隔地でも熱器具からコンクリートのひび割れまで細かく相談に乗ってくれるから、彼ら話長くってうざいけどね、でも僕出来れば丸投げしたいとも思っているから」

しかしその地神様に「仮に家周りを丸投げ」しても、「僕は屋敷荒神（って建売荒神じゃん）なので託宣仕事や料理、猫（家畜枠）世話が残るのでちっとも楽にならないけどね」とまで慌てて付け加えたり。なんで荒神様ってここまで神経質なんでしょうか、それとも家のだけが？ていうか多分お便所ってここまでピリピリする大切なところということなんでしょうね。そして、
ほーら来た。

いつもの丸投げ圧縮ファイルだけど開く前にうーん、ＲＴ程内容被っててもう彼が説教神になっちゃってんの感触で判る。これをまたいちいち自分で活字に開いてそんでもって自分で叱られるのかよ。ええええええ、うるさいよ、この黒白猫。最初の「メール」は正常の範囲だったのにねえ。例えばこんな風な、託宣第一便は。あたしの要請に応えてくれたときのやつだから感じ良くて。

——うん、うん、それで二階のおトイレが怖くて入れない。故に夜中にわざわざ一階のおトイレに下りている。しかし自分は猫看病でここ二年位寝不足なので、それで今はいくら手すり付きの広い階段でも（しかも年寄り猫用の補助階段が場所塞ぎになっているのね、一段を二回

に分けて下りられるように、切った発泡スチロールを一部に並べて張ってあるの、人間の足元が危い程にね）いつかは足を踏み外してそしてああ、犬猿の仲の叔母さん、あの亡くなった叔母さんと同じ死に方をしてしまう、という心配ね。

ええ、ええ、大丈夫、来てもらえばすぐに判るから。地神ちゃんそういうの慣れているもの。多分ね、異次元とこっちの連絡が変なのよ（実際は通路は正常で、つまりそれが原因じゃなかったのですけど）、故障ってほぼ全部それだからね。おトイレの不具合ってほぼ「通路」の不具合だから、なにしろ後ろ戸で一番危険なポイントでしょ、トイレだけは直で異次元に通じているからね（え、そうなの）。でもね、僕、知ってるから、あの子（つまり地神ちゃん、ちなみにこの「子」ったら若宮君より年上）、いい子でね気がきくのよ。

しかし思えば既にこのあたりでもう末尾くどかったね。しかもそのまま託宣に自慢入ってきそうって判っていた。だって、友達が役に立つ、それって現場神の自慢ポイントだから、というわけでそこから、一層長くなるのよ。その上に現場神だから技術話好きで。ああ荒神様からだらだら業界のお話それも、便所話かよー。疲れるー。だっておトイレ、それはしてない時は忘れている。そういうものだから。

で、程なく、「ほーら」来たわけ託宣便第二が、なんか見るまでもなく、うざーい感じの塊。ああ、いやんなっちゃった。無論そりゃあ前の二ポイントにおいて反省していますよ、だからね、今から反省話を先に告白しておきますよ。その上で「あっ来てたんですね」って託宣開き、きますから。なんかその方が精神衛生にいいですわ。そういうわけでもう1、2の順であたしはどんどん反省していきますから。その後で、軽く、さっと、お説教を伺いますね、そうさせてくださいよ。自分の過去を振り返りますのでひとつお許しを。そうその前に全体の人生の反省も今から総論でここに書いておきますから。だってそもそも便所に「落ちた」のも自分の人間部分を誤読させられていて、家庭の偽歴史に騙されていた事の結果なんだもの。え、「言い訳くさいねえ」だって。わあん、すみません。

でもね、水洗なのにトイレに「落ちた」第一原因もそのショックと脱力のせいだと思います。まあ看病疲れと相続の煩雑もだけどそれ以上にやはり。

人生の転機に来ているのかもしれん。というか立派に転機だわ、とあたしは思った。だって五十半ばにしていきなり知る真相、そして私小説上の設定の半分が家族の口車に乗った嘘だったなんて、何より、自己形成史の中の父親像に関するつまりあたしなりに認められようとしたり感謝したり後ろめたかったり長男的に対抗して来た部分の殆どが無駄（詳細はいつか）だったなんて。でも一番その中で怖いのは、そこまで家族歴が「フィクション」だった癖にあたしのあたし部分つまり金毘羅体制が全然変わってなくてなんていうか仏教的自我みたいなものにはひびも入ってないことであったなんて。故にああ、今あたしはこのように普通の私小説作家だったら凄く深刻な事態のはずの自己定義喪失を前にして一層強固な自分になりつつも、なぜか今ひたすら便所神サポートをお待ちしています。自分が金毘羅である事、それが今なんの制約もなくただ目の前に広がっている。つまり、フィクションが実の幻、リアリズムが義理の現実、そんな感じになって。だから普通に「過去を失った人」よりずっとこじれていて、そしてあたしは神話に縋っている。だってトイレに「落ち」たから。怖かったから。

便所に落ちるという事の本質それはけしてンコ汚いという事ではない。もっと凄いことなのだ。でもなんて言ったらいいのだろう、落ちかけてみたところが真っ白だったこと、それはまだなんともうまく言い表せない。そして今はひたすら、心から便所神サポートを望んでいる。水洗に対する軽んじ方、また汲み取りを捨てた過去としてこれも軽んじて来た事、その両方において。でもこうしてみると案外間違った私小説上の初期設定を逃れて、便所話は全て正しく私小説だ。そしてあたしは金毘羅だし、ああ猫だってそうなんだ。なんか。そのまんまじゃん、いいよ、だったら父はもう卒業してやるわ！　あら、あら、

反省しているうちに**元気出て来たわ荒神様！**

ということでまず1からです、反省っていいですね。

反省Ｉ　水洗デフォルトに対する反省

そうです。汲み取りが怖い事というよりトイレの異次元性を生まれて半世紀超、あたしは、まったく嘗めていました。だけど実は、落ちるとは即壺の意味ではない。もっと魂の問題です。そしてかつては「親切」にもその怖さは剝き出しになっていた。だけど今反省故にこれを思い出しています。つまり、昔汲み取り式華やかなりし頃、六年生位の時、一度、腰まで落ちました。つまり落ちかけたのだった。その時の恐怖を反省とともにここに。

あの日、用をたし衣服も整えた直後、ふいに、右足のスリッパを床に残したまま、あたしは片足を、というより腰半分を、というか半身を吸い込まれるようにトイレに吸われていました。

なんか軽く麻痺ったような恐怖だけど、あたしには昔からよくそういう失敗はあった。無論、必死で這い上がってきたのでした。というのも足が「何か」に着いたのでそこから踏ん張って「登った」のです。そして、なんか空白の後、見ると片足の先に「すす」みたいなものがついていた。無論自宅内。這い上がりながら不毛にも母を呼んだ。でも呼んだって落ちるときは落ちるのだ、呼んでる暇に這い上がれよとかつい最近までは思っていました。でも、もしかしたら呼ぶ、は正解だったのかもしれなかった。ま、母は来なかったけどね。でも「悲痛な声がしたから何かと思った」と後で言っていた。便所の廊下のところにも来ていなかった。つまりはあたしの声の悲痛さの中に、便所というファクターが反映してなかったのだ。しかし呼ぶという行為の呪術性や声を出す事の大切さが今はあったと思う。それは今回の反省によって判ったのだが。でもそういえば朧《おぼろ》に時々その事は思い出してはいたな。ただこんな怖い事だったとは自覚してなかった。それでもなんか、あの時着ていた服なんぞははっきり覚えている。それはサックスブルーの夏の半袖シャツドレスで、パステルカラーの幾何学模様が白、ピンク、若草ネイビー、あっさり散らしてあった。ちなみに、「助かった時思ったのは」つまらん事だった。「ああ便所に片足落ちたのに、出てきた足はやっぱりかっこ悪くて大きい足」とか。当時は谷崎を読んでしまっていて足の大きい女性は×と洗脳されていた。既に二十三センチとかあったに違いない。そしておおおお、足に液体が付かなかったのはなぜ？　そしてどっぷん、しなかった、のはなぜ？　ざっぱーと上がってきたわけではなかったのも変といえば変、ですよね……「落ちた・落ちかけた」でも両手は便器脇の床にしっかり付いていたぞ。そしてスリッパは落としてもいなかった。右足はスリッパから離れていた。左は、記憶なし。でも両手ついて這い上がった。変？　そう、ぶるぶるぶるやっぱ異次元だこの説明不可が怖い。その上、今となってはさらなる怖さが、ああ、それも告白いたします。つまり落ちる事には何か呪力があるのであろうから、そこで懺悔、懺悔。

それは、それからしばらくして、同級生の井波佳子さん（仮名）と話をしていた時の事であった。それは、急に始った（ああ呪いだわ）。だって、いきなり「あんたとこ誰か、知っている人が便所に落ちたことがある」と尋ねられました。会話は道端でしていました。横は田んぼだけど畦道ではなかった（舗装してあったのです）。

――うちのおばちゃんに、知り合いの女の人がいてな。四国の人。

と本当にその時井波さんは言った。四国と言ったのだ。その事の怖さをつい最近まで知らなかった。今までは気にも留めてなかったのに、だけれどもあたしには時々あるのです。恐怖とともに何十年も前のディテールが表れてくる事は。

――その知り合いの人な、お便所に落ちたんで名前を変えたのて。

便所に落ちる事それは、当時汲み取り華やかなりし頃には多くの小学生によって深く、常に関心を持たれる事象であった。その上あたしはいつも親から言われていた。「どうせお前は便所に落ちる」と、しかしもし落ちたら、もし落ちたらというのはやはり当時でさえ想念の世界だった。だって小学校在学中誰も落ちなかったから。「底の方」にカッパがいたと言ってた奴はいたけど。

――にんげんはね、お便所に落ちたら名前を変えないといかんの。それで偉い人にいろいろ相談して親戚も呼んで。

そうそう彼女の言葉を聞いていた、その時、自分がそれに近かった、という事さえ意識に上らず私は何も感じていなかった。つまり、スルーもスルー、例えば遠い国で知らない人々がなんか、よく判らないいちまきとか食べている。欲しいとは思わない、そんな感じ。なんか知らない人のとこの知らない竈《かまど》で蒸していて「くれ」とか思うだけで笑われるし、もともと欲しくないちまきなんだし。で？　そんなどうでもいいものを赤の他人が数人で食べていてなんかその人達だけ充実している？　あ？　だから何？　そんな感じ。しかもかつてそんな景色どっかで見た。でも場所は忘れてる。けしておトイレではなくトイレの底でもないけど。

――かおるという名前の人やのに名前を変えたの。だけれども。

井波さんはそこで初めてはにかむように笑った。でもなんでこいつは棒読みで語るのに素直で好感度が高いのかこの井波佳子はって、子供なりにあたしは思っていた。あたし口きくと割りと嫌われたし。でも優等生は良いものだね、ああ、優等生になりたいってあたしは思った。その時、そういやあたしは便所に落ちそうな人なんだわ、と井波さんの前で感じていたわけではない。しかし思えばあたしの親はもっとひどい事も言っていた。あたしの姿が見えないとすぐ「便所で溺れているかと思った」って。

そうそう井波佳子さんは優等生ばかりかおとなしい方だった。家のお手伝いもよくする方でただ時々ルーツらしい土地の話を、なぜか義務感に駆られたような態度で教えてくれたのだ。しかしその割りに遊びに行ってもあんまり遊んではくれなかったな。ていうか、友達全部予約入ってってあたしはあぶれていたな。

――名前をかおるからせんこに変えたその次の日にな。**もう一回落ちたのそれで**今度はうちうちだけで相談して、その人、くらこに変えたの。一回落ちるとまた落ちるて言う人もいるけれど、お便所に二回落ちるともう変える名がないの。

三回目が来たらどうするんだろう、そこでかおるに戻ってリセット入るのかなあ。

井波さんは別に大声で言ったわけじゃないけど、そしてあたしも、何ら驚いては受け止めなかったけども。人生で二回便所に落ちる。要するにそれは他人の「逸話」に過ぎない。あああ、便所に、二回ね、そんな人いるんですねえって思っただけ。

自分が落ちかけた、足の先が、どうしてその記憶が人前でぱっと取り出せなかったのか。あたしは成績だけ良いのに、優等生ではなかった。知能指数よりも成績が低いのだ。そして左右が判らず、ああだから親にまで言われるのだわ。「あいつ、便所に落ちとんで」と。それなのにあたしが本当に落ちそうになっている時には母を呼んでも、家の中にいたのに気が付かなくってさ。木造の家なのに、聞こえても来ない母。ただもう、後で笑われた冷やかされた。普通人は便所に落ちない。でもあたしは落ちかけた。なぜか? 金毘羅だから? 「海に帰ろうとして?」

便所、べんじょ、便所って繰り返すとなんかあれとは関係ない別の場所みたいだね。うんこするところじゃなくて聖域のようだ。その漢字二字には暗い印象はもともとないのだし、また実際入ればなんか舞台みたいでもあるシンプルな機能だし。そう、そこだけ夢みたい。なおかつそこであった事人に言わない。だけれどもそこに入って油断しているようなやつはきっと報いがあるわ。ああ、あたしは便所を舐めていたって事なのだろうか。それとも自分の領域だと思って気楽にしていて、でも違っていたのだな。本当はこわいよそ様であった。なんか……その頃の日曜日、父はあまり家にいなかった。たまにいる時に「どこかに連れて行って」と子供が言うと「ああ、ああ、便所に連れて行ったるわな」と素直なのにどこかがみがみした感じの声で答えるのだった。

——誰かお便所に落ちた人知ってる。

あらあら井波さんたら。失礼ね。「知らん」本当に知らなかった。あたしは？　自分は？　なんかセーフかどうかとかそういう意識すらなかった。便所、落ちる、二回。

——せんこから変えたのがくらこゆう名前。

便所に落ちると人格が変わるから名も変えるのかだったら身長の半分の長さのンコをした人も人格が変わりそうなものなのだが、ああっ**怖いよう怖いよう汲み取りの怖さっ**でもだからって水洗の怖さも怖しそこをあたしは**2**で反省しませんと。だって水洗の時代である。ゼロ世代はゼロ洗になるというわけではなく。しかも厠はもともとかわやなのだ。水から出て水に帰す。

って書いたらがくって首が落ちて眠ってしまったなう。

猫看病で纏まった睡眠取れないまま、駅前に猫の買い物以外の外出をほぼしなくなっている。そんな中で怪我とうとうと、社会性の退化、物に縋らないと立てない筋肉痛、肉親からの連絡で侮辱されると動揺するなどの感情激化、中にうちうちのつかのまの猫幸福が交錯しています。ふと一分、ふと五分、眠って起きてまた用をするしかない自営の介護生活。声の夢が多くってその声がよく自分の本心を表している、ようになっちゃった。昔から聞いていた「神様」の言葉の、正体の多くが実は荒神様だったのではということもそこらあたりから、気づいたのだ。もう何か今は日常も託宣ライフみたいだが、ともかく少しでも猫に長くいて欲しい。そんな猫看病のある一日、うんこの夢を見た。ていうか夢の中で女の子が泣いていた、わあわあああわああって、それ、でも物質のうんこではなくて、泣きがうんこなの、ごめんあんまり汚いからそろそろその言葉を誤変換いたします。「ゆんこ」に変えましょう。鳴き声がゆんこ、ゆるいゆんこでした。安心したようなずーっと忘れていた事を泣いたような、ええ託宣ぽい声だけど知らない声。

そのゆんこはああ家の老猫が十六の四月に食べなくなったあと、一日三十缶三十種ウェットフード開けて一口ずつ舐めさせて三日目のこと、ふいにアメリカの若向き総合食をがつがつ食べて蘇ってきた時。なんかもう下痢一歩手前なのに完璧に大きくて一本の巨大なスズメガの幼虫みたいな形をした、ゆんこをした、その時のゆんこを思わせる、泣き声のゆんこだった。ああ、うちの年寄りはひたすら、食べて出している。それで生きていてくれる。それはなんか猫が子供に還っているように思った時のゆんこ。その後猫はおトイレの始末はちょっと手が掛かるようになったけれど、ともかく便秘とかで苦しむよりずっとよくて。どーんと出て来るところをあたしは見ていた。脳の老化と心の壊れなんて人間は言うけど、でも猫だからかもしれないけど幸福にしてるみたい。

うん、そうやって食欲が戻ると認知症進むけど「感謝鳴き」も増えて老化は止まらなくてもどう見ても幸福そうとあたしは思った。

認知症になってすぐは飼い主も猫も混乱する。でもその混乱期越えたら、また癲癇の時も混乱期越えたら良い日が来たのだよ。でもそれは猫力と荒神力であるとはいうものの、結局脳腫瘍とか甲状腺腫瘍がなかったから言えることなのだ。まあそれでもやっぱり介護は介護でおトイレも毛繕いも水飲みも全部やり始めると止まらなくなってしまうからあたしはずっとずっとひたすら猫を見ていた。見てないと毛繕いで出血するまでなめ、飲水も吐くまで飲むし。夜中の徘徊から、トイレから全部要付添いだもの。それどころか猫ベッドの入口だってもう幅も高さも「誘導板（そんな名では売ってませんあたしの工夫です猫に方向や高さや道を教えます）」で示さないと判らないのだけれど（ただ猫の目はよく見えている）。そして今のあたしはもう猫の脳の一部だから猫が熟睡する事たまーにあるとその間に自分が一時間眠るか、これ書くかの選択をしてるわけでまあふらふらだけれどね。

さて、教訓その2**全てのトイレは怖いよう**たとえ水洗でも安全仕様のものでさえも。

反省2

おトイレ内の事故、つまり「自分が誰かここはどこか」さえ分からなくなって危険に陥ったのは、二階の方のトイレに入っていた時なんですけど、これはあたしの寝室が二階なので、まあ寝ぼけて使うトイレということになっておりました。ええええ、ここもまたあたしは傲慢だった。寝ぼけていても平然とトイレに行ける安全、家を買った時にそれを買ったのだとあたしは思ってしまった。ひどい思い上がりだ。ええ、ひどかったですね。というのも。

この前ついに絶えてしまった母方の家、叔父が亡くなったのは去年だけど跡取り娘の叔母、あたしを養女に欲しくないのに押しつけられそうになっていた叔母さんは、叔父に先き立って二年前に、トイレから出てきてかあるいはトイレに行こうとしてか階段から落ちて死んだ。しかし叔父はその時既に一度脳梗塞をしていたので、叔母が死んだ事が理解出来ず、また死ぬまでまだらにしか理解してなかった。

母方の家は天井に一枚板を使い床柱が北山杉、広い苔庭にも手入れが行き届いていて、家は夫婦の生前から欲しがる人がある程の外見であった。無論今は若い家族が買ってもう住んでいる。先住者の死因とか特に、気にならないようだ。

叔母はトイレで脳溢血になって死んだか、または階段を落ちるときに脳に何か不具合があって死んだのだという。それを聞いた時、あたしは自分ちはトイレが二つある。そして腰掛け式の上暖房便座やお尻洗うのもあるからいきまないし寒くない、だから、そんな死に方しない、とそう思った。でもまあ自分的に言うと自宅でひとりで死ぬのはまったく平気だった。つまり猫が取りのこされたら嫌というだけで、ガンとかで病院で死ぬより自宅でいきなりというのが望みだった。でも、叔母は結婚していて、急死したのである。

二階の寝室から叔母はひとつしかない一階のトイレに通っていた。それは水洗の和式、しかも階段は狭く急で手すりがない。注文建築のところにむしろありがちな？　スペースの「節約」で。

子供の頃から叔母には嫌い抜かれていた。新人賞の後うまく行かず持ち込みのために上京した時「才能もないのに風呂付きの部屋に住みやがって」と母が泣くまで、言われたりした。可愛がってくれた祖母の死から二十年、ほぼ交渉はなかった。母は叔母をずーっと笑い、きめつけ、馬鹿にしていて、叔母は叔母で祖母の病中に母が弱ると卑怯にも反撃した。故に、祖母の死後ほぼ姉妹の交渉は絶えていたと思う。この叔母は上品で身ぎれいでそのせいか下品で身汚く声のでかいあたしが嫌いであった。その上叔母のくつのサイズは二十一・五。無論、あたしの容貌や姿勢や何から何まで嫌っている癖に、祖母の看病の時にはしがみついてこき使いとげとげ苛めた挙げ句、なぜかあたしがその事を恨まないしおとなしく命令を聞くと平気で思っていた。ただまあこれは対私的には多くの人がそうなので、まあまたかとは思った。でも、彼女なぜあたしが反撃出来ないと思っていたのか、それは今も謎だった。まあ要するに叔母の跡になんか住みたくなかったです。財産の八割以上が弟に残されて、家土地家具骨董一切が売られ、祖父の会社の株だけが残された(弟に)。

ああ嫌だ、あの家ってずっと思ってた。だって鈍臭く叱られる醜いあたしが、あの身ぎれいなお茶とお花の師匠をやっている、食べ歩きの好きな叔母に嫌われながら、余りものを食わされてメイドにされてまで家を貰う必然性なんか絶対になかった。公正証書を見た時、あたしはほっとした。つまりあたしがあの家を絶やすのだとずっと父母に脅されていたから。それに今じゃ、あたしにはあたしの家があるんだようっ、ベーっだ……。

千葉のこの家のトイレは安全で酔って這っても入り込める、そこがいいと思っていた。特に二階のは温かい感じのピンクで廊下ともバリアフリーだった。自宅死は平気だけれども、自分はトイレ死にすることはない、と思っていた。階段に手すりがあるから落ちる事もないし。しかしあの叔母の家……二階トイレを作らず階段をけちる、そんな設計にしたのは多分祖母だろう。祖母は叔母が喜ぶ事や便利な事も全部取り上げた。で、我が家は、そう、ああ良かったっ！　便利だったのだね。

　ふふっ、おトイレ二階にもあると便利だねいちいち階下に下りていくのはやっぱりかなわんな、と判ってきた。最初はひとつが客用なのかと思っていたけど。まあここにはお客も来ないし。

　住んで十年になるけれど来てトイレを使った人の人数も性別もほぼ覚えている程、誰も来ない招かない。とはいえ、土地柄かエアコンを付けた時も金庫が開かなくなったときも、来た人はすぐにトイレを借りた。獣医師は都会の人だからか何度来ても使わないけど、意外だったのは小さい子供が案外借りていく事。

　東京にはあり得ない、近所の小さい子供がトイレを借りにくる。それもお友達の御紹介で借りにきてくださるの。そりゃ全員女の子です。男の子の一部は外でしています。おとなの男性もしているかもしれない。だってこのあたり公園は沢山あるというのにその公園にトイレがなかなかない。ていうか家自体はあちこちに一応建っていて、うちの近くなんかは空き地の方が少ない位に一応なっているけれど、なんか喫茶店とかそういうものがあんまりなく、あっても閉店していたり、コンビニもすぐに消えてしまうし。

　東京からこの郊外の成田すぐちかくの城下町に越してきた時（なんか飛行機の音最近倍になりやがった低空になっているし）、池袋と比べて子供が多いのに驚いた（常に集団でいる程いる）、そしてその子達がはにかむのにも感動し、驚いた。よそから来たあたしを珍しがるのにも。やがて、――。

　顔見知りの子供がトイレを借りにきた。「今家に帰ったら母が留守で家、鍵が掛かっていましたついては」というのが口上になっていた。つまり友達が下校時催したならば、自分の家に連れてくるしかないのである。学校まで戻るというのもありかと思うけれど、なんか最近は学校も放課後うだうだと校庭にい続けたりするのに否定的らしい。ていうか、ご当地の子供達は、普通にトイレの村的貸し借りをしているらしいのだが、たまたま自分ちが留守だったため、顔見知りのあたしのところにお声をかけてくださったのである。ま、さすがにおとなは借りない……と思う。以前、おトイレを貸してくださいと頼むらしい女性が（インターホンの声も頼む人の声もでかくて）家の中にいて聞こえてきた事があって、聞き耳立てていたら、さすがに断っていた。その時は以後半日程だが、くるんかよまじで、と覚悟、緊張し、結局「近所付き合いをしていない」あたしは、断る方針にした。そしてもし借りにくるとしたら謝絶する理由は「今故障しているのでサポートスタッフ待ってるんです」というのにした。さらに「二つあるでしょう！　どっちもなんですか！　けちっ」って言われたら「上のは水洗が詰まってしまいました（ゴムの吸い出しを手に持って言うのがいいかもね）。そして下のは電気尻洗い機が漏電していますのでね（テスターを手に持って言うのがいいかしら）」と抗弁してみようと。

冷たいようだけれど、だって、町内会入ってないあたしのところにわざわざ来るとしたら悪いやつに決まっているからだよ。え？　「悪人はうんこしてはいけないんですか」、いやいや、それはするのは、別に、いいですけど。でも断ったって別に「悪は滅びない」でしょう。もとい、どうせ悪はいつか外に漏れるんだ勝手に千里を走っていろっていうか。つまり「はびこるものは入れませんうちのおトイレには（何のタブーですか）」。**うわーっ。**

ぶるぶるぶる、あたしさっきスタッフって言った（九行前だ！）。ひええ何年も前の話だよ、なのにそう言ったの、でもさっきも、若宮にに様も「スタッフ」って言っていた。なんか普通に単語被っているだけなのにそのひとつの言葉が、十年程の間に家の中で二回繰り返されたそのなんでもない、たったそれだけの意味もない事が大変、ああひどく、あたしには怖いですわ。ぞっとしてしまうね。そう言えばトイレって東京に十五年いた時でも、水タンクの蛇口が一度壊れただけでその時ばっかりで。

うわーっ。

って急にどうして叫んだかそう言えばええ、**反省1**の関連で今頃申し訳ないのですけれど、「竈神と厠神にこういう意味の事が書いてありました」

高知では便所に落ちると名を変えるその名は千とか蔵、なぜなら便所はためこむから。

え、え? じゃあ『千と千尋の神隠し』って便所に落ちた四国の人のアニメなのか? ああああ、たかがひとつの習俗を子供の頃に伝え聞いて、今その風習を民俗研究の本で確認する。別に怖くないですよね、普通ですよね、でも。さっきからなんかいちいち怖がっている、これは**祟りなのよきっと、それでなんかもう便所怖い。**にもかかわらず地神様とお話をするためにはこうしてトイレについて考察するしかない。

あっ。

なんかいつの間? 気が付いたらさっき来たファイル開いていますさっきのうざい託宣第二便、けっ内容はやっぱり説教だでもいつ開けた。なんかでもここにクイズのではない神の真相がぽちぽち書いてあるわ。それは多分作れば作れるクイズの答えとも言えるものよね。で、結局ここにあるのが便所神様の真のお姿です。プラス恩着せ荒神のうざい繰り返しね、ていうか御事情了解、納得、大変なのね。判る。言いたくもなるよ。現場の神様。

＊

——あっ長文失礼って先にゆっとくけど、なんて言ったらいいのかなあ、この、追伸メールこそ大事な事ばかりです。でも、どう説明していいか僕も判らない。ていうか地神ちゃんいいひとだけどそうそう、時に難儀だしね、でもだからって別に特に、トイレ管理は気合入ってるから、そして大変だからね、本社も現場も。そこが君に判るかどうか、ちょっと不安です。ともかくね、おトイレは激務です。時間も、空間も思想的にもね。あっ感情的になっていたらごめんなさい。でも、あのひとらに迷惑かけないでね。

例えば台所は「後ろ」を僕らが守っているし、時期的に不安定な節句や正月も、ともかく幽明を隔ておくように頑張っているけれど、それは時期的なものだからある程度は休めるしそれに僕はなんか総合神だからちょっとゆるくてもなんか纏めて一本って感じでうまくやっていられる。しかしおトイレは二十四時間の上に公的機関だから、また天上からの一括統御でしょ、しかも上の、天孫連中は絶対に現場に降りてこない。大変だからね。そして管轄は地面になってしまうから各地の地神が土地回りのついでにメンテナンスしていくしかない事になっている。え？　そこが管轄の理由？　うん、土にためるから、または受けるとこが地面に設置してあるから。二階トイレでも最終的に一度下に下りるでしょ。しかもそっからまたやっかいで流す時の管轄が分かれてくるつまり流すのが水か土かで分かれるよね。

　ぼっとん系で畑に返すのは地面で維持するからそこまでが大変だけど土から土に還るという点で少しは危険が少ない、本当言うと水洗含めた厠系の方が実は魂的には怖いの、ほら川に流すのでその時にまた地神から水神に担当が変わるよね。本社が天でしょ、ていうかあの綺麗な社長要するに人質（神質）なんだよね。で、天でモニターしてコントロールして、指令が土地に来てそこから水、もうそのたびに連絡が悪くなるから。それを二十四時間勤務で人間各々が一番魔のさす状態で一律に管理しなくちゃいけないからそうそう、だからこの地神連の便所サポートの統括、つまり天上便所神って凄い激務になるの。

　その上誰も上では協力してくれないしね、実務で最高神の直属って、おトイレ神の彼女ひとりだから。そして彼女また地神全体の別会社の社長でもあるわけで、その上、僕らの側の人だし、苦労ばっかりでね。海神出身の姫神様って天のヨソ者なんだ……。ほら上では孤立、下には気を遣い、改善不可能なまま統括だけやらされて心身ふらふらで。そこへいけずのアマテラスが人前で寵愛モードを演出して無問題を装うし。なんというかまあ、物凄い生活だよ。だってヤマトは公平面《づら》して、結局は彼女を最高神の直属扱いで監視しているだけだし、そんな中、彼女結局「実力主義のアマテラス、負けた神でもここまで抜擢、女王はこだわりのない慈悲深い方」というきれいごとを建前に、実際はただ、酷使されている。その上にあの社長顔だけじゃなくて、心も同じなのよ。「姉」の悪意なんてまったく判らない。仕事も休まない。だって人間全員の一番私的な場所のお勤めだと、どっちにしろ気性に偏りのあるような出来の悪い神様には務まらないし、またそこまでの逸才自分しかいないという事が不幸の原因とも判ってないらしくてその上不満も怒りも、出て来ない人で。

休みってここ千五百年ないと思うのね、化粧する暇も与えず「妹です」って。もしちょっとでも身繕いさせたらねそれはもう、「太陽もやばい程美しい」からね。公平そうにしてても猜疑心きついからこそあの姉は最高位をえるってわけで。まあだから「姉妹」ですよ。あれだけ働く妹をね「可愛がっている」。

でもそんな忙しい人とその会社を、頼るしかないんだよ、うちら。だってトイレはひとりの人間の「私」と「公」が入れ替わる場所。つまりいくら境界線上神の僕でもここには手が出ない。どんなに私的に見えてもあれは公の頂点なのさ。一方僕の一族が線上にいるのは権力に排除されたからそこにいるわけで、まあだから追放された先で指導者になるっちゅかいつしか私的になってしまったんだよね。そして境界上のものごとが入り交じる創造的な場や時間を仕切るようになった。つまりね創造とは私的なものなんだ。うーん、だからね、要するに人間のおトイレは、公務は僕出来ないの。しかも性格悪いから僕は。だって僕らは性格良ければ良い程いやーな目に遭うんだもの。

なんたって性格の最も美しい彼女が天孫から「スカウト」されてしまったからね。不幸にも「公務に抜擢」されてしまったから。ほっといたら天下をとってしまう者を天は上手に飼い殺しにしたわけだよ。だってあの人心が美しいのと心がないのとの紙一重のヘーゲル美で、本来だったら天孫の女神にふさわしいタイプなんだ。だけど、天孫ってものがひとつの幻想に過ぎないからね。とどめその椅子に座るのは最も似合わない神ってことになるんだよね、日本の選挙と同じさ。

さ、考えてもみてよトイレとは何か？　いつどこで誰が入ってきてもいいような体制になっている場所、そして使う時は異次元との接触領域になってしまってる魔境、ちゅことは二十四時間、お化け出まくり、そこがあの人の職場なんだよ。ひとりぼっちでいて。

それを天孫に意地悪されながら「妹が好きだから心配なの」とか野太い声でねちねち言われながら自分の二まわり大きい体の「一番美人でお正しい天下の最高神」の姉に「守られ」ながら、千五百年文句言わないでやってる人なんて。

いつだって緊急、いつだって公、いつだってどんな間違いも許されない千五百年だよ。

道を歩いていて公園に竈ある？　いきなり人が慌てふためいてよその戸を叩き「すいませんお風呂場貸してください」ちゅのもまずあり得ないよね。子供がふいに道端でしゃがみ込んで「わあん、お料理したいよう」って言うだろうか。でもトイレはあり、だ。貰い風呂だって約束があるし急なら「ああお湯落としてしまいました」で断ればいい。でもトイレは切迫で突発で事故も起こり易い。それも医学的なものと違う事故がね。そこはつい魂を落としてしまう場所になっている。中で倒れて死んじゃうこともあるし、寿命が縮んだり、腑抜けのようになったり、医学の問題だけで解決しないような事がトイレでは起こってきてしまうというわけだよ。

人間はそこで限りなく私的な恰好しながらみんなと平等な公のコードに縛られている。どんな王も奴隷もただの排出口だよ。え、出すものは千差万別？　全部おんなじだよ、それは凄く怖くて出すことだけが重要で厄介なもの、そもそもお尻を出すなんていつもと違う精神状態なんだ。だからトイレの中で油断したら駄目って言ってるでしょ！　(言われてない）そんな危ない精神状態でぼーっとしていたら自分が誰かなんてなくなってしまうよね。ことに君みたいに人の皮被っているだけでそれがまた不安定にバランス崩しているとね。でもまあ大丈夫だよ。ふう、でもなんて言ったらいいのかなあ、地神にこのサポート頼むと凄いんだよ、もう。もっと早く来てもらえば良かったのかもしれないけれど。でもうちら法律上は竈だから、家内でどんなに威張ってても、管轄上は地神預かりなんで。しかも僕内緒で無認可（つまり地鎮祭してない）のとこに入り込んでいるから。

　まああの人達、トイレはことに守ってくれるけどそれは本社の姫様がなんかアイドルみたいになっていて、そりゃ頑張るからでね。つまりどうか、どうか地神ちゃんを怒らせないでね、姫を親衛隊みたくして千年以上来てるし組織は固まってる。ことに来てくれる彼はたしか地神ナンバーが一桁の人だし。つまり。

　もう千五百年超、「彼女」の苦労をずーっと見てる古い神なんだ。直にヤマトから潰されて今まで来ている人。「生き延びる」って言ったって、普通じゃない。僕は巡行神から荒神にやっと就職して、だから自分的には難儀したとか言いたいけど、それだって彼らにかかったら「揉まれていないお方」ってそれで終わり。

　だけど、そんなのはもう怖いから僕は聞かないようにしているのよ、でも来たら、絶対始まるね、苦労話というより恐怖話がね。一体姫と自分達がどういう目に遭ったか遭っているか、ともかくひとくさり語るはずだ、特に君には言うと思う、「書いてくれ」って。で、書くと当然文句言ってくるから、そこは気を付けてね。でも書くのは書いてね。ま、その前にともかく、直ではおとなしく聞いてあげて、姫様自慢に水を差さないこと。大企業のイメージガールとカリスマ社長を併せた位の存在だと思って、批判しないように。

そうそう、あの質問僕が拵《こしら》えたって言わないでよ。ていうか見せないの、判った？　ちょっとだけ姫を批判しているでしょ、なんか地神見てると実は僕むかつくんだよ。

＊

ええ、書くと長いですけどこれ託宣的には一瞬です。現場神の話は長い長い。言葉はひとことでも。ディテールも繰り返しも必要で言っている。ま、地神は荒神よりも、もっと典型的なタイプかもしれないですね。ああでもいいわよ聞きますよ。だからトイレ、治してくれよう。ともかく、――。

「語りだしたら黙ってきいとけ」そして万が一あたしがその姫の批判とかしたら「一生使えないようなトイレにして帰ってしまうから」って。

ふううううううう……愚痴みたいだけれどこれやっぱり現場のご注意だな。そして、ここで、ついでにクイズの答えです。え？　どうしていちいち章末に置くって？　ジャンプやマガジンならそりゃお楽しみだからって事、しかしあたしところの場合はただ単に「何の意味もない」から。

さて、ここでついに便所神クイズの解答です。まぐれ当たりなのでその理由から――読んでいて、あっそうか便所神様と荒神様とはなんでもないのだわってぱっと思ったから。それなのにいろいろ言われてうちの荒神様は嫌がっている。その結果があのなんかとげとげした二項対立クイズになったのだろう、というふうにあたしは推定した。だってどっちにしろ皮肉なんだもの、ほら、どっちも変だったじゃん。二択しろってゆって来る線上神神様ってのがもう、当然変だってあたしは思っていたし。その上文がまた、なんか非クイズ的で能率悪そうだし、あの時点でもまあ、うーん、って迷った。どっちもどっちみたいないやーな二択だもの。そしてあの時のトイレの怖さがあたしの心に強く残っていたせいもあって、また荒神はわれこそ神、自分を出してゆく神とあたしは思っているしその一方そう、あの体験上便所神は自分を消していく神だと想像したからさ。つまり二神は正反対の同じ強度の相手であると判断出来たのだ。しかも、その事になんだか荒神様は苛立っていて、素直じゃなかったと感じたから。その一方、便所神本人はただ美しい神かもしれないけれど、彼女が守っていくポイントの怖さは、あの時あたしが見た真っ白の空間の清潔さと綺麗さの中に現れていたのだし、まあ恋愛どころか生存も危ないような怖い仕事をがんばってやっている女神様で荒神なんか目じゃないと判ったからですよ。

じゃあ荒神様はつまり男子にありがちの自分に関心を持ってくれない美人で同ランクの女に皮肉をかましているのか。つまりは便所神に惹かれているのであろうか、うーん、それは、惹かれてると思います。でも同時になんかわけありです。故に彼はクイズを出すという行為でこれを昇華した。でも結局は追伸長メールで延々と「のろけ」ちゃった。また便所神様の方は私心を抹殺するしかないような激務である故にこれは、もう文字通り男神なんか知ったこっちゃない状態でしょう。大きく纏めればAが不仲説Bがカップル説。でもね、そもそも荒神つまり線上神が誰かとカップルになるはずはないと思います。だって一線に二人の線上神、二本の線は並び立てないもの。万が一あってもただ一点でクロスするのみだ。でもだからといってお互い険悪なはずもないよ、だって、スタッフにコネがあるんだから。というだけの事を頼みに結局。

どっちも嘘っと答えたらすぐに、ワープロがぱっと真っ白になって、**正解っ！**と一秒だけ不機嫌な文字が消えてあたしは目が覚めた。そうだよ。質問に答えるのがお仕事の荒神様が。まともに二択のクイズなんか出すはずないもの。どっちもはずれ、これが正解です。

ああ、ところでそろそろこの「猫トイレット荒神」も紙数尽きようというのに、なかなか来ないですねサポートの方。でもメール見て良かった、それは姫の美貌の真相について、二項対立のどっちでもない外見、まあそれだけだとあたしみたいな顔という線も出てくるけど。でも。実際のお姿はAでもBでもなく、あの綺麗な画像よりもっと百倍も端正端麗清純なのだと思いますそのくせ美人の自意識もなくなおかつ自意識なくともアホではないむしろ知的。

と書いたらその時。

ええええええええその通りっ。

というなんか気は弱いけど熱い兄ちゃんの故郷宣伝隊みたいな目一杯の大声が、うん艶のある声だけどちょっとオタクっぽい、そして頭の中にぱしーんと文字が、出ました。

や、え、は、た、ち、ぢ、は、ひ、め

八重機千々端姫命

あ、これ、この命って字、みことって読むんじゃなくてね。まさに、い、の、ち、と読む。だって後ろに会員ナンバー1ってあるしこれ名刺だもん、サポートスタッフの。で、その後うん、怖いわ怖いわ。

おっさんというのではないけれど公務員のおっきいお兄さんです。よく日に焼け髭はのばし髪はオタク髪なのに。甘い声で体をくねらせていきなり始めました。ひえ！　厄介ってこれかよ！　社長自慢の社員！

——そうです。ちぢはちゃんは、僕の命です。そしてね、ちぢはちゃんってね。

「こおんなに、あるくうのよおう」と言いながら地神様はいきなり、ぱたぱたっというその足の裏の感じを動作でやってみた。すると、一度見ただけの画像があたしの脳内PCでいきなり動画になった。それは海辺の、白い砂の上だけを走るための素足、鉱物みたいに真っ白の土踏まずが薄桃色の足の裏の中でくっとえくぼのよう。それが白砂を舞わせて空に昇っていく。しかし髪は直毛でも、今風だね。色は白いというよりちょっと紺色入ってるような白人系。細い優しい印象でも鼻はしっかり高くて美人の基本だな。顎ちょっととがってて、口元がやや鋭い。明るくて可愛い口なんですけれど我慢強い人みたい。骨格はそうそう、なんかこれが同じ生物かと思う程華奢でしなやかです。ふうん、そして幼児の肉付きで少年の胸、顔はそりゃ天下の美女だけどちょっと下がり眉で弥勒菩薩の微笑。なのに（多分スタッフ一同のお願いの結果）服はぎょっとする程派手で乙姫風（そっか御当地の特産は高級織物だしね）。瞳は、うーんこりゃあ完璧に近眼系ですな。南方の空の滲む明るみ・その星だけで夜明けよりも明るくなるように空を射抜いているふたつの「ホーシの玉」（引用、深沢七郎）。そして彼女は素直すぎ真面目すぎ人を信じすぎる。しかも高度に知的で。故に、なのに、空に囚われること千五百年、まっしろに張り詰めて、さえざえと変わらない。自分の心が見えなくなる程に緊張しながらも、柔和を保ち続けるその職務故に。そして、うっ……いっくら美人でも。

嫌だようこんな、人生。でもこの人がいなければ。え、この小説? 後半も当然クイズが付いています。

顔とは一つの強力な組織作用なのだ——千のプラトー、零年——顔貌性より

割り込み、地神ちゃんクイズ

はい、もれ地神《じがみ》です。すいません、こんなところで急に割り込んじゃって、でもって、今笙野のっとりました。え？　のっとりとは何かって。それはね、もれが笙野をもれの憑坐《ヨリマシ》にしたの。そうして、笙野の頭の中でもれの言葉しか発生しないようにしてしまったの。そんでね、ほら支配しています。つまり今笙野の頭の中はだーって白宇宙です。その白宇宙の隅から隅まで、全部もれの顔だけが何億万個かですねえ、なんか砂嵐のようにトンでいるわけです。またその顔が全部なんか言葉をゆっている。その言葉がですねえ、何かダンスのように争い合いながらランダムに飛び出して来る。そうそう、もれの意思とかそういうのとはちょっと違うのです。なんというのかな、要するにね。

もれの顔がイパーイ、それが世界なの。

え？　そんなの世界かって？　うん、ちょっとインチキな世界ですねえ。まあでも虚構ではないんです。つまり、ほら普段の笙野の脳内はまあ存在していますよね、つまり虚構というのではなくて、ここに脳内という実物があるわけですよね。えええ、百円ショップで売ってなくてもあるにはあるんですよ。ほら「脳内？　あるある！」だから。しかしね、そのあるものをちょっと歪めていじって、もれはねなんかね、すっごくインチキ臭いものにしてしまったの。そのやり方はね、もれのところに、全部の言葉がきゅっと集まるようにしておくというものだった。その結果ここはもれ好みの言葉しか出てこない笙野の脳内になってしまったね。で、その証拠にね。その表れとしてね。

もれの顔イコールその言葉たちの声。ということになってしまったの。だからたかが声の束なのにもれには顔があるの。でもね、それは、キャラというのではないと思う、うん。まあ笙野は平気で神なんかキャラクターだって言ってた時期あるけどね、でももれの顔はもしキャラだったら完全にぶっ壊れているからね。だってもれの来歴は設定じゃないからね。毎回微妙に違うし、時々もれじゃない人も混じっているものだからさ。

だーからですね、じゃあもれは何かって聞かれるとやぱ、顔なんですよ。でもその顔の実態は何かっていうと声の束なんだ。ね、これが託宣というものですよ。

託宣とは何か。人間の神女《ヨリ》から、ヨリマシから神の声が出ている、声がある、って言うこと。書くのはお筆先ね。ただしもれなんかの場合はその声の主が誰か、つまり降臨した神が誰かが、このもれのオタク顔を支点にして保証されているていうことなのね。要するに声はね、流れの、萌え出づるものなわけ、それがね、こっから、この顔から沸き上がってくるのですよ、という仮定というか額縁がね、それが、もれの顔なわけ。でも結局ね、そんなの、一種のだましなのね。つまり、意思があって段取りがあって出てくる言葉とは違う言葉なの。もしそんなのあればね、それはインチキです。一方もれは正直そしてばっらばらです。そういう厳密ちゃんだけど困ったちゃんな言葉で、もれという、託宣の「主体」は、出来ています。

ここでもう一般の肉体ある人間とは存在のあり方が違うわけですね、だけど、それでもここに地神なにがしという「ひと」はいるわけです。だってこの顔があるからね。

そしてこの顔がある故に声の束でしかないもれは笙野んちに現れておトイレを点検してあげたり言いたいことを言ったりするわけです。

あ、そうそう、ひとことゆっとくと地神っていうのは単なる役職名っすから。もれ名前は別にありますよ。昔は亜知裳礼太刀《あちのもれたち》という仮名でした。だけど今は秦面霊立《はたのもれたち》という仮名になっています。ま、どっちにしろね、仮名なんですね。だって本名なんか言ったって仕方ないですから。

もれがヤマトに投降してからもう千五百年、本名なんかゆっても癪《しゃく》に障《さわ》るだけです。だからもういっその事あっさりとね、**地神ちゃんって呼んでね**。はい、それが僕らのお仕事の一番普通の呼び方じゃないかと、もれは思います。まあ中にはその土地土地で、御霊様と言われていたり、王子様（仏教の）だったり、時々、金神《こんじん》様とかスサノオ様とか間違った名前で呼ばれていたり、するわけですけど。でもどうせ僕ら地神の読みだって統一されていないですからね、つーまーり、じしん、じじん、どっち読みにするかな？　まあでも僕だけはじがみって呼んでください。自分で言うのも変だけどなんか僕偽物ぽいですから変則的な読みで。え？　僕の日常ですか。

どっちにしろね、小さい地面の管理をするお仕事だと思ってください。代表的なのは一軒一軒の地面ていうかご町内の土地管理です。他には、ほらよく測量とかやっている人いるじゃないですか、他に側溝とか土嚢とかやってる人いますよね、ああゆうお仕事ですよ。神的にそういうものの担当をしているのが僕ら地神です。とはいえ溝の中を流れる水は僕らの管轄じゃない、水神がやっている。僕らは土専科です。そういうね、ややこしいお仕事です。なんというかまったくヤマトは、融通が利かないね、……現場は適当に仲良くしているのにねえ。

　ま、つーことでね、地神です。地神、そうそうただ今笙野のっとり中。ばばあジャックです。何もそんな大げさな事ではないですけれどもね。託宣神がヨリマシに「降臨」したってだけの事なんですから。つまりこの笙野の脳内にいる「他者」ってやつがですね、心に飼っている自分じゃない存在がですねえ。一旦表面に出てきただけというか出てきやすくなっただけで。え、そんなの「大丈夫?」ってか。

　そりゃ、例えば高速走ってるドライバーがいきなりこうなったら迷惑ですけれどね、だけどまあ執筆やってる分には大丈夫でしょう。ていうか、僕がのっとったのはワープロだけですから。別に笙野がトイレに行きたくなったらさっと離れますし。

　だってもれは声なんだもの所詮。まあ離れるっていうのも笙野の脳内のどっか、に過去ログ倉庫みたいにして休みに帰るというだけの事なんだからね。でもね、またすぐに出てくるかもしれないね。またそんなのもれだけじゃなくて、もれ、地神だけじゃなくて、笙野の脳内にはいろんな声が、一杯あるから。

　例えばほら、声はよく笙野の夢の中に出てきて「お告げ」をゆってきますでしょ。あれだってもう誰が誰だか分からない位いろんなのいますよ。それらの、まあ特定も難しいような老若男女にですねえ、時には笙野本人の声やそのなりすましも交じっていて、そんな「誰か」に笙野は質問して夢で答えて貰っているんですねえ。

要するに笙野っていつも乗っ取られる危険にさらされていた人ですよ、それがたまたま今実際に起こっているわけです。え、ホラーだって、いやー、いやー、いやー、だってこんなのねえ、昭和四十年代の田舎とかだったらよくある事でした。一村の半分が陰陽師なんて村もあった位ですから。ていうか、今だって隠れてこれやってるところあるじゃないですか、いろんな霊能の先生がいるでしょうけれど取り敢えず、ね、もれ、教えてあげますよ。まず、ね、こんな時、人に頼ってはいけません。例えばもし、そういうところが一升瓶二本とか「謝礼」要求して来たらその時点で「お告げ」は偽物、インチキだと思ってくださいって事。ていうか他人の託宣なんか信用しない、自分の託宣も疑うのが一番、地神本人が言うのだからここ、信用してね。この嘘、本当に嘘じゃないんだから。

ともかく、慣れてない人はやめた方がいいですよ、だって僕ら、嘘つきだし、自分でも何を言うか判らないし、答えを真っ逆様の言葉で出す事もありますし解釈次第で正反対の事も言いますからね。また、出来の悪い「お告げ」程、人刺せとかこの馬券買い占めろとか言うわけだからね。まあだから託宣聞きたかったら全部疑ってください。だってね、出す側はただ言いたいから言っているだけなんですもの。

僕は言葉です。笙野から湧いてくる。でもその言葉にたまたま顔がある。ひとつの顔に属する声の束がある。役割に応じてそれに名前が付いている。でね。

笙野はそういう僕ら神のあり方を、言語の窓口とか決めつけてくるわけです。だけれどもね、そんな判り易いものじゃないともれは思いますよ。もれは無責任かもしれないけれど、纏まったひとつの迫力ですよ、もれの言葉は矛盾した事が一杯あるけれど、そして笙野の言葉とちがって主題はないけれど、なんていうのかな、わーっと涌いている昆虫を捕まえる網みたいなものなんだと思ってくださいよ、僕らの、託宣神の顔ってそういうものです。ね、こんな僕のオタクほっぺのオタクヘアが、実は国様から、ヤマトから抜け出す呪文だの、からから発言だの、国様を放置しといてぬけぬけとうまくやって行く仲間のための符牒だの、そんな全部を発言の矛盾までも含めて、顔一発で、表している、そうそう、こうして僕の顔のところにはね、生きた言葉が集まってくるのです。ヤマトが殺しそこねた、溢れて出た、ヤマトが不要としていて、黙殺した言葉がね。国様が「人の道を行け」と馬鹿にした言葉ですよ。細い道も集まれば独自になるのですよ。国様の領土を脱けて対抗出来ますよ。

え？　なんだよモマエ地神だろ、なんで託宣神を名乗るんだよ？　だって？

そりゃーもともと俺託宣神だからですよ。

もれ実は原始八幡神の兄弟神です、だーら出身が言語の神なんです。ていうかまあその末端みたいなもんだと思ってください。ただしずーっと昔に応神八幡にやられて託宣権取られちゃって、そこからは無名の仮名で地神になりました。今は託宣は趣味でやっています。それとおトイレのメンテナンスはボランティアでしてあげました。そうそうもれ一番先に投降しちゃったからヤマトの下請け的公務員になるのも早かったですよ。とっととハタ氏に編入されちゃったんですもの。ええ、歴史のあのハタ氏です。何の血縁もありません。あ、**俺今ネタ入ってた？**

そして、ごめんね、うっかり二回も俺っていっちゃった。それもデカ字使って。すみませんね。こんなの、ゆってはゆけないですよね、ごめんなさいね。ずーっとゆわないようにして来たのです。だってね、だってね、もれは元々託宣神になるべく育ってきた神なんですよ。というか結構隠れ託宣をやって来ています。押しかけ託宣もやって来ています。なのに今は地神やっています。そんな面従腹背な僕に断固たる「俺」は似あいません。そうです。元々は九州の宇佐で生まれたのにヤマトにしてやられて、左遷責めにされて、千五百年たったら「北の地神さんに」されていたわけで。まあその前にもあっちこっち飛ばされましたよ。

最初は故郷から、気が付いたら広島に流されていましたねえ海育ちのもれが、そこで作神《シャクジ》を、農業神をやらされていた。社？　ないっすよ。石物です。まあ悪くはないですよ。それから次第に北に行かされました。行くしかなかったですよ。既に正社員でしたから。いつのまにか友達、兄弟、全部ばらばらの地域を担当させられて、名前まで変えられて連絡の付かなくなってしまった仲間も多かったです。

もれらを一緒にそのまま生活させておくと、まずい、という考え方がヤマトにはあるみたいですね。もれが北の方に行った時も、なんでそんな遠隔地に空きポストがあったかというと、北で製鉄技術もっていた神さんが本州にばらばらに配属されたんですよ、その空いたところにですねえ、もれが配置されて、その時にはご町内の地神ちゃんにもうなりました。ずーっと地面の認可と境界争いの調停とやらされてて、そうです。その上もれ石物のない時は人間の所有地と所有地の境界線上をつるつるつるつる、移動してるんです。まあ細かい仕事が多くて休む暇ないからね、それで休日になるとちょっとボランティアでお邪魔してね、ついでになんとか託宣を出して帰る事にしているの。もしその時に出せなかったら、無論、また来るね。

そうそう、この笙野っていうひとは荒神棚《こうじんだな》の持ち主、ま、棚主なんだけどね、そういうね、ここの荒神棚の、屋敷荒神の子ともれは知り合いなの。いわゆるひとつの若宮の坊っちゃんですね、あんまり話は合わないけどでも、頼まれればなんでもしてあげるの、坊っちゃんは宇佐を知らないけど、親御さんの追放先で生まれた方だからね。だけれどもね、もれは親御さんとは昔懇意だったのでね。

それでこの家のおトイレの不具合を直しに来てあげました。でもね空間の方は実はなんでも無かったの、問題は棚主さんの体調の方でした。直接の原因はね、そりゃあ体調から来る言葉の不具合とかいろいろありました。おトイレは変じゃない。だけれども本人の「一人称」の方に不具合が出ていました。ボランティアである以上そこも指摘してあげましたよ。だってむしろこっちの方が、言葉の問題がもれの元々の専門なんだから。

あ、そうそうおトイレで転んだりすると命に係わるというの伝承にありますよね、ん？　教えてあげよっか。そんな時は何か塩辛いものを食べると良いってことさ。しかし今の時代だからね、もれ現代風に野菜ジュースを勧めてあげたのね。パックのやつを朝飲めばいいでしょって。いやいや、特に便秘とかではなくてですねえ。なんかもう少し生活ちゃんとしろよって。でもまあ注意しても無理かもしれません。

ご存じのようにね、ここの棚主さんは実はちょっと変わった事情のある生まれ方をしています。例の深海族なんで、まあ神というのではなくて神もどきですね。そして半世紀位前に、生まれてすぐ死んだ人間の赤ん坊の体に入り込んで、なりすましで生活していたわけなんです。だから、そりゃあ、不器用で疲れやすい、生粋の人間ならぱっと分かる事や出来る事がまるで出来なかった。ところが四十代の半ば位から妙に頑張れるようになってきた。でもそれには事情があったという事です。

　というのも、先程の生まれてすぐ死んだ女の赤ん坊、これが実は魂になってずーっとそのまま人間の世界でふらふらしていたのですが、ある日ふいに笙野のところに戻ってきたわけで。そりゃあ元の肉体の持ち主が「指導霊」に付いたのだ。うまく動けますよ。だけれどもね、元々生まれてすぐ肉体を出てしまうような魂ですから不安定です。その上、この人今まで二百年の間に五百回位生まれ変わっていて魂的にはベテランの方なんですがただ五百っていうこの数、なんか変でしょう。五百代生まれ変わると普通何年になりますか。つまりね、生まれてすぐ出ちゃうタイプの方なのですよ、そして三重県と岡山県を往復する感じで二県の限られた地域で生まれてすぐ、死ぬ事を繰り返している。すると三重県の方で生まれた魂が死んで出ていく時にはね、お便所の窓から出る風習のところがあるの。で、この方死ぬ時そこばっかりから出て、三百回もね。もう反射になっている。それで普段でもトイレの窓見ると出ちゃうんです。そうすると笙野は指導霊なしの人になってしまうんです。

　まあでもね、そうふらふらしないでもっとしっかりして欲しいものですよね、だって、元々の体の持ち主なんだから。その上最近、今の肉体の使用者つまり笙野の方が殆ど、「魂」を落としているような状態なのでですね。一層まずい。要するにね、笙野って、昨年、ふいに「ルーツ」を失ったの。

　つまり自分がどういう人間か、それを知る事で人は成長するよね、「お前はこうだ」、「家はこうだからこうしろ」、そういわれる中でまあ今時の人らは自分を作っていく、笙野だってほんの半世紀前の生まれの今の子じゃないですか、現代人ですよ。で、言われた家族歴を信じて自己形成しちゃったわけだ。ところがなんかね。

親から聞いた事が違ってたようですよ、自分の家の歴史もちがっていたみたいですよ。そしてその結果今までの思い込みが覆されてしまった。本人なりに家族関連で頑張ってきた事も無駄になったし、家族の物語の中で善玉悪玉みたいになっていた人間像もなくなってしまった。その上もともとのっとって入り込んだ肉体じゃないですか、根本自分の肉体っていう意識が希薄なんですよ。そんな中で理屈を言ったり神を祀ったりして、しっかりと自分になろうと頑張ってきた。肉体も魂も努力してくっつけてきた人なわけですよ。この心身を貼りつける糊みたいなものがですねえ、まあこの人の場合「家族」だったわけで。でも最初からというか結局それさえも仮り留めで隙間のあるしろものだったって事なんですよ。なのにね子供の頃から始終「家はこういう家だから、親はこういう方針だから」ってお経みたいに言われ続けてそれを「私小説」も書いてしまっていた。ところがそのお経が「全部、嘘でした」と。ね、糊が乾いてしまったの、剝がれてしまったの。要するにどこまで行っても深海族なんだよねえ。肉体が駄目で魂が駄目、言葉をつかってそれをなんとかしようとするしかない。だからもし言葉で綴って丸暗記していた自分の設定が、いきなり狂ったらだーって動揺する。ね、僕みたいなものにでもね、こうしてワープロとか乗っ取られてしまう。そして正直なものなんですね。自分の不具合はきちんと一人称の不具合として現れるってわけだ。ほら、もれ言葉に敏感でしょ、一人称に詳しいでしょ。

それでこの笙野にね、ほーら、もまえは今一人称が変わっている、それが虚脱の象徴なんだよって教えてあげました。だって宇佐の託宣神で一番物知らずのもれでも、巫医術《ふいじゅつ》少しくらいならかじっているわけで、こんなおバカでも身体と心の繫がりにはくわしいんですよ。で教えてあげました。

君がずーっと小説を発表しなかった時、そういう一人称の不具合が起こっていたのです。だってほら、また発表し始めたら虚脱がそのまま言葉に現れていた。その証拠に「私」が「あたし」になっているでしょうと。君の顔で、「あたし」ってなよなよ言われたらみなさんドン引きよ、と。

まあそれだってね、人称だけでは作品の出来がさして変わるわけではないと思いますよ、ただ言葉には顔がある、だから、変は変ですよ。つまり笙野の顔はそのまんまで、ただブサイクの顔に似合わない表情が貼りついただけの事であってもね。でもその変さってね、女受けする清楚なブスや、セックスレスで目障りじゃない「カッコいいブス」を好きな人々への挑戦ですよ。限界に挑もうねってもれは味方するね。

いいんじゃない両方やればってもれは言ってあげました。

確かに笙野は肉体があってしかもブスとか言われて育っていて自分をかためていないとやっていけないですよ、受け身で流れていくよるべない「あたし」になって虚脱していたら、あっという間に今までの「仲間」は離れていくし、虚脱に付け込まれてどんどんのっとられる。でもね、それも別に悪い事ではないともれのような託宣神は思いますけれどね。たまには乗っ取られてみろよとも言ってやりました。だって琵琶法師さんでも乗っ取られて語っている人はいると思いますよ。もれはもう託宣の現場離れているからあんまりはっきりした事は言えないけど。でもそう言ってみたかったから笙野に言ってみたの。

　要するに、もれ託宣やっていたいんです。語りたい、聞いてほしい、あと誰でもいいからもれにインタビューしてね、自分の事っていくらでも言葉出て来るから。ああそうそう、今の仕事の事でもいいですよ。長いですからね。**あ？　何？　誰？**「ぺらぺらぺらしゃべりやがって癇《かん》に障るんだよ」って、はぁ？　なんかあなた口悪いね、どなた、あなた？　あああなるほどね、じゃそういうあんたこそ駄目じゃないのそんな、三百回もお便所の窓から出たりして、お名前は、え「名乗らない、あたし名前嫌い、あんたも嫌い、この馬鹿女も嫌い、体取られたから」って。ふん、御自分で、勝手に出たんでしょ。いつもの事でないの？

　ええと読者の皆さんに解説しますね。今もれは笙野の脳内にいるのですけれど、このさっき御説明した例の女の子の魂の方が、またおトイレの窓から出ていて、たまたまうまくまたここに戻って来られたのですね。それで罵詈雑言をもれに。なんかね、もれ誤解されていますね。え、失礼じゃないですか、これこれ、ねえ、そこの口悪い女の子の方。

　だって**僕別に暇じゃないですよう**。公務員だって税務署員だって現場は現場で働いている人はちゃんといますもの。たまたまふと、お仕事内容を僕が一、二例言っただけで、ふん、煽ってくるね、ほらあなた五百回生まれても、苦労をしてないね、え？

「あたし苦労嫌い」って。

ふうう……あのね、大変ですよ。もう小さい地面関係の仕事は全部僕の方に押し寄せてくるの。まず公務の方ね、それは家とか建築物の建っている地面、土地、外にある竈《かまど》、時には畑田んぼ、そういう土ものまあ、土質とでも言うかな、土本体とでも言うかなー、そういう具体物、素材物の担当をしている神様ですよ僕。たいへんなの。そうそう、地鎮祭をしないと祟っちゃう地神ちゃんです。僕のいる方位に行くといきなり罰をあてる地神ちゃんでございます。なんていうか、土そのもの、を担当しているわけで、この土というのはそこら中にあって用途は多い、ばかりか本来鍬ひとつ入れても祟る存在だよ。要するにね、本当はね、触ってはいけないの。だってね、大地偉いから、例えば、あなた方地球作れますか、ほら出来ないでしょ、それに地母神とか言うじゃないですか。母に向かってですねえ何か突き刺したりひっかいたりふつう人間はしないですよ、なのに家を建てると称して、つまりコンクリート流して、鉄筋ぶったててなんかやればもう百年祟りますね、住んだ人はみんな死にますね。でもね、なんか死なない、これはどうしてか。普通謝る係の人がいるんですねえ、「すいません、今から畑開墾します」、「すいません、今からここに竈作って火焚きます」、「すいません、ちょっと大黒柱を」。そういうのね、まあ謝罪というよりは許可願いかな、それらを精査して認可をするのが僕ら地神ちゃんのお仕事です。公務員です。担当地区は割りと細かく分かれています。で、許可を願う人というのはまあ全国的には地鎮祭ね、これをやる人は神主さんです。当然ヤマトに統括されています。しかし地方によってはね、例えば中国地方だとちょっと前までは竈祓《かまばらい》というのがあってこれは琵琶法師さんが許可を求めて来ました。仏教系です。しかしここもある一時期からは弁天に統括され、ヤマトの支配下に入りました。で、僕達は公務員。この人達の申請を検討して、許可をする。一方、許可を求めないと凄い罰をあてる。新築だけではなくて改築普請でも、時には植木一本動かすのであっても、許さないわけです。

え？　それがなんで公務員なんだって？　土地は個人の所有だろうって。ええ、それはそうだけど、でもね、土地というのは一個の物じゃないですか、だけれども、そこには土という物事の本質が含まれますよね、その本質は実はヤマトが管理支配しているのですよ。ほら、もれ試験に出るようなお話はみんな丸暗記ですよ。

ま、本当はそんなのヤマトなんかにできっこないけれどね、実際にやってるのは僕ら「人の道神」って言われる神様ばっかで、天孫なんか砂粒ひとつの本質だって天気予報ひとつだって手出しはさせてません。つまり管理は僕ら、支配は連中という事で。でもどっちにしろね、土の本質、これは個人の勝手には出来ないですよ、そしてまた、法律という公的なものなしには個人の土地所有も守れないしね（丸暗記でゆうけどね）。とどめ個人の所有自体は国家に対抗出来ても、結局は接収とか、しっかり国家は口出して来ます。どんな土地だって結局国の家来なんです。ほら、厄介ですよ国様。

そうそう、言いたいことが一杯です。言いたいことがあるとこういう建売をちょっと助けてあげて、それでその時に言いまくるんですもれ。押しかけ託宣です。

あああ、それにしてもここ、千年不就労だった若宮の坊っちゃんが十年程前、ついに無認可で屋敷荒神になったと聞いてはいたんだけどね、なんか来て驚いた！　なんたって、あの若宮さんが猫の祖霊さんを兼ねるからって猫になっていたとは。ああいう前身の方が、ね。まあ本当は坊っちゃんとはもれそんなに親交はなかったからそれよりもここで無認可にクレーム付けるのが職務上の筋なんでしょうけれどね。例えば形だけでもこの家に天孫系の竈神を入れるかそれとも坊っちゃんに投降していただくかすればいいんですけどね。ただもれ宇佐にはちょっと後ろめたい思いもあるものだから。なんかまあ、甘くして、便宜はかってあげて、えへへ、そんなもんですよ、これが現場ですね。

そうそう無認可で建売の荒神に入ってる人の道神を公務員の僕がとがめないわけですよ。ていうかどうせ担当地区違うしね、そして何も勝ち組天孫の役に立つようにわざわざ働く気とか一切ないから。ただちょっと呆れるのはね、よくも猫になったもんだってもれは思うよ、だってほら猫って腎臓が悪くなるじゃないですか、塩気をやってはいけないとか、動物神から動物神に変わっただけって本人は言うだろうけれど、よくもそこまで変節したねって、一体どうやって塩気断ったのかねあの塩気好きが。

ああ、そうそう、そいでもって坊っちゃんは荒神だからね、屋敷内の地水火風位ならなんとか出来るのよ。だからこういう家でも何とか回っている。だけれどもね、その一方ね、人間だけで、「家土地自分のものだから」って言ってて、それちょっと怖くないですかってもれ言いたくなるね。

例えば小さい一区画の土地を所有するとしますね、それは出来る。そこの土のひとにぎりまでそれは所有者さんのものではある。だけれどもね、ただそれだけではどうしようもない。だって、例えば坪四十万としますよ、それで例えば三十坪買う、するとね、たったそれだけのお金ではね土の本質は買えませんよ。ていうか分かりやすく言うとね、土の性質は支配出来ませんよ。西洋だったらね、きっと土の精霊とかそんな事をいうね、それが地神ちゃんです。え？

だったらそういう精霊さんと直接お話しして仲良くなって、祟りがないようにすればいいじゃないって。うんうん、賢いねえ、だけどそれをさせないのが国家なわけ。だってお役所の窓口のひとと仲良くなってですねえそれで、税金おまけして貰えないでしょう。そういう事ですよ。

まあそういうわけでですねえ、土の性質、これに指一本指してもばちをあてるこれが僕ら地神の国家的なお仕事になっています。ただ公務だからね。ま、真面目にやる人はやるんだろうけどね、でもそういう人程リストラされるんじゃないのかなあ。実際に、無認可の建物、増えていますからね。

今建売は特にそうだけれど例えば地鎮祭しないところが多いですよ。でもね人は住んでいます。ま、地神だってそんなのいちいちつついてはいられないから放置ですよ、ほら警察官がいちいちネットの喧嘩なんかみてられないんじゃないですか、あれと同じですよもうしんどいの。そして警察はともかく僕らそれで得するのは上の人だけだしね。ただ罰をあてるかどうかというレベルでなく、祀っていないお家ってもれから見たら心配な事が多いですよ。だってそれだと神的メンテナンスが受けられないわけで、要するに、水も火も土も空気も方角もその本質を意識されないで、人間の魂もほったらかしで、どころかそこに魂がある事さえ気が付かないでという事になってしまうからね。まあでも実は僕ら公務員よりも無認可荒神の方がむしろ真面目なんで、ここもおトイレ以外は大丈夫なんだけれど、でもやはりその欠けた一点で、笙野はある日いきなり「水洗トイレに落ち」ていますよね。それも「真っ白な空間に魂だけにされて放り出され」、「自分の内面が全部消失していて」、「孤立したままで、商品のように一律に扱われ」、なおかつ「うんこする存在としての自分以外自分と認められない」、またそのとどめに

「したうんこも消え果てて無機的な上も下もない永遠に落ちつづけている、または、中空で停止しているかのような体感に閉じ込められる」なんておっかない世界に入り込んじゃったわけです。

そうそう、空間は変じゃないの、ただ笙野が勝手に細い、あり得ない隙間に入り込んだのね、落ちたというより、無理に突入しているの。それは虚脱で肉体を放り出したんですよ。

のっとってから判ったんだけどさすがに深海族、なんかいろいろ不具合の多い人みたいだね。例えば土に触っただけで接触性の湿疹が激発するような体質みたいだし。なのに土の公務員地神本人、が結局脳内で荒れ狂っているんだね今。

つまり取り敢えずこれを書いているワープロは笙野のです。キーボード打ってる手も笙野の手です。そりゃあ電気代払うのだって笙野なんだし、まあそれでも笙野本体は眠っているようなものなんで、というか要するに、僕は託宣大好きの地神ちゃんです。言いたいことを全部言うまでは帰りません。

そうそうそう言えばまず、「猫トイレット荒神」に書いてあった千々端《ちぢは》ちゃんの顔の褒め方、全然足りなかったですよね。そしてクイズ小説というのならぜひとも地神ちゃんクイズ、も必要だと思います。だって読者のみなさん方には千々端ちゃんの本当の姿を分かっていただきたい。また今までもれがどういう目に遭ってきたかも知っていただきたい。ていうかこの小説もれ的にはもれたちへの理解がまったく足りないですよ。だってね、笙野は自分の顔の事をさんざん悪く書いて来たじゃないですか。その顔ってただの顔ですか、もれ別にただの窓口じゃないですよ、元託宣神である以上、言わせて貰います。

何よりもね、笙野は素材としての顔、自分の顔に恵まれすぎていましたね。女性作家一の不細工、と言えばまさにその通りで今までその顔に甘えて安心してブス描写を続けてきた。そして軽く「美人」というものについて書いた時に顔とは何か、という考察を欠いていた欠点を露呈したわけです。**無論顔とは言語上の顔でもあるわけで。**それは「言語にとっての顔」ではなく「言語がかぶるお面」ってことですよね。

とことん本人の言い分を聞いてみたいとも**もれ**思っているわけです。言語に生じた顔とは何か、もっと考えて貰いたいですねえ。託宣美人とは何か。それで**僕**本業の休みの日は何度もこの家に来て隠れていましたよ。そして笙野が続きを書きそうにしたので、**もれ**一気にのりうつりました。**は？　そうゆうモマエの一人称。**

一人称に詳しいって言ったわりにはいい加減？「もれだか僕だかはっきりしやがれ、まあどっちにしろあたし、あんた嫌い」だって？　またあんたかよ！　いいよもう、出て行けよその便所の窓から二度と帰ってくんなよー。は？「あたし命令嫌い」て？

はいはい、どうぞご自由に、もれも勝手にしゃべるからね、さて読者様、読者様、そういうわけでもれから僕に僕からもれに、ここには深いわけがあります。まあ四世紀には2ちゃんねるはなかったけどねえ。でもでも当時からもれはもれでした。つまりワープロで出る文字の中から笙野の脳味噌を酷使して出来るだけ現代語訳させているのですよ。そうするとふふ、まあもれ嘘つきだからねこんな事になるんだよ。

もれがもれから僕になったのはあの、ヤマトに投降した時、ですかね、つまり、原始、もれは共同体のもれであった。しかし投降後、僕は家来にされた僕であった。つまりもれだった時のもれはあにきや仲間とくっつきあっていて自分の口とか他人の妻とかそんなのよく判らなかった。勝ちも負けもないべたべたのもれであった。ところが僕になってきっちりと家来として固められた。それからはいつもおっかない勝ちと負けの中でずーっと面を被って可愛い声だしてなきゃ殺される僕になった。つまりはもれの中に浮かぶ薄い固い「ハタ氏」の僕に閉じ込められたのだ、そんな僕の刺《とげ》が全身にちくちくして悲しいかつての亜知のもれ。ええええ千五百年、結局こうしてもれはずーっと一人称くちゃくちゃのままですからね。心の底から沸き上がるぷわぷわのもれたちを統括しているこの僕は、ただの仮面、なのにそんな仮面の下の無数のもれは記憶の彼方で溶けそう、になっても、でも今も、ううう、苦しいんですよう。でもね、結局今の地神ちゃんには自分があるのですね。それは僕ともれの間でゆれる事なんだ。そんな矛盾を統括した言葉の磁石、それがこの地神ちゃんのオタク顔ってゆうことですよん。

そうそう押しかけ託宣でした。こずるいですけどね、ちょっともれ、若くて可愛くてなんにも知らない頃のもれに戻ります。妻が一杯いてあにきの手伝いして、でも何が幸福かだとかそんなの判んなかった、良い時代ですねえ。

＊

地神癖あるから、どんなにあたりが良くてもね、結局、古いからね。——若宮にに

＊

そりゃあ今はもう普通ではいられないですよ、ここは楽園じゃないんですから。だけれどもね、千五百年前の宇佐においての、もれは、宇佐中で一番素直と言われた男、だったですよ。なんていうかね、付いたあだ名がみんなの弟亜知裳礼太刀、誰からでもことに年上のヒコたちからは、陰でも表でも、呼び捨てにされていました。しかしそういうのって実はどんな社会でも古代でも結構お得なんだね。男付き合いだけひとり勝ちのもれ。まあ母系が残ってる時代だったからその分、託宣姫達には馬鹿にされていましたけど。

ええ、ええ宇佐の託宣って、渡来系の巫医《ふい》は男が多かったけど、巫女になって言語で何かを指導するのってだいたい女でしたよ。ほら、女ってなんでも指導するのに向いているともれは思うんだよね。女のする事って間違いがないからね、まあ間違っていたって女にくっついていれば大丈夫なんだよ。あの頃の宇佐にはそういう女の巫女がどっさりいて、気象は誰、機織りは誰、交易は誰、魂送《たまおく》りは誰ってこう全部担当があった。そして巫女は例えば機織りなら自分が全部織りから染からやってる一族の出身だからね。そんなラッシュの中でもれの出番はないはずですよ。だけれどもね、もれ託宣好きだったの。体の中からわーっと湧いてくるまじないや未来、をゆってみたかったの。言葉はいくとおりにも受け取ってもらえるから責任も楽だしね、訳の分からない事言う程みんな元気になるしね。そして託宣っていうより、リズムだよね。打楽器で、火焚いて、もれは巫女さんたちみたいにしんどい事は一切しなかったし、そんなのは偉い女の人にまかせておけばいいと思ってさ。ちょっと無責任だけど騒ぎたかったのね。それで、もれがしていたのは、仲間の、祝福専門でした。そう、相手を褒めたり幸運を約束したりする呪文だって宇佐では友達に気軽にしてやれるものだったの。ただね、ヤマトが来てからは嫌な事になった。そうそう。

祝福が服従儀礼になってしまったの。祝福をね、戦って征服された方が勝った側にしてあげるようになったの。ああ、まあそうなるともうしてあげるではないのですよ。負けて侮辱されてそれを喜んで、なおかつ、不正は全部負け側の責任、不幸は全部負け側が引き受けるね。経費も全部負け側で持つ。それを「自由意志」で負け側がやるですよ。そういう時代がそこからずっと、続いているの。

勝ち側と負け側、ヤマトの世界にはそれしかない。そういうのだけが好きな連中だから、ね、ほらヤマトにとって福とは何か、他人を不幸にして得るものでしかない。しかも不幸にされる他人は必ず絶対に悪者でなければならない。しかもカッコ悪くなくてはいけないのですよ。でもね、まずい事にね、もれたちは本当に、もれみたいなものですらカッコ良かったですからね。だからともかく、連中の最重要課題というのはね、取り敢えず、なんとしても、もれたちをカッコ悪くする事だったんですよ。

だってヤマトってよそから特産物を奪って税収にしたり、目の前でもれらや子供が困っておんおん泣いていたりしなければ、けして幸福だと思わないですよ。ただ単に自分がうまい名産を食っているだけ、ただ金属や塩を持って豊かになっているだけじゃなくて、その時にいい気味だと思わなければ、連中の幸福は完全にならないんだよ。球技だって、もれらはみんなで遊ぶものなのに、そして仲間で協力してやるのが面白いのに。ヤマトは自分達の派閥が勝ったか負けたかそれだけでね。だから連中にとってのおめでたというのは、相手が不幸である事ですね。連中の福は他人にけがれとか不幸を押しつけて、それで自分達がいつも生まれたての赤ん坊みたいにしている事だけなんだな。ヤマトの偉い人は絶対死なないってあの頃からもう役人は言い始めていた、どんな災害も自分達には来ないって、だけどね、ありえないよ。つまりね、災害は来るよ。そうするとその不幸は偉い人のせいでなくもれたちのせいなんだ。もれたちの先祖の祟りだったり、またもれたちが生意気だからそうなったんだって。こうして、何でももれたちのせいにしたあげく、自分たちの汚れをこっちになすり付けるんだ。

御祓いで連中はきれいになる。もれたちは勝ち側の捨てたけがれや埃を頭から被って、国の領土の外をずーっと歩くのです。

だからね、そんなこんなで今の僕は、もう宇佐時代とは違いますよ、それを癖あるって言われてもね。ふふー、ほら、若宮ににさんってさあ、もまれてないじゃない。千年不就労の人から言われたくないですよ、それであの坊ちゃんは結局ガードの甘いこういう生活めちゃくちゃな作家の家庭に入ってさあ、出してる託宣もここの棚主さん専用でしょ、だからって悪くはないけどね、でもそれってどら息子がママのご飯を作ってあげていて、僕シェフになろうかなとか言ってるのとなんか似ていますね。ええ。

別にね、いいですよ、親御さんが甘くってうらやましいですよねえ……なんか今はここんちの家電にひとつずつ名前付けたりして遊んでいますよ、それもわざわざ棚主さんが嫌がるような思いつきの名前をね。なんか炊飯器がニボシガマさんで、電子レンジがぴーぴー言うからぴー助だって、安易です、ね。

あ、そういうわけで、……もれ今から本格的な語りに入りますね。別にみなさまが騙りと思ってもどうでもいいですよ、もれのは託宣である以上これフィクションですよ。人が信じた時にだけ「本当」になるフィクションです。またそれをね、本当と思ったやつは大損するはずで、だって本邦初の負け組の一番古層なんて、別にお得でもなんでもないんですから、もれ自身はそれでも語るとなんかすっきりしますけどね。そうそう、ついに語る、この負け体験からもれ、僕になったんです、ヤマトの、可愛い弟分にね。

あ、どなたか読者の方、悪いけど、ちょっと岡山の、近世のやつでもいいからさ、荒神託宣の太鼓やってくれる、テープでもいいから。そうそう、古代の語りまたは騙りとは言えね、どうせもれ既に現代神だから。のればいいんだから。ん？　そうそう**もれは現代の神**って言いました今、だって**今**現代だもの。そして当代の山本東次郎さんだって、ね、狂言は現代劇だってゆっているじゃないですか。太鼓もね時代はいいんです使えれば、あればいいんですよ。もれの声がちゃんと出るようにね。

もれの中に集合している、もれたちの沢山の声の中から一番若いやつがぽんと出てくるようにね。お、いいね、これ眠くなってくるように間空いているよ、白宇宙が揺すられるね。

あ、でも語り直前にはテンポ、上げてね。

＊

とんつくとんつく、とごすくとんとん、とんつくとんつくとごすくとんとん。
とんつく……とんとん……とんつくとんとん、とごすく……とんとん。とんつくとんつく、
とごすくとんとん、…とんとん…とんつく…とんつく…とごすく、とんとん、……とん！
（あ、そろそろ連打してくれる、もっと速く）。

とんとんとんとんとんとんとんとんとんとんとんとんとんとんとんとん、とんっ！

とん！

おおおおお、考えても、見て、くださいよう。

託宣「余はいかにしてもれから僕になりしか」——元託宣神、元亜知裳礼太刀

おおっ、海と空の間に……樽が、見えましたっ、海と空の間に、もれの……あにきもいました……もれは、おお、もれはその時点ではまだ体のある人間であった。その名は亜知裳礼太刀、宇佐の高級織物を普段に着て、あにきたちに呼ばれ、仲間を褒めちぎり託宣三昧、「お前随分都合のいい神ばっかり乗り移ってくれるなあ、なんかヤマト巫女みたいにいい加減だよな」とか言われたりして、それでももれ喜んでいたよ。呼んでくれればね、何を言われてもあにきたち好きだったし楽しかったね。当時のもれはこれでも立派な、宇佐唯一の、専門分野のなんにもない祝福託宣で、当時のもれは自分のことをずーっともれと呼んでいたものでした。

おおおお海は青く空は青く樽は新しく。

塩は白かったです。上の方だけね。

もれは若かった。ヤマトが来たのなんて何も気にしてなかった。あにきたちは景気良かったし、カッコ良かったし、ことにもれの一番のあにきは宇佐のリーダーで、でもねしばらくの間、もれはあにきとは会っていなかったの。しかし愛がなくなったわけではない事も知っていたの。悲しいとは思ったけれど会えなくなったのね、だけどその時はなんか本当にね、これは嘘だって思うだけだった。あにきというものを抜かして、もれはものを考える事が出来なかったのですよ。そんなもれの世界には愛があった。宇佐は愛のクニだったの。いつもアクエリアスが鳴っていたからね。あ？　記憶違いかな。だってもれ別に語り部じゃないからさ。祝福託宣だし。フィクション野郎ですよ。

え？　古代に愛なんて概念があったのかって、そりゃあ宇佐だもの。宇佐はヤマトより早く仏教を「輸入」し、金属の技術や良い文字に染まり、サンスクリット文字を模様に使い、ダラニのリズムに乗せてまぐわいの楽しさを堪能していました。空とも海とももれはねんごろでした。そんな中で馬鹿なヤマトは鳥や獣と性交する事をわざわざ禁じました。へへ、でもそんなの、誰もしないって、ヤマトは愛っていうとスルと思ってるね。でもね、外から愛してればいいのだもの。もれはよく草木に恋をし、若い頃は仏像に抱きついて絶叫していたのでした。血のつながらないあにきともまぐわいをし、妻を何人も持ち、妻も全員好き勝手をしていました。

そんなあにきがいなかったのはほんの何日かだった。そうそう昨日はあにきと会わなかった。でもその前の日も会っていなかった。だけどもれはその日にまたあにきを見ました。するとあにきはもうその樽の中でひしおにされていました。

その前でもれたちは海鮮の歌を、ひしおの歌を歌わされました。ああ、ひしおの歌、そうそう読者の方にとって、これ初出なんですか。だったら実際に歌ってみましょうか、だけれどもね、もう少しね、後にします。なんかあの時はねえ、セットでというか、ま、当然かな、そうそう。海に溺れる踊りも踊らされました。ええ、溺れる踊りというのは例のやつですよ。それはもう本当にうんざりするような馬鹿な踊りですよ。つまりもれたちは海の男です。そのもれたちが、がきの頃から遊んだ馴染んだ泳いだ海、その怖さも知り抜いた大切な海、これに溺れる様子を演じて踊るという踊りなのですわ。はいはい、ギャグではありません。というかそれでも、ヤマトの役人はげらげら笑っていた。でもね、侵攻して来て、というかなんかと提携して来た、談合根回し野郎めはいつのまにかもれたちを指指してわらうようになっていた。だけれどもね。

そいつらの中には、多分本当に海を渡りきれないような、溺れて死ぬような水に弱い輩が混じっていたはずですのに、ねえ。そういう粗悪なカナヅチ野郎の方々がですねえ、この、精銅技術最先端の、太平洋庭同然の宇佐の男達のがん首をならべさせて、そうして平然と、演じさせるわけですよ、もれたちが海を怖がって、海に溺れる踊りを、そしてね、笑うのだ。山猿の分際で。ああ連中のおふくろは不細工な粗悪な山奥のぬのを纏っている、田舎の父系姫です。女のくせに男の家来です。なんら頼りにならなくて華厳ひとつ知らなくってね。おおむねなまっていやがるし、カラの織物なんかも見たこともない。そうそうヤマトの小役人が最初に来た時、あにきは確か自分の九人いる妻の中で七番目に良い女を融通してあげました。それはむろん宇佐の事ですから、女にお願いして向こうに行って貰ったのだ。だけれども気がつくといつのまにか、その女がもれたちに威張るようになっていましたよ。だけれども、それでもね、実際にあにきがそんな目に遭っているのを目の前にしてさえね。

それでもあの時、もれは連中の事を「馬鹿だなあ」と思いました。まるで子供みたいだって。だってもれたちがもし本気だしたら、隣の国まで丸木船ででも渡ってしまうだろう、十やそこらの子供でも気が強ければそうする。なのに、それにも気が付かないで、「優越感」にかられて大笑い、してるのですよ。ね、リアルだったら、溺れるのはお前らだろ、この踊り自体が一種の皮肉だろ、って。そう、そう思った事がもれの唯一の抵抗だった。ああずれていましたよ。

要するにそれがもれたちの服従儀礼だった、てだけの事でした。でもそのからくりが、もれ分からなかったの。でも今は判ります。今はけして「馬鹿だなあ」などと思わないのですよ。もれただ、そうそう「権力ってこういうのだ」って思うだけの事でね。だってそれが今の上司なんですよ。

ね、もれたちのお大事な岩倉様のところにさ、託宣姫たちが神々をお招きしてお伺いをたてたりさ、当の神様本人たちがやって来て腰掛けたりさ、そういう事をするありがたいおめでたい大岩様の上に、そんな失礼なヤマトの樽を置いて、しかもその樽の中にはあにきがもうそっくり塩からにされて入っていたなんて。

え？　そういうすごいあにきどんな人だったかって、それは、うーんと、そうだねえ、あにきとはなんだろう、ゼロになっているものだ。空気のようだけれどもれの隣にいます。そのくせそんなあにきの両手はもれのちょっと上からすぐ出てきて、釣り針でも織物でももれにくれるのさ、そりゃ欲しいって言えば渡してくれるもの。だってあにきだからね。あ？　あにきどんな顔？　誰に似ているのかなあ「今」でいうとエリザベス・テーラーに似ているのかなあ。

だけどどうかなあ。もしかしたら、ユル・ブリンナーにだって似ていたかもしれないなあ。ねえそれじゃアシュラ男爵だって、違いますよ。もし似てると思うのならそれヤマトの洗脳だから。なんか、どっちにしろかっこ良かったです。それは見かけも着ているものも、持っているものも、態度も、凄かったですよ。ただね。

男でも巫女さんだからね、そして王だけど心は女だからね、声？　それは百通りもあったかなあ、今まで「出て」来ないのも含めたら一千色以上、あるだろうと言われていたねえ、取り敢えず宇佐王国の全部の神はいつでも召還出来るひとだったと思いますよ。そりゃあ当然！　だって王であにきで親分、かっこ悪いものはなってはいけない、そういうポストなの！　もれが知っているのは全盛期のあにきです。そうそう、きっとその両方に似ていましたね。

なんかそういう変則的なひとでしたね、その上に過渡的な人でしたね、その割りにがんこものでしたね、どんな事でも一番先にするひと、つまり損ばっかりしているもれたちの神でした。おおおお、生き神です。あの頃はもれも人間あにきも人間、でもあにきは仏とかにもならなくてなんかまだ宇佐の近辺にいるとか聞きました。

まあ人間である頃から神のようなひとだった、だからもれ、あにきの性別なんかどうでも良かったです。要するにもれは半分神であるような、王とヒメ巫女の良いところを貼り合わせたような、一番頼りになる身内と懇《ねんご》ろになっていたのですよ。選ばれてという気持ちはなかったです、なんかたまたま親戚で側にいたからもれ寝られて、お得だったかな。しかし共寝とか言ってもね、朝まで一緒にいる事は殆どなかったしね、もれもなんかくどいのとか嫌だからね、ぱっと来てさっと離れるのが楽で良かったです。なんか用ある時だけいるみたいで、口もあまりきかないしね、でもそこがいいんです。気楽でつーかーで、なんでも貰えて、なんでもしてあげました。腹違いですよ。

もれの母親は当時カラ国からやって来たカラ美人でした。もれの父親が誰かという議論については、実は十二説ありました。もれの父親は母が一番気に入った男で、つまりいろいろ役に立ってなんでも調達して来るような男、と言うことになっていた。だけどもれはあんまり似ていなかったです。でも母親に惚れている間、父はもれを可愛がってくれました。というかどの子も大切にされていたですよ。つまり「もれの本当の父親」です。

あにきともれは顔がまったく似ていなくてそれどころか母親も違ったです。父親の別の妻の子供だった。つまり、本当はあにきかどうかもあんまり分からない。でも、そこがいい。もれはあにきの顔ばっかり見ていました。あにきが口を開けるもれも口を開く。同じ食べ物がもれとあにきの口にちゃんと入って来る。おおおお、そうだとも。そう思います。あにきだけが？　得をする？　そんな事はあり得ない。あにきだけが？　女にもてる？　いやいや、いつだってあにきと一緒にもてていたのです。あにきとその女ともれとその肌はずっと一緒だった。

もれが？　あにきを裏切った？　そんなはずないですよ。もっているものも時間も全部差し出して、必要なものを好きなだけ貰った。祭りになると欲しいとさえ思った事もないようなものも、今まで見た事ないものさえ貰う事が出来た。当時は交易をやっていたからね、ただもれは船がなくて、あにきを手伝っていつでもなんでも貰えた。ていうかその頃はこんなにいちいち貰う貰うっていやしい事は言わなかったね。

あにきともれは一心同体です。ただ出来ないものは子供だけでした。まああにきに子供を生ませた奴がいるという話も聞いたけれどね。

　でももれも確かめないしあにきも黙っていたから。どうせどちらも妻のいる身分ですから。もれも王国では偉くはなくても人気者だったですし。あっちこっちで託宣出していても、立場はあにき直属なので、船も召使ももっていないけれど、でもいつもあにきの家のものは何でも持ってきて、子供も二人位もらってきてしまいました。ええ、そりゃああにきの本当の子供かどうかはちょっと分かりません。丈夫で賢い子だけどひとり海で死にました。どんなに丈夫でも海にはかないませんねえ。でもだからってねえ、ほら、あの歌。

　国のおさのおしくるようおしくるよう、ってやつ。ヤマトの小役人が海の水より偉くてもれらを溺れさせて苦しめるとかそんな歌詞でしたよ。なんであんな事になったのかってね、でも今は分かります。やっとね。例えば、役人は自分をゼロにする事が出来る、だけどあにきは出来なかった。そんなところかな。ゼロていうか、なんか釘ですね、釘とか、べこべこのユニットとか、なんでもないものですよ。ほら、連中は何も考えない。考える力は封じている。習った通りにやる。そうすると馬鹿共に行き渡るんです。分かりやすいから、数で、勝つ。その上ゼロだから強いですよ言い返そうにもそこには何もないから。人間はどんがらだけのものを権威だと思って従うみたいですよ。それは、真似がしやすいからね。「公平」に見えるからね。そうそう、ゼロとか釘というより「公共」ですよ、「公的な立場」、「公的な発言」だの。

　そんなヤマトが便所神を収奪したのも、うんこする存在として人間を一律化平均化、空洞化出来るからですよ。ゼロ、それは「公平」ね。だけど、うんこってリアルじゃないですか、切実じゃないですか。それを平等の基準に使うのって実にこずるいですよ。卑怯な野郎が立派な行為をするものに「お前だってうんこするだろう」って言う事が出来る。きれいな娘を見た偉い爺がいきなり「お前だってうんこするだろう」って言うことが出来る。まあそう言っといてね、爺が煽るのはきれいな娘ばっかりですよブスにはうんこするだろうなんて言わないからね。

ああ、そりゃあうんこを黙殺する人間にならそう言えばいいですよ、だけどね、人間はただうんこする存在じゃないですよ。しかもね、そのうんこする存在を一律に上から見てくるというわけです。昔だったら高度な国っていうのはもう溝を作るわけです。溝はいいですよ。でもその溝を天のかなたから見下ろしたらただの図面です。うんこを気張って倒れて死ぬ人間も、うんこをがまんさせられて屈辱に泣いている人間もただの頭数です。そんな高い高い、高すぎる天上に、まるでとって付けたように便所神の執務室を持っていったの。だからね、本朝でうんこする人の魂はとっても危険なの。上から見られている真っ白の視点、それが世界一深刻な個室の統一基準なの。ああそうそう人は平等、それはもれも現代になってから随分習ったの。でもね、上から見た平等、上から見た「何もない」上から見た「人はゼロただうんこしているだけ」、そういう平等はもれ的じゃないね。民が一律虫ケラで、支配者極少特例で、そんなの平等かね？　でもこの真っ白の中に晒されなければ本朝ではうんこが出来なくなっているのです。ほら、それ日常と凄くかけ離れているでしょう。そしてトイレに入ると人はお尻を出すからまあ発狂しているし、そして同時にね、ああ怖い、やはり人の本質のひとつはうんこする存在でうんこは大切だ、その真理が単なる国家的脅しに収奪されてすかすかになっているの。

千々端ちゃんも元々は託宣系の娘だったです。多分あにきの姪にあたる人で、今は天孫の鏡の守をさせられているタクハタアキツヒメの娘だと思います。ええええ、母親が原始八幡の織物産業の統括で、だから千々端ちゃんもまだ赤ちゃんの時にこう言って宇佐の本質を言い当てたんですね。もれは、覚えていますよそりゃあ。こう言ったんです。千々端ちゃんがね。

海の底で、姫が機を織っている。機ははたであり、械もはたである。

そのはたは皆の手で海底から取り出された。織物が宇佐である。

はたは止まってみえる、しかし一瞬一瞬違う。織物は宇佐を描いている。但し。

その糸は一瞬一瞬組替わっている。姫は縦糸も横糸ももっていない。姫の使う杼は章魚を採る舟のようであり、姫の機械には規則はない。はたおりの音も絶えることがない。織物には無数の色がありあらゆる模様があり、見る人によってさまを変える。

ま、そう言えばそうかなあってレベルの言葉ですよ。でも、赤ちゃんですからねえ。しかも赤ちゃんなのに、そして託宣だからフィクションだのに彼女はこの言葉をずーっと少女になっても覚えていた。まあ唯一発した纏まった言葉だからね。その後は声を出さない託宣姫になって、でもその理由はちゃんともれたちにはいいましたよ、同じ一族だからね。仲間だからね。こう言ってました。

自分はあの海底の布の一本の糸だ。いつも様を変えている。だけど、自分の魂は本当はあの代わり続ける糸の上を飛び渡り続けたい、つまり代わり続けながらひとつの属性に止まりたい、そうでなければどんな言葉も発する事は出来ないのだ、と。内々に告白したわけですよ。しかしそれはどう見ても無理な注文でしたね。

お母さんが偉い先生だから千々端ちゃんも黙って織物ばっかりしていたけど、なんか変なものばっかり拵えるんでママも参ってたね。縦糸だけの布を織りたいとかおかしな事言ってね。

でもそれは例の無理な課題へのアプローチだと思うね。

そうそう、布の中を飛び移る一本の糸でありたい、と同時にですねえ。誰からも見えない透明な糸になり、なんの特徴もなくどの模様の一部でもなく、そしてあの宇佐という布の縫い糸になりたい、織り上げられた中にいてそれを縫いたいって、ええ託宣ならね、何言ってもいいんです。でもあの子は本気でシリアスでそう思ったわけですよ。途中から母親と別れてしまったから織物も止めて動物ばっかり構っていましたし。縫い糸になってどうするんだって誰かが聞いたら、宇佐という布をどんどん縫い縮めて掌に乗るような八幡の廟《びょう》を作りたいと。むろん原始八幡の方の廟です。だけどお母さんはその後、税と一緒にヤマトに「赴任」してしまうしね。そりゃ歩く最先端織物技術の人でしょ、全部の技術者があの人に従うわけだから。宇佐は、アウト、ですよ。まあそこをもヤマトは「必要」としたわけで。そして税には織物の他に鏡もあったから、「ついでに管理しろ」って乱暴な話だね。当然宇佐の託宣にとっても打撃だったです。織物技術の統括は織物託宣の頂点でもあったから。現場を知ってて、予測が出せる、また暗示的コンセプトでみんなだーっと付いてく。そんな指導者も世界観も失ってしまった。

あっなんか悪いけどもうちょっと神楽やってくれる。なんかもれ沈んできちゃった、それにまだもれ肝心の話してないから。いかにしてもれから僕になったか、そうそう溺れる踊りの歌もひどいけれどね、もう海鮮の歌っていうのがなんというか。

……結局天に登る前の千々端ちゃんは宇佐中の動物の面倒を見ていましたよ。動物たちのちょっと上から、一匹一匹の違いや体調を完全に把握してね。小さい生き物であればある程その隣に寄り添って見えながらも、手は必ず上から生き物をかまっていた。でなければ下からすくい上げてだっこしていた。そうしていてなおかつ自分を消してしまいたいと感じるのはなんか少女にしては「傲慢」だけど、そんな彼女にこそ「天」はまあ命じたわけですよ。上から、他者を消して、全部の統括をせよと。

全部の生物の状態を関知して把握する、なおかつ自分は気配を消してそこにいる。その上でどの生物にも一切遠慮をさせない。そうそう、おトイレは狂気の場です。その狂気を上から保護し観察し、流れを正常にしておく、おのれを無にしながら……有能で優しい人間にしか出来ないお仕事です。神として一番大事な役目かもしれないね。ヤマトがいようがいまいが最高神ですよ。

でも天から、上からそれをわざわざさせて、天と一体化させる事で、ヤマトはこのおトイレを収奪したわけですね。平等から根拠を奪うために、本質をゼロに変換するためにね。あ、だから太鼓やってくださいさっきのでいいから。すみませんね、もれまだ肝心の事言ってないのですよ。しかし……あにきは偉かったなあ、航海の合間にさっと託宣もやっていたからね。こもってすぐに神が出る天才だったからね。舶来の布とかをいきなり被るんですよ、するとその時にはもう「来て」いるんだから。

*

とんつくとんつくとごすくとんとん、とんつくとんつくとごすくとんとん、とんつくとんつ

くとごすくとんとん、とんつくとんつくとごすくとんとん。
とんとんとんとんとんとんとんとんとんとんとんとんとんとん。

とん！

おおおおおおおっ、考えてもっ、みてよっ。

おお、海風が吹いていた。砂浜にみんなで、国中のもれたちが残らず、そこにいた。寝たきりの病人も引っ張って来られました。それは見物のためではありませんでした。その樽は塩で満ちていた。もれのあにきがばらばらにされて漬け込まれていました。樽の外には豪勢にも塩が零れていました。小さい子供がそれを見て平気で「食びるの」と聞いていました。だって知らないんだもの、何が起こっているのか、すると連中が来てね、ふたりの男が来て樽の側に立ってその中からあにきの首だけを掬い出して、上にのせました。するとね、子供は泣きました。そいで、殺されました。

おお、子供がです。だってあにきのために泣いてしまったのだもの。ヤマトはそれだけで子供はあにきの子って判定したわけです。あいつらはね、誰が父親かそういうのが大事なの、だけれどもねあにきの子かどうかなんて本当はわかんないよ、ていうか、そもそもね子供が泣いていたその理由はね、それが「食びるもの」でないと判ったから。そしてなんか怖かったから、だって知ってるおにいちゃんが死んでいるんだもの。男性巫女王が死んだから、というわけではなかったです。なのにね、子供はいなくなりました。それでもね殺されたのは出演の後でした。

海鮮の歌ってね、海際で王が殺された後で歌わされるものなのね。つまりヤマトは男が偉いから例えば最高位の巫女姫の飯作っているようなヒコがいるとするじゃないですか。ていうか、実際はそういう姫の経済とか実務をやるって事だけれどね、まずそのヒコをまあ殺して樽に人れちゃうわけです。その時にね人間の死体なのに必ずそれを変な形にするの、ぶるぶる。もれらの時はあにきは巻き貝にされていました。そう、いやーな見立てですよ。だけどね、蟹とかね、海老とかね、そんなパターンもあるの。要するにその土地のグルメですよ、当然それ餐《にえ》ってゆって、税の対象です。また嫌な事にね海辺だから漬け込みの塩も税なわけですよ。

あにきは性別はともかくマザコン息子です。だけど実質の支配者だったからたちまち樽にされた。その前でね、まあこういう趣旨の歌をうたうわけですよ。なんかね、意訳でいいですかもう、一応、直に歌うとなんかこういう建売の中で服従儀礼をやっちゃってる事になってもう息苦しいからね。だからね。

おおおお、もれ巻き貝、もれたち

もれ巻き貝、もれたち、いなかのなんにもしらない、うぶな巻き貝
王様がこのもれをみやこにまねくってさ、へい
何を着てゆこうか、え裸でいいのって
呼び出され、美女ばかり、宮廷の中で、
もれは拍手され舞台に上がったのすると、酒が降ってきた溢れる世界の美酒
そしてもれは酒に漬けられて塩をまかれ

ひしおにされたんだよ、食われてしまったのさ
やれ嬉しいなもれの子供も食ってよ、ありがたや、ありがたや

そうそう、海に溺れる踊りの後でね、酒に溺れて食われる恰好をやんの、間抜け。昔はね、ヤマトは酒に漬けて料理をしたらしいね、塩とかもいれて、でも、宇佐はそんなのしないよ。もっといい料理があるしだって海鮮なんか生《なま》でいけるもの。すぐに食べないとね。ま、あついからね宇佐は。だけどヤマトなんかよりずっとうまいものがある。

おお権力は別に、野蛮ではないんだよただの垢臭いふぬけなのさ、踊りながらずーっとそう思いました。もれたちは巻き貝の形態模写をしながらにしにし這っていたの、なんかよそでは蟹のまねとか海老のまねの他に、なんかマヨネーズのまねをした部族もいたらしいけど。

変な恰好でね、踊れ、踊れってね、それももれたちの一流の音楽をがんがんかけて、高級なとって置きの衣装を着させて、だけど顔には弔いの赤土を塗らせてね、そしてね、……。

それまでは踊りたくて踊ったんだ、カッコよければ死んでもいいって思いながら歌った。なのに歌は命令で始まる、踊りは嘲笑を伴う、リズムは不自由で、声にはバーコードが付いて。もれね、託宣やってた時、今の言葉で言うと出演って思っていたからね、ちょっと作って託宣の中に歌も踊りも入れたり、あにきは指導者の託宣だからもれみたいな三の線を面白がってくれたね。だから下手でも自信あったし、もれなんか自由にわき上がってきた。だけれどもね、それからは出演させられるの、怖いって思うようになった。踊る時に記憶の傷が痛むようになっていた。歌うとき、後ろめたいようにされていた。歌い踊る俺、と歌ってない踊ってない時

の僕を別物にしないと生きていけなくなった。

素直だったですよもれ。その時はただ食びるものでないものをあんなにするなんてと思っただけだった。そして歌と踊りを監視したり馬鹿にしたりして、ヤマトは本当にひねくれていて、頭も悪いなあってそう思っただけで。

それにねえ、まああにきの子供っていう言い方が判らん話でしたよ。人はみんな母親の子供ですよ。そもそもあにきの子供ってどれかしらね、結局他の男の子供が次々殺されてね。中にはヤマトの小役人そっくりな短足で薄毛のガキなんかもいた。しかしね、もし自分がまぐわって作った子だとしてもね、その時ヤマトの役人はさっさと、それらを殺したのだね。だけどもれは十代だったからね。考えや頭はどうでも身と心は素直だったからその場ですぐ踊った。淡々とね。

淡々とやる方がいいと思ったの。

大きい岩の上であにきは殺されて、次にあにきを見た時はもう樽の中で。そんなに日は経っていなかったけど、もれ、泣かなかった。だってあにきは逃げようとしたら逃げられたのに、もれらを助けようとして出てきてしまったのだもの。まだ若くてカラ国へ住んじゃえば生きていけたのに、騙されて出てきてしまうほど「頭良かった」んですよ、「スマート」だったんだ。平気で弟達やその妻の心配をして、巫女姫達が殺される事も想像してしまう程、「ソフィスティケイトされていた」。

王も女王もひとりでやってた人なので、過渡期の人なので、そういう共感能力は二倍あったのね。千々端ちゃんはたしかにあにきに似ているね。んでね、そんな千々端ちゃんを連れて行くときに、あの、国様の字の下手な、役人はこう言っていましたよ。「ほーら見ろ、善人に治められた民は最後には不幸になったんだ、要するにお前らの責任だわーはーはー」って。なんか変だけど、それからは連中がカッコいいってことになった。だけれどもね、そうそうまだその時点でも判らなかったですよ。

つまりね、もれの生前は人間です。もれの愛人でもあり上司でもあったあにきも当然人間です。そんな人間を食用の樽に入れてですねえ、しかし易牙《えきが》とは違います。誰も食べないです。もれたちもさすがに無理に食びさせられたりはしませんでした。

そうそう、易牙って知ってますか、今、教えますね、易牙は人間を料理して王様に食べさせた人なんです。もれ、公務員の試験に受かって地神になった位なんで、そんなの知っています。ていうかどうせ、外つ国、近かったからね、宇佐は翻訳なしで漢籍の流通する場所でしたし。中でももれ、宇佐女王国の末の息子の愛人で義兄弟なわけですから耳学問ならあったの。え、当時の男同士はどうだったかって？　別に今と同じではないのですか。もれ知らない。ずーっと一緒だったから、空気みたいでした。刺激、忘れました。あにきからなんでも習いました。いつも一緒でした。何やっても負けました。嫉妬心はありません。あにきの持っているものでもれの欲しいものがあると、それはいつかはもれが貰える事になっていたからです。だからあにきの持っているものをもれは得意になって自慢していたね。

公務員になってからやっと判りましたよ。あれカニバリズムではないしグロ趣味だけではないの。税という意味なんです。「お前らは税そのものだ」って。

もれたち生きた人間は生産性だけでなんぼ、ってヤマトはいいたかったの。それも税の対象になるようなものになれと、しかも一律になれと。これからは、税そのものになって、もれもれたちもゼロになれよってね。それで、一番独自だったあにきを食べ物に見立てたのですよ。だけど公務員やらないとね、これは、もれには、判らなかったね。

もれたちの作った塩、それは税でした。その塩の中でもれたちのあにき、は餐の税になった。あの時代はね、ええと確か記憶によると冷蔵庫とかない頃ですよ。そんな中こっちで加工して運賃もこっちもち、というか僕ら無料のグルメ宅配便ですよ。なんちゅう嫌なやつらだろうとは、感じたけれど、要するに、連中のなんでも一律の信念の根拠はね人間を税に換算するところから発生しているの。でもあにきは税なんか絶対払わないって言っていた、そんなの払うのならもれに船持たせてやるって。そしてね、とどめです。

どこの土地でもこの儀礼は一律に起こってるのです。その上で結局不祥事ってなって直接手を下したヤマトの下っ端のひとりだけが罰せられる。そう、「やったやつ」をね、だけれども、この「やつ」が、罰せられる理由はただひとつですよ。それは、もれたちがこの儀式に逆らわなかったからです。ね、もし誰か逆らえばね、今度はもっと凄いのが逆にもれたちに来る。しかも逆らったポイントが絶対不毛になるように何十年と作りこんでやって来ますから。

まあそういうわけでですね、あれから、もれはもれから僕になった。

負けを美学にしたい人はすればいいと思います。若宮の坊っちゃんなんかはそれで平気です。でももれにとって負けは実用です。辛いとかそういうのではない。いや、辛いんだけど。だから、何かあると人に語っちゃうわけですけど、実用ていうかね、もれたちの共有物だね。負けの歴史。

殺された大切なあにきの前で、その歌を歌って踊る行為。その時に、もれたちの仲間は全員あにきと一緒に殺されて食われたという形式になりました。仮想になりました。そしてここでもれ音感とリズム感なくしました。今も音痴です。こうして全員の存在それ自体が、音感までもが税の対象です。

その時からですよ、そこから、僕になりましたよ。公僕というよりはただの僕に、誰からも家来にされがちな中身のある専門職にね。そんな僕の名前はその時点で姓を変えられた一律でハタを名乗らされました。つまりハタ姓を賜ったわけですよ。

だけれどもね、ハタ氏っていうのがなんかよく判らないですよ、だって、当のハタ氏のもれだって判らないのだもの。でもね、一応暗記しているの。試験に出るからね。

ええと、応神十四年一斉に、百二十余県のいろんな人が、おそらくは技術を持って、帰化を望んだ、それもリーダーに率いられてですよ。それが「公式」です。でも、ふふー、なんか数が纏まってて効率いいですね、つまり、別に何もそんな大人数でなくってもねえ、中に何人かそういう人はいたかもしれないですけどねえ、だけれどもね、ほら、いろんな専門の方々なのにねえこの一律さと唐突さ不可解さですよ。つまりハタ氏とは何か、どこから来たか、そんな事言ったって仕方ないですよ、もし言うなら、どのハタ氏がどこから来たかとか限定しなきゃ仕方ない。ていうかね、もれたち宇佐はひとりびとりが勝手に国境を越えて往き来していたの。親戚出来てたからそこを頼っていったり。要するになんでもばらばら独特だったですよ、それを国様は一律にしたくって、で、もれみたいな九州生まれも外国のハタ氏にした。丸木舟で勝手に渡ってきたメラネシアのお兄ちゃんがいればそれもハタ氏にした。そしてハタ氏は新羅で来日を妨害されていて、日本に入りたいとお願いをして、一律に、集団で、一時に日本からの口ききで入国させて貰った。つまりヤマトに恩義があるってストーリーですよ。でもね。お願いなんかしなくって勝手にみんな入ってきたよずーっと昔に。ていうかここで結婚したから子孫はもうここの人です。だけれどもねヤマトは自分たちとは違うって言いたいわけ、そしてね、自分たちが不得意な高級技術を「ほらあの助けてやった人らにさせているだけよ」ていいたいわけ。で、ハタ氏一号二号って妄想走らせているの。

要するにね現場と窓口は違うとか、労働と管理は違うとかそんなことにしたいんすよ国様はね。なんか動く体と違うところにいないと連中は偉くなれないし空に住めませんから。

歌はあれから一年に一回以上は歌わされています。つまり普通年一回だけって事はないの。なんか国様が危機になったり、小役人のストレスが溜まってきたり、新しい税を増やすことになったりしたら、ともかくそのたんびに歌わされるの。まあでも毎年のも歌うよ、それはハケンの契約とかと同じなのかなあ。

思うにね、結局ハタ氏の中の人は人の道神ばっかりなんではないですかね。すると、その⅔が宇佐ローカルのネイティブ日本神となるはずです。要は殆ど全部、投降したらばもうハタ氏預かりです。まあそれはヤマトが滅ぼした人の道神が要するに案外ばかに出来ない存在だったという証拠でもあるわけよね。でもまあもれはあんまりいばれないね。だって千々端ちゃんを地上に戻してあげられる程出世はしてないし、やけくそでファンクラブやっているけれども。

そういうわけで本朝において技術を開発するのも現場を支えるのも全部僕らです。まあ、このハタ氏というのもだから一種のフィクションです。そのフィクションのリアル化権を利権にしてるのが僕らの上司です。そうそう今も、あにきの子供のひとりはもれの子になっています。そりゃ息子も投降した事になっているわけで。

いいのいいの、だってハタ氏に編入された人の中にはもれよりももっとあにきと近かった人もいたからね。そして千々端ちゃんは最高神の直属になっているし、「権力は公平」って権力自身は多分思っているんでしょう。だけどね、それはもれたちがもう絶対逆らわないと判った時に公平を収奪するために公平のまねごとをして来るんですよ。収奪というより捕獲装置といおうかな、ここんちはなんかそういう言い方が流行ってるみたいだから。もれも言おうっと。

え？　公務員の試験？　馬鹿みたいですよ。むろん天の神話とか向こうさんの歴史、しかしロボットじゃあるまいに神だからって空に住めるかよってそれだけです。だってほら、翼のあるものはどこにいますか。鳥は木でコウモリは洞で眠る。天狗も山にいる。空には住むところなんて決してないですよ。まあ僕らの仕事はね、天上から俯瞰したとき、そのどれも、見えなくなる仕事です。ていうかいつも彼らは俯瞰しかしないのでね。線と線の間に何色が見えるか、水桶の中に潮が汲んであるか、そんな事は彼らにとってはどうでもいいことです。その上司の下でずーっと働いてきました。上司の名前や肩書きは出世魚になっていてどんどん変わったけれど、要するにそれはいつも「天」でしたからね。

海鮮の歌が普通に、余所でも服従儀礼として歌われていた、その事に気がついたのは千々端ちゃんのファンクラブを始めて地神同士の交流が出来るようになってからです。

千五百年以上、ご町内や近隣の側溝、時には田畑まで、ヤマトのお役人が一切責任取るまいとして、なるべく触れるまいとした事を僕はサポートしメンテナンスして来ました。なのに気付いたのは最近ですよ。もれたちが追放され、左遷され、その事によってこの国は始まりました。その上にもれたちをゼロにするためにハタ氏神話を作ってもれらを公務員にして管理しています。でも一番先に個人で技術を持ってきたあにきはひしおになったまま海に溶けている。千五百年前。

そこからはずっとずっと、ずーっとハタです。千年以上僕です。その上にふん、なんか面霊立ですからね。

もれ故郷の神社にたまーに呼ばれていって舞を舞うんですよ、ていうかねまあ太夫さんに乗り移って一緒に踊ってあげる、でもね、その時もね、もれの踊りってすっごい暗いですよ。顔を紙で隠して、ぐーっと体を反らせるの、立ったままでね、なんか、処刑されるみたいでしょ、そして、あまり動かないね、だけどね、それが唯一のもれの抵抗の踊りなの、千五百年ところ払いをくって社も乗っ取られていても、その時だけもれは故郷で、踊る事が出来るの。腹背舞踏なの。こういう踊りにされたけどよりよく踊るよって言ってみているの、それは、踊りを閉じ込める事によってね。

自分からはそんな踊りしか踊らないからね、別のをさせてやるって言ってもしないからね。それで北へ北へやられて国様は海民のもれに一番向いていない地面管理の仕事をさせたと思って得意になっている。

そうそう理不尽を押しつけたつもりでもそれが現場神の面白いところでね。だって、ほら、「海」とはなんだろう。海の神、って言ったらそれは何の神なのか気象の神なのか漁の神なのか、ほーら判らんでしょう、ふふー。

道祖神やってても、火の神やってても、元海神は多いよ、みんな託宣やれるよ層が厚いからね、技術は言葉で伝える事も出来る。ま、言葉だけじゃないところが大変なんだけど。宇佐で一番不勉強な男でもなんとかやってきたね。もれも長いから、国が勝手に部署を代えたつもりでも人の道神はしぶといから。例えば山の神で猟師さんのお守りやってたひとがお寺の守護神なったり、それから金属神やったり、そういうのと同じでね、火と水、狩りと寺とか分けて考えないの。ああ、それはねヤマトがね、分けてくるんだよ。

お、おおおお、ちょっと待ってよ。

今ね、今笙野なんだけどさ、なんかどうも、今からトイレ行くって、じゃあもれはここで一応引っ込むから、ていうかね、窓の外にいったん出て、ほら、今のうちにあの口の悪いなんだっけか、生まれてすぐ死んだ女の子の霊、あれがおトイレ中の笙野をぶっ壊さないようにちょっとメンテナンスしてきますからね。

あははははあ、現場神って気がきくでしょ、ていうか託宣もしたいけどその後も心配だからこうして、ちゃんと来ているんだ。

お、そうだこれ最後に、ここにこのひとこと書いて行こう、これももれの要望のひとつだから。

さー地神ちゃんクイズですよ。

ふふー、多分笙野はこれ全部自分で書いたって思い込むんだよ、そしておトイレから出たらすぐに、あ、そうか、と思ってクイズを作るだろうね、へっへーい。

ドラ、ありがとう、一生、ありがとう、全部楽しかった、ずーっと幸福だった。

——著者

一番美しい女神の部屋

知らないところにいる。安心したままで、恥ずかしくはない。むろん孤独ではあるけれど。上から下を見ている。でもけして馬鹿にしてない。つまり自分で自分を見ている、だけなのだから。薄暗い。仄明い。指の輪郭がぼっとしている。当然、半分裸でいる。

上には生、下には死。上には天、下には海（クイズです）。

下に向かって生は、死を放とうとする。それは自分の体温が残った生々しい死。そしてその死がなければ何も生まれない。人は生きられない。人は死と共に生まれる。死を抱きながら、いつも剝がれていく死を看取りながら、それを生に変えて生きていくように、生物の体は出来ているから。つまり物と物を、体と体を交わし合う前に、自分の体内で生と死が交錯しているのだ、生まれてから死ぬまで。それこそが体の社会性だ。心の葛藤だ。

金の指輪が上の方に見えたと思った。それは日食のさなかにある光るリング。でも本当はそれは体の下方。

この、光るリングをこえて向こう側に落ちるもの、私はそれと今後一生会うこともない。それはただ落ちていくことで私を生かしている。自発性も意味もない終わったものだから。一方、でもこの単調な繰り返しを司るものの、メカニズムは恐ろしい。行為から発生する具体物に、本質は、けして宿らないという非情。その怖い透明さは、太陽を見てはいけないのとはまた別のタブーである。まあ人はその本体を普通、じろじろ見たりしない。

日食が信仰や恐怖の対象になるのはそれが生まれて死ぬ太陽という「混乱」を表すから。さて一方、リングとこのリングを使う場所も特別視されていてそこにも相応の「混乱」がある。つまり大切な行為と不要かつ迷惑になる結果との間に、また、個人的行為と、そこに宿る根本的「社会性」との間に。

そんな金のリングは内と外の境界。生と死を分ける場所、自己と他を隔てる時間。自己から出て自己ではないもの、を発生させる場所。でもその発生物とは子供ではない。

母が死んだ後、人間は生きているだけで驚異だと思った。食べる困難よりも死の末期の排泄の困難を見て。寝たままそれをする事は発狂に値するのだ、医学的にそうなのだと、しきりに母は言った。猫が十七になった時、嬉しくはあったけれど母の事を思い出した。

だけど、それでもうちの動物に緊張はない。だってもう野良じゃないから、私がいるから、安全に出来る。年老いて時に排泄に困難があっても、外敵がいない。故に人は排泄の時も動物ではないのかもしれないと思った。老いても猫は一心に食べて眠りうんこをした。猫の後頭部を私は見ていた。背中を見て尾を見て足の爪を見て肉球を見て、けして排泄の時だけではなく、猫にもある金のリングを、見続けていた（そりゃあ飼主には見せるものだから）。猫はひとつの流れだ。生きていようとする。でももし、生きるのが苦しければ止めようとする？　この老猫が食べない時は食べられないのである。故に食べるものが見つかるまで猫は私にせがむ。

食べなくなった時、猫の皿を取り替え何度も取り替えた。あまりの切なさに私は後ろを向き、皿を出してはひたすら隠れていた。ただ離れたところで猫の口許の音を聞いた。怖くて、でもそうしているといつか聞こえてきた。その音から水辺が広がるのだ、ひた、ひたひたひたと、湧くように食べる猫の流れ、動きというより流れ。それを聞いて体温を取り戻した。

　その音自体を温かい泉のようだと思った。広がっていってすぐに湖のようになった。さらにそれは自分が泳げる程の海に変わって。

　猫がトイレに行く時付いていった。十五歳からは足元が心配で、認知症になってからは送迎が必要で。それは上から見下ろす砂漠だった。砂トイレだけの白い世界。時に排泄物のひっぱり出しをした。前足がよろけずトイレの縁に掛かっている時の私の（猫の）喜び。だって大便が出なければ癲癇発作の、原因にもなるから。食事の時とは逆に側で息を詰めて私は見ていた。静かに、安心な時間が下りてくるのを。砂の上に流れる体温の音。それからしばらくして落ちる、安心な鈍いいくつもの音、片付けが終ると無事な一日だ。誰も邪魔をしない。私と猫の宇宙の。

　私のトイレにはドラがついて来ていた。でも弱ってきてから来なくなる事もあった。最近は来ない。そんな時、私はただ、ひとりきりになる。世界と向かい合う。別に寝たきりの姿ではなくとも、狂気と正気とがその場所で入れ替わる。

　故に人は一線を引いて、その場所とそうでない場所の雑巾を分けてバケツも分ける。その一方、室内に花を一輪だけ飾る事もある。禅僧はその入口で魔境に捕らわれぬよう九字を切るらしい。そこは位の高い明王が守る場所である。

排泄の瞬間だけに限るならば汚いものはない、清らかなものはない。そこは境界で、どこにも属さないから。だけど、その前も後も緊張の連続だ。細菌と臭気。

トイレに行って来た。

帰ってくるとワープロに大量の文章が入っていた。誰が書いたのか。私ではない。著作権が私のだと、書いた神様は保証してくれる。だけどその理由はひたすら、彼らが私の体を借りているからだ。私の体内から発生しているから。

残ったこの文は生なのか死なのか。もし死であるなら、でもそれは排泄の死と違って手に取れるのだ、ずっと保存しておける。だけどこれを本当に私の、体が書いたのか。信じられない。覚えていない。文のてにをはを追っていた記憶もない。普段でも一昼夜で八十枚とかなら書けば書ける。だけどこれの速度は普通ではなかった。私の体をまったく拘束せず、文はただひたすら瞬間の光の塊とともに絵になって出て、地神《じがみ》の声もまた耳元で聞こえるまもなく、ディスプレイになだれ落ちた、殆ど塊のままで。書かなければ大変な事になるかもしれなかったから。だって。

その雑誌で新人賞が出なかったとどこかで聞いていた。つまり載るはずの原稿がそこにはない。でもどっちにしろ私は、必要とされていた。私がいなければとても困るのだ、と。「目次が困る」のだ。せめてもと、枚数を半分にして貰って、落ちたら困る原稿だとも理解した上で、落とす気でいた。だけれどもこうして出来上がった文章が何か、どうやって「生成」したものかも私は判らない。或いはいつのまに、「出産」したものか、生かも死かも分からないままに自動で出来上がったのだ。なぜなら、――。

その時に私のしていた事と言ったらただ、猫の酸素マスクの調節とスポイトでの最初の給餌だけだったから。その日の朝もいつも通り、スポイトなしに、鯖のスープやしらすのゼリーをドラは楽しんで食べていた。いつも通りだった猫の看病以外何もしてなかった。人間の言葉なんて、意識に上ったもの、単語ひとつもない。ただずっと一緒、ずっと二人、午前中一緒に病院に行き、午後も一緒。ドラはトイレに自分で行きお砂も上手にかく。それさえも楽しみのうちみたいにちゃっちゃか、ちゃっちゃっちゃっ、と。自分の体もここ何日か、景色の一部のようになってしまっていた。時間も全部素直に並んでいて、猫の体から私は生えていた。現実も身体も、一緒にいるという事の付属物になっていた。

　私のいる時間は境界の時間。ひとつ間違えば時系列は狂う。私のいる場所はどこでもない場所、死から生へと移り、汚いからきれいに飛び、緊張と安心の点滅する地点。ここは一番美しい女神の部屋。死にながら生まれ、生きつつも別れ、リングをぷるんと越えて、生は交替する。誰かと交替しながら、生き延びる自分。残るものは記憶だけ、あるものは愛だけ。留まるのは幸福だけ。

　一年前だったろうか、父に心臓が悪くなるからもう電話して来るなと言われたのだ。私の相続財産管理の計算がおかしいと父はずっと言っていた。弁護士が承認し、銀行もそれでいいと言ったのにずっとずっとずっと疑い続けていた。私が秘書の判らない計算方法でやってしまったからなのか。だけど相続人は私と弟で法的手続きは全部私がした。父にだけ説明し続けて仕事が遅れ続け、弁護士に御礼をした後でもまだ言っている。父は弟が施設に寄贈しなければいけない土地の事をずっと黙っていて、私が交渉しなければいけないのに連絡させなかった。ある時とうとう私は大きい声を出した。一度猫が発作を起こしてしまったから。だけど怒った事が父の体に障《さわ》るといけないと思って心配で次の日にまた電話した。そしたら心臓が悪くなるからかけてくるなと。納得した。私はやはり普通の子供ではないのだ。「人」として無理がある。つまり、金毘羅《こんぴら》なのだと。毎日していた電話をとうとう止めた。お父さんありがとう。私を我慢してくれていたのはむしろ親達なのだ、というか駄目押しでそこが完全に判ってしまっていた。

私には猫がいて父には秘書がいた。どっちも平穏だ。母は秘書が嫌いで三十五年の恨みとずーっと言っていた。秘書を辞めさせないなら、離婚しようと思った事があると死ぬまで言い続けて。だけれども結局、母が秘書の事をどう思っていたのか、本当は判らない。母が私に言う言葉はネットの垂れ流しの悪口と近いものがあったから。私は母親の生きている間、毎日、母に電話していたのだ。毎日なにかしら秘書は母をくるしめるような事をしていた、はず、なのであった（土日も祝日も）。私が賞を取った時、親戚だけでする会食の席にも父は秘書を伴った。母はそのために賞を取った私をも憎むようになった。でも父にとって秘書はディフォルトだった。何があっても、どんなに母が困っても泣いても、私が困惑しても、弟が無視しても、世間が何か言っても父は秘書を取った。父はねえやがいなければ生きられないような育て方をされた。永遠に少年のままで、その一方、そんな弱い自分に耐え、克服しながら、父は尊敬され人情も厚く、世間を立派に、渡ってきた。

猫は逆らうから嫌いだと彼は昔から言っていた。私が猫など知らぬ子供の頃から。

父に毎日の電話をしなくなってから、少なくとも何カ月も経っている。でもむしろ父は無事でいる。そして電話していても結局私という子供は親の事なんか何も判らなかった。またどんなに心配しても無理をしてブランド物の服を送ってあげても、父親は何ひとつ「本当の事」を教えてくれなかった。ただただ秘書のために体に答うって会社を続け、秘書のためにリスクのある判子を押して、それは母が生きている頃からずっと続いていた。「私の病後はもう毎日詰めていてくれるので」と父は言った。それなのにその時点でさえまだ私は父を理解してなかった。母を看取った時も（秘書が制服を着ないで見舞いに来たので母は怒って泣いた）、また以前父の看病に帰った時も、秘書と気まずい間柄の私は、自分では結構苦労しているつもりでいた。秘書は私に理解出来ないような事をしたり信じられないような事を言ったりした。でも、そうか帰らなくても良かったのだとついに判ったのだ。というか、猫が癲癇になり、認知症になって、父に会わなくなってから何年も経っている。

こうして私は故郷を排泄する。そして故郷への愛が残る。親族への憎しみを排泄する、彼らについての良い思い出だけが体に留まる。

愛している、楽しかった。大好きずっと、いつも一緒だった。ドラにスポイトで与えるロイヤルカナンの退院サポート缶、それは腹をさするときれいなうんこになってまんまるに出た。口に入れてやればよく噛んで食べたけど刺し身を噛むように頑張って食べたのが今思えば。

現実が過ぎた時思い出はワープロに入っている。その時、それはフィクションになっている。だけど喜怒哀楽を越えてきた描写は真相を裏切らない。体が覚えている。託宣じゃないけれど、全て生の良いものだけを残して、嫌な記憶は全部金属のように冷静に固まって。

ああ、じゃあやっぱり文はうんこじゃない。でもならば私の体なのか。冷えた金属なのか。

美味しかった料理の写真みたいなものか。一生に何度も聞いて勝手に耳元でずっと流れている音楽みたいなもの？　おトイレに行ったあとの楽な体が一秒ごとに残っていて、生の歴史館みたいになっているのが、文章なんだろうか。

故に、文の中に入るともう一回その生を生きられる。だけどそれは生でもなく死でもない別世界かもしれない。だって楽しいから。

私はただトイレに行って帰ってきただけだ。

なのに、誰かが結局こう告げにくる。

——ここは滅境楽、涅槃楽ではなく、生を越えて死を越えて、道の神を越えて、大歳神《おおとしのかみ》を越えて、人の道の神が八百万《やおよろず》一度に、手を繋いで真ん中を渡れる道。

——しかしこの世にはそんな道はない。故にここは滅境楽。ここは滅境楽。

その、滅境楽という言葉を私は覚えていた。十年、大量の没を抱えて本が出なかった時、どこかでワープロに書きつけた言葉だった。京都の路地裏で見た景色からその単語は湧いてきた。当時は猫なんて知りもしなかった。東山の大和大路のお墓寄りの道で見た。古い骨組の細い小さい家。白いカーテンで閉ざした窓があった。そのカーテンを越えて白い猫が数匹、交互に現れた、どれもそっくりで。同じ毛色の猫がひとつの家に増えて、それでそんなになるとは当時知らなかった。白猫を見た事は、その日までただ一度。白い猫は珍しいものだと思い込んでいた。別に瑞祥だとまでは思っていなかったけど。猫に思い入れなく、むしろ怖かった。だけど、なぜ、どうして、そこからこんなにも日がたってしまったのか。多分、二十年以上も、そしてここにいる。

自分の家が侍だと判った後、家系を調べていて、ルーツが千葉かもしれない、と住んで十年もたったここで気づいた。何の縁もない「故郷」なのだここは。かつて縁のなかった猫に連れられて来て。

つまり、どこからか私は変わったのだ。どこで？　「変」になったのかもう判らないけれど。何が違うのか、幸福であった。幸福すぎる程。

トイレから出てきた時も何も思ってなかった。何もしていなかった。猫のために動いていて、文章は猫の眠りの隣で、誰かが書いていた。だって、ワープロの画面なんか見ていなかったから。猫の頭が動いたら私は起きる。猫に隙が出来れば私は食べさせる。一日で数十枚自動的に出て来た。それは地神さんの「私小説」だった。地神さんがまた家に来ていたのか。私の描いた女神の像が気に入らなかったのか。

トイレに入ってから出てくるまでの間に世界が滅んでいた。

トイレから出てきて自分が誰かを理解しようとしたらまるで変わっていた。

トイレの中で誰かに出会ってしまった、出てきたら今までと違う世界にいた（リングまで消えていた）。

あああ、それは多分よくある事。だってトイレには多くの人々の魂が落ちている。トイレに魂を落とす事は珍しくもないし。トイレで理性をなくし生も死も忘れて。

そこで人は普段の自分と違う人になる。トイレの神様は気配を消していて、不具合があった時だけ上から察知して助けてくれるのだ。こんな魔境に毎日人間は接している。こんな危険な精神状態になる場所へ入って、無事に出てこなくてはいけないのだ。日常生活の中にあまり置いておくことのできないタブーみたいなものの、出入り口がいつも家の中や庭にあって。人は呼吸して、考えて楽しんで味わって、走って、出産して、トイレに行く。

その時に神は上にいる。低い空だけど。それは切実過ぎる守りなので位置が低いのだ。上から下を見ていて、魂を落とさぬよう、壊れぬよう、排泄の狂気から正気に戻って来れるよう、トイレの異次元から元の時系列に、元の宇宙に無事に帰ってこれるように。

判る上から下を見ていて威張っていない事、それは難しい。下から支えてくれていて、私よりも上にいるそれがトイレの神。

誰かが言っている。

――ほら、笙野がトイレから戻ってきたっ。

――ほら、世界で一番美しい女神が上から私たちを守っていてくださる。

ワープロの前に「戻った」時、私はあまりにも多くのものを排泄した後だった。悪感情だけではない、自分自身をも、入れ換えてしまったように、その時は思えた。

なんというか今ならば呆然としていても言える事だ。

入れ替えてしまっても私はもう私なのだと。あたしではなくなって私に戻っていて、でもあたしと私が点滅する瞬間もあって、俺、私、あたし、あっしとか、いろいろ混じっていてその交換も点滅も自分自身なのだと。そして、交換の境目にもし自分が立ってしまった時、そこからは、「他者」がやって来るのだと。しかももしその「他者」が神だった場合、それはもし善神ならば人の道の神で、八百万の神だ。つまり。

ここのところの私は人の道神についてずっと考えていた。五来重《ごらいしげる》の言う「歩き神」の範囲の広いものを、私はそう呼んで、その言葉で考えた。ところがそんな考えのさ中自分の交換に失敗してしまった。教えられていた出自、信じ込んでいた家族の像、全部入れ替わった。その交換部分があまりにも多く、構造まで替えるしかなかった程の危機感を持った。ところが気がつくと、構造を取りのけた後の粒々は全部、元の、自分のままだった。なのに私は気がつくと死んだように乾いていた。でも、そしたら自分とはなんだろう、それは構造でもなければ粒々でもないものだ。むしろ交換しようとする気持ちなのだ、流れ、勢い。

今分かる事は自分なんてない、と言ってはいけないという事だけ、なぜならばまさに、「自分のない時間」とは「自分だけの時間」だから。人は、排泄しているところを人に見せてはいけない。だからもし言葉にして自分などないと言った瞬間、人は他人の自我を侵犯しパクり踏みにじり侮辱しているだけなのである。そうだよ！　人の足踏むな！　人の便所のぞくな！　言うならばそんな事はトイレで言え、台所で言え、前者なら魔境に呑まれて死ぬ。後者なら地獄に堕ちて泣きわめくだけで。

ああ、また誰かが何か言っている。別の誰かが。

——神が天から来るものか。神は隣から、四つ辻から、台所から、トイレから、人の道を通って、足を腫らし目を泣きはらして。神は人の道を通り門から入り台所で休みお前と共に泣く。そして死と生が入れ替わる時、危機がお前を襲う時には、低い空の上から見ていてくださる。休め、泣け、眠れ、起きられるまで。

ああ、神よ一緒に泣いてくれ。私は世界一幸福だったから。今もそうだから。ドーラありがとう。

ねえ便所神様よ、元の海際に帰りたいですか。宇佐一の美しい神、で高級織物の統率神が、その母親で……。

——でも君は千々端ちゃんの美しさを間違えたね（あ、地神さんだ、怒っている）。猫の世話をしていて、夢中でしていて、その間にも私の魂は出たり入ったりしていた。ただでさえ不安定で。だけどあの時点でもっと捨ててみれば良かったのだ。たかが家系、そんなものでも体の中に抱えていたから固まりになってしんどかったのだ。私だと思ったものを抱えたままで困り果てて、あたしになっていた俺。でもそれらを捨てたらもう別の私が生えてきているのだ。ちらちらとあたしを閃かせながら。

ふふんだけどどうせまた明日はあたしが私を占領するのだろう。

ああまた別の声が何か言っている。でも結局それも人の道八百万神のものだろうに。

——さて、美しさとは何だろう。ひとりが見るものだ。主観というよりもそれは主観の欲望する他者ではないだろうか。は、や、た、ま、に、ほ、さ、ち、ひ、こ。

神の声が増えてきて視野を隠す。あらゆるものを隠し、私自身も事実も何もかもを、隠すほどに無数の、声が湧いてくる。故に私はいる猫も全部いる何もかもいる。死んだものも生きたものも、一緒くたになり、神の声もどんどん入れ替わって。

八百万の神は、人の道神達は今度は私の体から出て、私について話し合っていた。声しかないままで。

——ふむ、今ここにいる書き手は誰だろうか。ワープロの外にあるものはやはりただの人間の市川であろうか。

――違うあれはそもそも笙野という小説家ではない。十年前から笙野の小説に出てくる分身の八百木千本の方だ。

その名前を聞いてそこで私はふいにぞっとしてしまう。十年前、ひとつのブス小説の主人公の、私によく似た不細工な登場人物の名を考えた時、その名はただ「八百本の木が千本ある、その程度には嘘をつく小説家」という意味に過ぎなかった。それで、八百木千本だ。なのに、今声は言っている。

――しかしよく付けたものだねえ、八百木千本とは。八幡の八、百太夫《ひゃくだゆう》の百、ひもろぎの木、便所神の千、そういう本を書く作家になったんだ。

当時から神話には興味を持っていた、ただその時は記紀の筋書きもさして疑ってはいなかったのだった。八幡と言ったら応神天皇の事だと思っていた。歴史がすり替わってしまったなんて知らなかった。遊廓で信仰される百太夫が、人形使いの神に由来している、原始八幡の古い神なのも知らなかった。そうそう、子供の頃、私は一度だけ半身トイレに落ちた。そしていつしか便所に落ちた子という意味の千という名が付く分身を持っていたのである。

時間の流れが前後する世界にいた。だけどその一方、神の声も自分も次々入れ替わるそんな世界に入りこんでしまったその理由は、因果の流れにそって固定されていた（おや？）。

――笙野さんなぜあなたは国家神道に走るんですか。

自分のじゃない声が窓の外から言った。ごちごちした声は神の声でなかった。自分の声でもないけどなぜか自分のでもない、それはただ冷えた排泄物のように、心を冷やしてきた。

え？　誰が？　走る？　私が国家神道に走ったと信じているんだって。だったらその同じ口で私に聞けよ、なぜあなたはブスを書かないんですかってな、或いはなぜあなたはブスを差別した小説しか書けないんですかってな。

その時だけ日常の中にいた。ほんの一瞬だった。

要するにあなたの読んだ資料に笙野は国家神道に染まっている、と書いてあったのよね。そしてそれは実は、——私に関する記述二十八ページのうちにちょっと見ただけで事実誤認が百十七箇所あるようなゴシップ記事同然のもの——なんですけど。でもあなたはそれで簡単に予習を済ませて笙野論講義に現れたわけだ。私の本を読まずに「要約」を信じてね、それでまっとうな教授の説明の方をむしろ変だと思ってしまったのだよね。

——醜聞捏造的出会い系ライターの書いた御本で予習して来たんですね。

言い返した途端に日常が消えた。神々がそれを呑み込んでいた。

——そうそうもれの上司にそういう神一杯いまつよ。受験エリートの成れの果ては別にエリートじゃないんだから。

あああ、誰が誰に向かっていつどこで何のために、こんなひどい国にした？　でも、その中で私も誰かも自力の幸福を守り続けている。彼らはみんな国より大きい心の内宇宙に仲間を持っている。——。

それら全ては一見ばらばらなのに全部自分の身のうちから湧いて出て来ている。

そうだ仲間がいる、ここに、神々もいる。そんなふうに親しい千の声が語っている。そして千の目が私を見る。そう、かつてここでは千の手が猫の世話をしていた。そこではまた新しいお世話が始まっている。

——あにき、あにき、あにきー。

あ、ギドが俺を呼んでいる。いつしか責任感が時間を一方向に流し場所を固定する。もう先に行かなくちゃ、しっかりしなくっちゃ。

そして、誰かが約束する。地上の良い言葉が神になって、これからは嘘でも励ましてくれるらしい。

つまりこれ託宣だ、だってここからもうすでに将来の話だもの。

——大丈夫老猫と君とで付き合う病気だよ、猫の甲状腺機能トラブルなのさ。

私には脳内友達神がいる。荒神様！　彼は今のところ未来を教えてくれる。若宮ににの仮名で。

——うん、そう、そうなのね……ギドちゃんも薬の量決まるまでは辛いよね、だけど出来るだけ様子見て、腎臓や肝臓悪くならないように数値気を付けてね。でも多分それ投薬だけで落ちついていくと思うよ。あちこち電話して良い病院探してね、同病の猫さんがいる同業の方にも教えてもらってね、今はね毎日試練です。悲しんでいる、暇はないよ。というか幸福だったという記憶あるよね。今も幸福だしね。ただ、定期検査あるから。医者を欠かさずに。毎日無事薬を飲むようにと、薬が血流を狂わせないように、祈りながら行ってね。油断しないで、でもおっとりとして、一緒にいてあげて。温度気を付けてね。

——それでも昼間もし寂しかったら、教えに行くと良いよ、四十九日過ぎた頃に良いお話があるから。

時間が流れていた。「そこだけはしっかりしなくてはと」自分の声がして、でもその直後一気に過去が見えた。それも千五百年分。え、一度に、どうして？　こんなに沢山？

——はい、心臓、一旦止めます。リングも、外しました。

え？　どうしてこんな「混乱」の中に私は入り込んでしまったのか。つまり「混乱」の割りには静か過ぎるのだ。何もないところから声が湧いてくる、見通しが広過ぎて怖い世界。ここは、どこ。

——大丈夫、「混乱」は全てに優先するものです。これで、すべて判るのだ。構造のないものこそが全体の顔です、一面を切り取ったのではなく、寄せ集めですらなく、ただ犇《ひし》めいている小さいものの集合がこの家の表札です。そうそう顔とは混乱しているものの全部を従えた仮面に過ぎない。

——そうそう、この混乱こそ象徴です。

——そうそう、この構造が交替し、消えた時間こそ世界の本質です。

——だってこれ小説の「外」でしょう。

私そっくりの声が最後にする。夢の「託宣」で自分の声を聞く事は多い。それのはずれ率はとても高い。「外」とは混乱という事なのか、というより多分私がそう思い込んでいる。

——いえいえ「外」なんてあなた十年早いよ、今のここは単にテキストと執筆の境界線です。またその他にここにあるものは連作と連作の間の線上です。つまりおトイレの金のリングよりも居場所のないものです。それこそが人の道神たちの千五百年史です。若宮にに様の母や姉や兄や、国中の道祖神や海神や荒神《こうじん》や山の神や。

——白神や金属神やマイリノホトケや、低い空の神や。つまりあなたは今線上神の世界に紛れ込んでいるのだ。

そこに私の声だけがしばし続く。でもトイレの神様だけは天上にいるのだろうか（あ、ふいに地神さんが戻ってきた）。

――あのね、結局千々端ちゃんがあのように考えてね、そして民草《たみくさ》全部のお世話をするためにだけ天上に行ったそこを、もれ、えらいと思うの。つまり天孫の世の中、身の置き所もない苦労をしながら、正気と狂気の交換を、生と死の入れ替わりを、完璧に擁護しようとしたその気持ちがね、もれは根本は大事だと思う。でもね、なんかその事で結局天孫は得しているね、だけれども人の道連合がそれで千々端ちゃんを責める事はないね。そしてそんな千々端ちゃんにわざわざ「権力を補完しやがって」とか言って来るのはね、やっぱり天孫なの。

天の太陽神よりもはるかに美しいその女神に守られて、私はただトイレに、行って来ただけだ、それなのに戻ってきた世界は別の世界だった？

――違うよ、ここ、前のところだけれどもね、なんていうか、うん、部屋の立て付けだけちょっと動くようになっちゃったのかなあ。ギド君の話するとちゃんと固まるけどね。

だったらトイレを出る時に、私は境界のコントロールに失敗したのだろうか。

――あっ大丈夫、コントロールを外す事もコントロールのうちだから。想定済っていうかな。あなたさっき自分でもそう言ったはずでしょう。そもそも線とはなんだろう、長さがあって幅がないものだ。それが算数の時間に習った定義です。だけど、この線が生み出す僕らがある。人の道を歩いて線に隠れる、国家神話の神じゃない八百万の神がね。昔、線が線でなかった世界がかつてあった時、僕らはそこにいた、ママもお姉ちゃんも、ばらき兄ちゃんも。あのね、棚主さん今トイレに入ったと思ってそこに入り込んでしまったのよ。その線上に。

誰の声、だって「棚主さん」って言った。つまりは若宮にに？　それとも地神ちゃん、まあ地神ちゃんの「あにき」は多分もうここには絶対来られないと思うんだけれど。

「知人」にそっくりの声、そうでない声、全部混じり合って、どんどん増えてくる。声はひとつも確定出来ないのになのに千通りの色があって。みるみる重なって、違う事を言う声の、その厚みで世界が立ち上がる。色の重なりには過去が現れる。それは千五百年以上もの、旅の記録。

……淡々と言っている。繰り返し唱えている。感情を洗い晒してこそ、正史に立ち向かえる言い伝えの声。語り継がれて、ひび割れを金で繋がれた形容、褪せた光の上に刺繡を重ねたように重なりゆく細部、幾億のリゾーム、錯綜した道を辿ってきた、人の道の声。人の道の神話。

——天孫は言った！　宇佐を追われる時、道の境に立ち、淡淡と出ていく御三神に向かい、征服者天孫は、高笑いし言った！　乗っ取りした偽の神が嘲って言った！

——お前らに国はない、故郷はない、出ていく道さえも、もう自由にさせぬ。

——お前らにはもう、社もない、領土もない、民もいない、故に、お前らは既に神ではない。今後はけしてお前らは神の道を行くな、国の道も行くな、大道の真ん中をけして歩くな。田畑と道の境を恥じて歩け、崖の岩に縋り付きながらよろよろ行け、山の獣道を探して道のない道を行け、そうそう、つまりは、人の道でも歩け。

——人の足に縋って神は行かれた。人の背に負《お》われて神は行かれた。天孫の場所に止まらず火の中に像を結び、山伏を励ました。水上に現れ、船の上で暮らすものの夢枕に立った。道の境に立ち、村を守った。山道を行き、市街を歩き回り、市場の仮屋根に宿り、法師の琵琶に眠り、音色の中で目覚めた。台所に立ち寄り、火の前で泣くものに未来を教えた。千の手が何か書いている、千の目が部屋中を眺めている。「誰か」、また言っている。繰り返し、繰り返し。

——ほら、笙野がトイレから戻ってきた。

もう百回目かも。でも五人が二十回ずつ言ったのか、十人が十回ずつ言ったものか。署名のない声のただ中に私は晒されている。

トイレに行っていたような、気がしている。だけど、実は行ってきたという記憶がない。ていうか、「んっ、誰がトイレから戻ってくるものか天国に行っていたのだ」。という感覚が残っている。あり得ないものを見てきたのだ。違う。

なんか地獄の方に行こうとしていたのか。でも、トイレが天国に通じているような感じだった。逆に台所の下の方には地獄があるだとか、そんな事を自然に学んで帰ってきた。

天国には二種類あるといつしか思っていた。それは単純な天国と複雑な天国、生物の天国と人間の天国、単色の天国と千の色の天国、音のない浄土と、交響曲の常世《とこよ》。

二種類の上と下を行ったりきたりしていた。体感的にはゆーらゆーらと上下していたのだ。すると。

単純な天国の方は深遠がありすぎた。あった、というには怖いようなあり過ぎる深遠、それは虫の天国だった。夢の中で発生した虫の天国。でも実はもしかしたら、眉村卓の書いていた宇宙の原発の排水のところで生きている（確かフで始まる名の）単細胞の思考生物の影響で出てきた夢なのかもしれなかった。あるいはまた、猫看病の中でついに得る事の出来たおトイレ天国の一断片だったかもしれなかった。

泥の上を流れているきれいな水の夢、ゆっくりした流れ、一カ所だけその流れが止まって見えるところがある。そこには泥しかなかった。

夢というより一瞬の閃きのようにしてそれはやって来た。ドーラとの時間からやって来たものだ。

そこは泥と水しかない天国宇宙である。泥は金色にも茶色にも思える、均一なもので、そこに一定の分量、水がたまっている。或いは泥の底から泉の底のように水が湧いている。すべて、無のように静かである。

何匹もの虫は、そこで、急に、一瞬で発生したものだ。「気が付くと」いたものだ。何の前触れもなく、何の科学的根拠もなく。その誕生はあたかも古風なテレビゲームの画面が変わるように、ずん、と行われて、一度に現れた。彼らはあまりに「高度」な水棲の昆虫であった。数珠玉を連ねたような茶色の虫、それは老猫の排泄そのものが安心であった事に呼応するようにただ食べて出す虫であった。うんこというのではなくて、でもうんこ色の虫、虫はそこで泥を吸い水を飲み、泥を体に通し、水流と同じ速度で排泄し、その泥の底にただ乗っているだけのように、ばらばらに存在しているのだった。そこに言葉はない社会もない、混乱もないけれど秩序もない。いつまでも、ただ、そうしている、だけれどもそれはなんか俗に言う竜安寺の石庭とか、星の少ない空の小さい星座みたいに、つまりあまりに過疎、まさに必然、という配置を作っていた。だって虫なのに動かない、虫なのに調和している。水は静か泥は浄《きよ》らか、虫は、そこにいる。それはその宇宙にいる、唯一の生命。

光が、そんな水と泥と、虫の上に射している。泥が静かすぎ均一過ぎる事と、水が澄んでいて流れが柔らかい事、それ以外に美のない世界にいて、それ以外に生物の一切いない中で、虫たちは美しい。増えない、減らない。ただある瞬間いきなり同時に、発生したというだけの事なのである。ひとつひとつが孤立した宇宙である。内面は見えない。水や泥を隔てるためにあるかのように、変に規則ただしく熱気のないその輪郭で、それぞれに位置を占めてはいても、でもけして、どれも、区別が付かない。ただ長い歳月の後に一度、その虫はシェイクする。なぜするのか、判らない。まず、一匹がふいに、頭を静止させたまま、尾を、こうする。

しゅしゅしゅしゅしゅしゅ、しぇいしぇいしぇいしぇいしぇいしぇい、しぇしぇしぇしぇしゅしゅしゅしゅしぇ、しぇしぇしぇしぇしぇしぇしぇしぇ、と振って。すると、水に泡が出て来る、それは小さい気泡。シャンパンの泡みたいだけど色は付いていない。ぱー、ぱー、と、泡がまき散らされ、しゅ、と止まる世界。たちまち、さー、とひき、その後に砂の乱れる宇宙。水も少し濁る、しかしそれは広大な水と泥宇宙の中の、たった一匹の虫がする事でしかない、故に。

動くことが寂しさと明るさをますようなその余韻もまた、すぐに静まる。でもその小さい動きでほんの微かに残った濁りは、乱れの後、ずーっと、観察する事が出来る。まあでも、いつか沈んでくるね。それから三年程が経つ、すると残りの数匹がなぜか一斉にシェイクをする。そっくりで見分けの付かぬ姿が、もう一斉に。

尾を振るのだ。何の言語もなく、交流もなく、あるいは因果関係もなく、ただ、しゅしゅしゅしゅしゅしゅしゅ、しぇいしぇいしぇいしぇいしぇい、しぇしぇしぇしぇしゅしゅしゅしゅしぇ、しぇしぇしぇしぇしぇしぇしぇしぇしぇしぇ、と、同じように。しかし同じに見えてもそれは同じではない。まねなのかどうかも不明である。同時多発であり、おそらくは水や泥との関連があっても、それぞれは孤独な「作業」である。が、判るのだ私には。

それが喜びの表現である事が、そこが幸福である事が、茶色の泥の細かい中に赤や金色や緑の小さい粒がごく微かに浮かぶのが。それは歓喜で、孤独な歓喜なのに、彼らは仲間である。言葉もないのに。孤独の共感がある。でも共感というものをその虫達は自覚さえしない。

それは単純な浄土だった。そしてその浄土はなぜか海底に近かった。さらに、そのような、頭の中に一瞬発生した、あるのかないのか判らない浄土なんて、日常生活を送る邪魔になって来るかもしれないことを私は既に知っていた。まあ普段だって。

現実そのものの世界の中にいて一瞬そんなものが湧いてちゃんと覚えているし、意味も判るという事が最近しばしばあった。危ないとは思っていた。だけど、なんというか。今はそういうものがいちいち全部ぼかぼか湧いてでている泉の一番底みたいなところに、下りてしまっていた。というか、まさに頭と夢の境界、意識と現《うつつ》の線上、に心が入り混んでしまって出てこられないのだ。というか、出てこられなくて当然なのでそこをたゆたっている。そこは天国も言葉も声も重なっていた。どうしてか。その理由は。

海の底で機械がこんな声を放つからだ。機は「はた」である。械も「はた」である。


や、え、は、た、ち、ぢ、は、ひ、め。

や、え、は、た、ち、ぢ、は、ひ、め。縦糸だけの布を織りたいといった姫、一本の糸になり総てに遍在する事を望んだ姫。

天上に閉じ込められた時、姫は上から見下ろす偏りなき視点になる。しかし地上に戻って動物に囲まれた時、姫の体は全ての中に宿り、しかも中央のない世界に温かい厚みだけがある世の中をもたらす。その世界の中で姫は千と千の端になって散らばっている。時空は上も下もなく八重に重なって海底から湧き上がる。永遠に仕上がらない反物のように。生も死も八重機の文脈の中に。今も思い出も千と千の輪郭の波を漂って。

故に、今私の目の前に天国は億万ある。でも私の人間の体は二つを見るだけ。ひとつは人間のぎりぎりの生命の天国、それはコアな、虫の天国、一方、意識が拡散して千の他者を眺める文明の天国は。

それは架空の過去の中にあった。

それこそが私の、宇佐であった。

幻の夢の、心の宇佐。私の心が何かのきっかけでいくつかの境界線を錯綜させてしまって見えた幻（ドーラありがとう）、現実社会が体にたたき込んだ決まりごとを、ひょいと踏み越えてしまったこんな時間（ドーラ楽しかったね）、それは今の私だけが行く事の出来る（あ、やっぱりまだいるね）。そして行って帰ってきたら（幸福だったと思う）、平凡な部屋が千の声で満たされてしまうのだ（お前に会うために）。千の声ある世界、そこは夢の古代の、海洋王国（今度生まれたらまた、私を選んでね）。

——そこにゆけば（引用?）どんなゆめも（引用?）かなうというよ（引用だ）だれもみな（昔のテレビ）ゆきたがるが（カラーだったたっけか? 歌詞）はるかな（あー）せかい（ゴダイゴだった）、そのくにのなはガンダーラ（そうです歌詞ひらがな引用ですここまで）。

今の宇佐とは多分関係ない宇佐。それはいつのまにか、私の故郷になって。

だって自分の故郷には、もう帰って行かなくていいから、相手から結局お疲れ様って言われて。

私は今まで、故郷を自分が捨てたと一点思っていた。だけど違う。故郷とあたしとは完全に縁がなかった、だからもう縁が切れたというより解消した。別れた。それはどっちにとっても大変良いことだった。

今まで「私」とか「俺」とか言っていた笙野頼子、今回、自分史における設定の重要部が偽史であった事に気付き、「与太郎（引用金毘羅ツイッタラー）」のごとくにゆるく呆然として、「あたし」と言っている。でも笙野は崩壊していない。だって心の本当の故郷に幻の宇佐に辿りついたから。

自分は金毘羅で金毘羅の母がいた。そんな「偽」の自分史を私は書いた。その後「現実」の自分史が出自から、父と母の力関係から、親と自分の人間関係まで全部誤認だったと、ふいに知った。ここで現実と偽はひっくり返った。故郷に逆らう事で自分をつくってきたはずのその故郷も消えた。偽だけが固まった実の幻が自分だと判った。その脱力の中、私はあたしになった。

金毘羅というのは、古代の滅んだ神が仏教の力を借りて再生したものだ、とあたしは書いた。つまり、滅んだ神というのの中にいる人間の怨念が、金毘羅の正体だ。で、そう書いていながら、実を言うと私はその怨念の正体を知らなかった。単にいろいろな怨念があるだろうと思っていただけだ。だけど、ある日、猫が癲癇になった年の夏に、海からやって来た精霊の話に耳を傾けた。その結果判ったのは古代海人族追放の千五百年史、でもその歴史さえもその時点では自分と関係ないものだったのだ。だって彼らは故郷を追われた魂だったから。でも私は故郷を自分から捨ててきた部分があると思い込んできた。住みにくい土地だったけど、彼らのようにいられないわけではなかったから。だから自分をマレビトに模したりはするもののどこか後ろめたかった。それに精霊の言う彼らの宇佐は理想郷過ぎた。古代はシビアだしそんなの美化し過ぎだろと思っていて。人間のあたしは故郷を捨てて親や兄弟より猫を選んでしまったと、そこにはそうなるだけの私側の展開があったと思っていた。でも最初から故郷は別のところにあったのだと今判った。金毘羅の元になる古代の怨念はどこから来たのか、それは宇佐から来たのだと、もう平気で思って。

しかしもうこうなると宇佐にカギカッコが必要になって来るね。だってさすがにもう現実の宇佐とは百パーセント違うから。ていうか宇佐タイプの故郷。あたしにもきっとそういう故郷がある。実在の故郷を捨てた私にこそ。

精霊はあたしを勝手に弟子筋みたいに扱っていて、それはあたしが深海族の魂を持っているからだろうと思っていた。でもそれだけではなく、多分あたしは精霊と同じような故郷をも心の中に持っている。それはきっと夢の根源にある「記憶」なのだ。まあ正確にそこが宇佐だとはとても思えないけれど、似たような土地、でも案外、それは征服される前の古代の伊勢の海かもしれないし熊野かもしれない。まあでも金毘羅の根源を辿るとこまで辿ったって、「どこの海から来たか」なんて特定出来ないものね。ただ、あたしには本当の故郷がある（良かった）。それは人間のあたしの故郷ではなくってまるで猫の看病という幸福やその他の試練が思い出させてくれた「ガンダーラ（まさに歌詞引用）」なので。

内心の中で萌え出づるもの、湧き上がるもの、煮えたぎるもの、矛盾錯綜したもの、そういう、どろどろにたがを嵌めなければ生きられない程の偽史を生きてきた。何も知らされずに。それは今噴火して溶岩になって流れている。だけどまた冷えて固まる。でも心の底ではやはり、動き続けている。

自分は自分はって、いつも説明しないと理解していただけない私。へええ、理解されたいの、って吐き捨てるようにいつも母は私に言った、いつも冷やかすようにそれがいやらしい事のように、弟はその横で理解されたい私を見てげーっと言っていた。でもね、弟は言葉なんかなしで理解されていたよ。弟はだから私を見て本当に胸悪くなって吐きそうになっていた。それから今まであたしはこんな旅路をはた迷惑に歩んでいた。

そして、今ここであたしは「宇佐」を見た、虫天国も見た。するとあたしはけして家族に逆らっているわけでも憎んでいるわけでもなかったのだとよく判った。あたしには自分の人生があった。家族が嫌いだから猫を飼う？　違う！　ただドーラという素晴らしい最高の猫に出会ったから一緒にいたかったのだ。どっかの偉い皇帝よりラッキーな私。猫といてこの世の幸福を究めるために生まれてきて、究めたのだ。そうして今あたしは私を取り戻している。同時に猫が置いていってくれた、ないはずの場所を見て、生と死が混乱するところにいる。でもそこから見ているとなんという事か欠けてしまった人間のあたしを保管するように金毘羅のルーツがさーっと並んでいて、糸はもう一本にちゃんと繋ぎおえられている。人の道神話が私を支える。そしてギドが私を日常に繋ぐ。

——大往生ですよ、余力を残してのね。
今から長い小説を連作で書く、その全部溶けて混じったところにいる。でもまあ連作とか小説とか書いただけですぐけっという人が私の周囲だけでも五百人はいるはずだ。またツイッターでもし「同人（誌）の締切りが」って書いてる人がいればやはりどこかで二百人位はけっと言っているに違いないのだし。だけどあたしはもう人間のあたしをかなり失ってしまって金毘羅プラス肉体プラス「宇佐」になっている。だから文章の中にしか住むところがない。そして残ったお友達猫ギドと仲良くやっていきながら、最後の幸福をまた建設していくとしても、この世に生まれて来た意義であり完成であった思い出の多くはもう文章の中に、しかないから、故に、……けっ、は無視して言う。要するに自分の小説の中でその小説に言及してしまうよ。ほーらこれは長篇の連作（になる予定だった、作者注）でけっけっ、その中でしか生きていない私がけーっ。「ワープロに乗っている」時にしかけっ、得る事が出来ない、けっけっけっ、生命だからふうーん、そしてそんな生命を書くが故にその他の時間の生命を私は余生とする（毎日面白かった、いい目見させてくれて）。

　だって、今私は人生の終わり頃に来ているから。死ぬというのじゃなく、余生しかないところにまで来てとまったから。無論それは安心で満足な余生ではある。もっと一緒にいたいとは思っていたけれど、結局その時が来てしまったから。愛してた幸福。愛している幸福。楽しかったありがとう。だけど伴侶が幸福だったかどうか、満足していたかどうか、実は判らない。でも私は幸福だった。一緒にいた事が「宇佐」だったのかも。ガンダーラだったのかも。

　そんな線上の王国は今の若宮ににさえも見る事が出来ないものだ。なのに、私は見てきた。

幻の宇佐王国の上を私は飛び回ってきた。一匹の虫のようにではなく、託宣に使う白い布のように。

——全部の人間を完全に助けたい、だけれどもその時に友達としてでは嫌だ、自分は神である、上から助けたい、だけれども同時に威張っていたくはない。その時にどうするか。

——千々端ちゃんがそんな事を考え始めてしまった理由をもれ、公務員になってからやっと見当付けられるようになった。結局、もれは地上の地神ちゃんで、そこは健全なんだな。

——真っ白の空間、それは本当は純粋無垢の、清浄潔癖の、しかも愛に満ちたもの、しかし国家が興る時、それは限りなく醜いゼロに作りこまれてしまう超古代の夢。結局、国家以後の世界で、最も真摯なものはそこに固められすでに消されている。

——もれ千々端ちゃんの顔ばっかりほめているわけじゃないよ。でもね、美とは何か、美だって捕獲装置にやられてしまってるんだってもれはいいたいの、今。

宇佐は王国で、でも小さい国だった。一人びとりの顔が王には見えた。見えない部分は託宣する姫たちがカバーした。

周防灘の光から海の底から来る、美しい織物が織られて出る。誰の手からでもなく見えない名手の手で、国民の総意と呼ぶ必要さえもない程の、暖かな必然性に導かれて。

そこではヒコと彦が妻と夫になり、ヒメと姫が母と息子になり、生き物を食べても、楽しみのために苛めることはない。

誰かがちょっとだけほろっとしていて、神棚のワインとチョコレートが少しだけ減っている。

おたくヘア、おたくほっぺ。世界が溶けてゆく。

――もれ、があにきだったの、で、ね、あにきは、もれだったの、でもね、規模がおおきくなっちゃったら終わりなのかもしれないね、みんな同じ言葉で、でも感じ方は違う、だけどそんな国は、続かないの、よその国にっていうか、ヤマトに知られてしまったから、もうどうしようもなくなったのかもしれないよね。九州初期オタ国家。あ、棚の酒とチョコ、いただいてますね。

――あああ、どうしてカッコ悪いものってはびこるのだろう。カッコ良いものは少ないのだろう。

幾千の声の中を私は漂うだけだ。会話に入ろうとしても声が出ない。喉が痛すぎて。識字率が高いのに文脈の通じない現の、この国を離れて。

――もれたちはあっちの国とこっちの国、どっちの国にも属さないで、それで国らしくない国を拵《こしら》えた気でいたんだろね。

――俺の民草！　五十六億七千万年の後に全て救う。

――千々端ちゃんは俺って言わなかった。ただ自分を消していった。宇佐にひとりの千々端ちゃんがいたら、そこは天国だった。でもいなくなった。当然、嫌な大国家の勃興期とはそんなものなんだ。

ワインが減っていく。朝から三本も飲んでいる私。

――だけどそんな時代が本当にあったのだろうか。国家がゼロではなく空白ではなく、抑圧でもない時、家族や共同体が家長のためでもなく家族のエゴでもなくなった時代は。仁宗《インジョン》が言ったのかな？　国とは民だって？

宇佐が見えていた。そんな国はない。宇佐はかつてあった。そんな国はなかった（クイズ、クイズ、クイズ）。

馬城峰の岩倉に幾千の幟《のぼり》、時に端々の、重なる八幡《やはた》から、色彩は迸る。文様は海風にはためき空に吸われ、音は波から生まれ、神の声を差し出す。

天に燃えさかる真っ赤な縮毛を誇り高く靡《なび》かせ、裳《も》を翻して、岩倉の上に、しっかりした足を踏みしめ、鏡を司る姫が踊っている。機織りに鍛えられた指を開いて、小柄で眼光鋭く小さい顔、大きな顎、この人が「千々端ちゃんのママなのか」、山から見える海は波うっている。だけれどもその一方。

――美しい使い女は緑とピンクの疣《いぼ》を持った蛸になって……

と国中の女性から賞讃されながら、海底にただひとり、女性が機を織っている。眉間に縦皺を寄せた妊娠中の姿、機も重そうだけど彼女の方が一層、大変かもしれない。そうそう妊娠しているのは子供をではない、宇佐を彼女は産もうとしているのだ。その機はただ彼女が指揮するように手を翳すだけで動く。縦糸と横糸で綯《な》われるのではなく。

このひとが千々端ちゃんのママなのかも。

――違う、違う、弟子もいたし上の娘達も残ってはいたから、宇佐はある程度は持ちこたえたよ、頑張ってね、ただママはね、早く消えた方だよ。かなり早い時期に投降して、千々端ちゃんのところから行ってしまった。というより、彼女天孫の子供を身ごもってしまったから、千々端ちゃんはその腹の子と父親違いのお姉さんという事になるんだと思うよ。他の姫たちもね、まあどうせ全員父親は違うのだが。あ、なんかどうでもいい事だった。そう、すごくどうでもいいけど。父親がどうなんて。だってもれなんかだって……。

国に奪われて、ゼロにされた姫よ、海を見ているその背中さえ世界一美しい、「アマテラスの妹」よ。その肩に少し付いた軽やかな肉は、翼もないのに、空に溶けだしそうだ。結い上げた髪は紺色、仏の証。こちらに向けた姫の白と桃色の足の裏を、小さい動物がこれも桃色の前足でかまっている。周囲には海鳥。腕に、裳裾にとまり、羽根を休めている。穏やかな海風と同じように、彼女の腕は動き生き物をなごませる。

――本当を言うと千々端ちゃんはね、ずっと宇佐の動物の世話をしていたかったんだと思う。ママがいなくなって、姉達も激しい託宣を出す娘は消されていくし、中で無口な子の千々端ちゃんが無事に残って、まだ若いのにむしろ宇佐の象徴みたいになって来た頃だった。宇佐が持っていた気持ちや感情を、黙っている千々端ちゃんの背中にみんなは見ていたんだ。そうしているだけで、宇佐で一緒にいる事がどういう事なのかみんなには判ったんだ。

――お前たちは神の道を行くな国の道を行くな、人の道を行け！

――……海に出て行け、宇佐から出ろ、さもなければ、境界や台所で「みんな」とかかわらずに暮らすがいい、さもなければ、天上に来て上から「生き物」全部の世話を一律に平等に客観的にしろと、……千々端ちゃんは選ばせられた。その時にそれでも「え、上からだなんて」どの生き物も全部違う、と千々端ちゃんは感じていただろうね。少女でも立派に華厳の姫だからね、だけどそんな悪条件下でもなんとか全部の生き物を可愛がってあげようと自分で決心して天上に行くことにしたと、もれ、聞いたよ。だがそれって考えて見れば立派に拉致なんだ、だって動物で釣って少女を騙したんだから。あはは、そして美少女の社長って天孫好みだしね。

――天孫は言った、ほら、ここから下を見てご覧なさい、あの小さい点々は人間たち、あなたは神なのだからこれからはあの人間全員をペットにして、人間の一番動物に還る時間を守ってあげなさい、と。――だけどいつもずっと千々端ちゃんが地上にいる方がいいよ。海にもお日様にも生物にも。けしておトイレの時とかだけじゃなくって。

――便所の神様は本来の太陽神、天よりも偉い。

真っ白な空間、下も白地図のよう、上から威張って見張る事を彼女はしたくない。いつも、公平で冷静でいたい、だけどそうするには自分を消すしかなかった。

でも消えたわけではないのだ、美しい彼女はいる。だって彼女の今の姿が私には見えたから。地神が置いていった画像は昔の天に登っていった頃の千々端姫のもの。だけどそこから千五百年越えた姿はいささか違う。この私が見ているのは成長した彼女。自分を消したつもりの彼女を敢えて見る私、その目に、彼女はけして暗くなった、というのではない。ただ神として濃くなっていた。

身の置き所のない嫌な天上で自分だけにしか出来ない仕事を引き受け。それ故に大きすぎる妥協をした神。完全な正しさを求めたが故に、激しい矛盾に直面し自分を消した神。

その上で死の世界と生の世界の境界を守っている神。美しいものと醜いもの、弱い者と強い者が、共存したり逆転したりする不思議を司って。

太陽神など目じゃない、この世の中で一番美しい女神。もっとも美しく、美しい事がその本質であるような「困った」女神。一番困る事それは純粋な本物のこの「美」が天に、捕獲されて消されている事。

――美とはなんだろう。失われたものだ。収奪されたものだ。この世にないものだ。

――かつてあったものだ。消えたものだ。一人びとりのものだ。現世の肉体に宿ればうつろうしかないものだ。

――老いと共にあり死とともにあるものだ、しかしけして死とも老いとも矛盾しないもの、それが宇佐の美である。

――ていうかね、もれ、ミスコンとか変だと思うのはね、結婚していても、心が悪くてもきれいなものはきれいって事を忘れているところ。だってきれいな娘だけを集めるのって子供産ませるためなの、ていうかね、ミスコンの一位はなんで学歴が高いの、背が高いの、銀行勤務とかね。だけど小さくてきれいな人もいるよ。学校出てなくてもきれいな姫はいるよ。なぜ美人が品行良くないとだめと言うんだろう。それは内面も顔も同じでないといけないってことでしょう。美が好きだというのではないんだよね。ミスコン好みの美は正しくて健康でないといけないって言いながら本当の美を隠して、そこそこの美を出して、そして美を商売にして、捕獲するためにやっているだけなんだ。

――昔昔、不細工な女と不細工な男がいた。カッコ悪かった、だけど学歴のバランスがよく釣り合ったために、お互いを美男美女だと思い込み結婚した。

――おおおおお、どうして女神が分かりやすい美人である必要があるだろう、多くの女神はもう仏と習合しているのだ。人の心の内側に食い込む美だよ。目を閉じた時に美しいと思う美しさだ。

――美のどこに統一基準が必要だろう。うちの猫は世界一美しい「困った」猫だ。ゴス？　自分の書くきれいなものたちの事をそう言われた事ある。うん、もしゴスがあり得ない美とか美の本質とかそういう事だったらそうなんだと思う。

モラル以前の無垢、小さくて完璧な古代の夢、賑やかな国際都市、熱い託宣飛び交う言霊《ことだま》のゆりかご、宇佐、その宇佐から天孫はこの少女を拉致し孤立させた。姫は今自分としかいる事が出来ない。誰にも許して貰えず、自分でも許さない。そんな千々端姫の見守るこの天下に。

不思議は、錯綜は、厚みは、過剰すぎる色彩やポリリズムは、全て国家の下に封じられている。宇佐ではリズムと色彩の中に身を置いていた姫。天上に来た日からそんな彼女は全部を、真っ白に変えた。そして姫の努力と忍耐をも上から見ているつもりで「なにもない」という頭の乱暴な者たちに、つまりは天上の神達に仕えさせられた。宇佐という天孫の認めない世界の、いい、まだしも美しい女神として。でもこの世の中には異端の美よりも、きれいなものなどないかもしれないのだ。

美しさが規格である限りは、その規格を破るものがもっとも美しい。

寸の詰まった、でもコンパクトという感じではないついつい気になる姿。小さい事で気高くなり逞しげにも見える柔らかな手足。小鼻が少し横にはったしっかり高い鼻。目尻にお茶目な表情皺が走る、長い睫毛の濃さ、その睫毛の流れるこめかみが少しだけ広い。赤子の輪郭に女王の眼光。結い上げた髪はたっぷりして波うち、額も顎も華奢な中やはりほんの少しだけ幅が広い。顔と足の指も心持ち短く、全身幼児のような桜色をして、耳だけは大きくその産毛が光り、赤らんでいる。もし座敷童子が美少女だったとして、というかまさに童女であり神であるとはそういう事なのだ。

姫の休みの日は一年に一度、それさえもミスコン一位の太陽神は平然と邪魔をする。そして
「あー、あたしー、なにかー、わすれたんだー」とおおらかなご様子でさっぱりと頭を抱えておられる。いやーそりゃーどうしても人物が大物でいらっしゃるから。天下神だから。

昔は出雲にさえ一年に一日だけトイレにも出来るだけ入らない日があった。その日千々端姫は伝説だと、一日だけお化粧をなおされるという。しかしそんな日こそ、実はこの神は素顔のまま美しい姿を現してご自分に戻られるのだ。そして「自分の下を」ご覧になる。だってお化粧より何かをかまうことが姫は好きなのだ。すると。

ある年は低い空を走る、オコジョの神の足の傷に姫は気がつく。寸の詰まった少し甲の高い、しかし土踏まずの切れ込んだ素足で姫は、低い空に下りていく。まったく天上の女神のやり方ではなく、千々端ちゃんは素直に大きく口をあける。ぷるんとして上唇の大きいめくれあがった口許。そのえくぼはギョクのように固く艶やかな頬に、静かに水色の翳りを落としている。しっかり生き物の赤みがさして丸みのある愛らしい耳が、ぴくりと動く。

姫の口の中にある小さい犬歯は視野を横切って消える朝露のように覗く。彼女は怪我の手当てをするためにというよりはまず仲良くするためにオコジョの細い体をすくい上げる。その時にはもう口は大きく開き、少し短い、細い子供の首は大きく傾げられ、小さい顎から喉までが爽やかに震えている。音楽のように、吐息が漏れている。当日は花の香りの霧が低い空を覆う朝だ。それは秋の一日なのに春よりも爽やかで望みに満ちている。

姫は首を傾げてお友達の顔を覗き込み、ついに頰も耳たぶも薔薇色にして、少女にしては低

く力強い声で、生き物に話しかける。何度も目を閉じて、首を竦めて、そうして、夏の空の目は硬い光を帯びながら生命を取戻す。結い上げた髪は崩れて艶やかに。先の尖った小さい器用な指は名医の働きで生き物の毛の間を、くぐり抜けるように走り回り、傷を癒していく。

　ふと気付いて姫はその小さい小さい手で今度は仏典の守護者であるあの獣の下腹を撫でどこかを軽くつまむ。珠の掌に一個の糞がころりともたらされる。摘便《てきべん》より安全な、方法である。

――まあ、一個だけ便がまだ出てなかったのね、ギドちゃん、でも心配ないですよ。

――あっ、申し訳ない、この方法私も、ギドにしてみます。

同じ位置に、生き物と同じ高さの空に姫は座り込む。仲間にしっかりと寄り添ってほほえみ。そして二人で同じ方向を見る。ぴったりくっつき合って。

　でも彼女の目の下に、そこにはもう宇佐はない。宇佐から連れだされて空白にされた、小さい美しい女神はおののいている。だってもうこの地上においては、かつての宇佐さえもゼロに変えられた。総ての人を平等に見る事の出来ない自分を責めても、この姫はけして卑屈ではない。むしろ負うべきではない責任を負って育ってしまった神にふさわしい傲慢さを身につけている。さらにその傲慢さに付け込まれて、まさに、自分の仲間を収奪するため作られた天の器官の中で民をまもっている。威張らない公平な神の激務、でもそれはぜひとも必要な隠された領域においてのみ、適用されるだけで。

――自分を消すなんてあり得ないことなんだ。消してはいけないんだ。だけど千々端ちゃんはそれが出来る位、それこそ、千の目を千の手を千の心を持っていた。全ての人間の隣にいてあげられる程働き者だった。でもね、一緒にいてあげるという事は仕事にしちゃいけないんだ。

だって自分をなくした途端に国家はこう言ってくるから。

——ほらこの何もない空間が客観というものです、ここに出来たこのゼロが物事の原点です、と。

——天孫は千々端ちゃんにゼロを負担させた。そうして自分たちは楽をしながら、ゼロの振りをした。無論自分達のどろどろは見ない事にした。そんな中で千々端ちゃんは身を削って、昼も夜も人間というペットを守っている。

真っ白の空間の中に姫の姿はなく、ただ生と死の境がある。社会が放置しえない人間の運命を看取っている神。その怖い空間を私は見てしまった。便所神様、八重機千々端姫。

——天上からだとそうするしかないと千々端ちゃんは言っていた。でも地上にいれば本来全部の人のお隣にいてくれる神様なんだ。夜も昼も、台所でも畑でも寝室でも学校でも。

——宇佐が冷えていた頃に千々端ちゃんは生まれた。共同体のもれ、もれたちの楽しい日が消えそうになるときに、その時期の神としてそんな運命の下に、そんな要請の下に生まれたんだ。もともともれたちが持っていたあにきや、宇佐や、踊りや言葉や、衣装や、犬や、そんなものの中にいた楽しい神々の一柱一柱が消えていって、引換えみたいに千々端ちゃんは無口な子になっていったんだと思う。

——姫は全ての安らぎと和《なご》みとを引き受けた、天がそれら全てを収奪しようとしたからこそ、せめてそれらをぎりぎりまで守るために天に登られた。

天は姫を生と死の境界に置いた。姫は何も生まない、ただただ、助けて、見守る。そんな姫の周囲で何もかもを奪って作り変える、天上の法則、そのおきての冷いありさまは姫を苦しめる、でもその中にいても姫は、けして憎まない、何も奪わない、人を嘆かせない。
——滅んでいく、宇佐の運命を姫は予知していました。あまりにも聡明過ぎてそれが避けがたいものであるとご存じだったのです。そんな姫は正しすぎる思考の中に飲まれてしまったのだ。残ったのは恥の感覚と消滅への志向と、同時にまた消える事をも許さない高いモラルだった。

献身しつつ収奪されてしまう孤独な彼女は、全ての愛情が体温を奪われた辛い空間に今も。そこは地獄でさえない、ただのゼロでもない。そこに、姫がいる。また誰かがそれをゼロと呼ばぬように見守り続ければそのお姿は見える。

——だからもれゆったでしょう、姫はもっときれいで可愛いんだって。

——美人美人美人って、他に言ってやる事がないんですかって、もれは思うね、でもそれ以外の事はもれだって言えなくされているね。ていうかどうせもれ既に僕でしかないからね、どれだけ突っ張っても公務員だしね。

なんだか地神ちゃんの声が微妙に変わっていた。ていうか、地神というもの自体役職名でしかないのだから、地神を名乗っていたって、いつもの「人」と違うかもしれないのだ。

——そうそうミツビシの上っ張り着て点検に来るのが同じ人とは限らないでしょう、最初の託宣と次の託宣の間に声がそっくりで名前はなりすましで、別の地神ちゃんが来るかもしれないしね。うふふふふ、もれ自分が本当にひとりだったら、けっしてもれなんていわないと思います。

なんという永い旅のさ中にあたしはいる事だろう。生まれて来て死ぬ。トイレ行って戻る。

――九月十七日自宅にて、飼い主の膝の上で。

最後のトイレで一度倒れたけど猫は魂を落とさず帰ってきた。そして私のいる時に、私とずっと一緒で。

ああクイズがある。クイズの氾濫だ。救いのない世界に唯一の希望としての、解けない謎ばっかり。いつまでも永遠に虫のようにわくクイズ、でも、その著作権もやはり笙野にあるって、どの託宣にも、但し書きまでも書き添えられていて。

失った歴史、認められない歴史、圧殺された真実はどこに行くの？　うんうん、それらはクイズになってしまうの。内緒内緒のうちにクイズに混じってそれはやって来るの。つまりはね、ただ世界が謎である事を真実が隠されてしまった事を、せめても主張しようとしてクイズ、クイズ、クイズ。

あたしは私が思っていたような人間じゃなかった。私は国家対抗性を背負わされて、父親に認められるための試練を走っている「男」だと今まで思っていた。しかし父は別にあたしのことばっかり見ているわけではない。むしろまったく別の事をずーっと考えていて、故にあたしは好きなように生きればよかったのだ。

私の家は別に、ルーツもないままに、切断されたような家ではなかった。つまりどこからかやって来て、村で農業を始めた、近代の前触れ的一家ではなかったのだ（先祖は今の海老蔵を女にして肌を真っ白にしたような男前だった。若い頃の父も歌舞伎役者のようなハンサムであった）。

え？　え？　え？　え？　え？　え？　え？　え？

――なにをいうのよりちゃん、よりちゃん、え？　おじいさんが神主やけど唯物論者やて？　は？　無神論者やて？　そんなこと？　ありません。

叔母がいきなり話し始めた言葉を聞いて私はただ固定電話の前で震えていた。

――一体、何を見ていたのあんたはどう聞いていたの、は？　大きい百姓や？　普通の農家？　えええええ？　あのね、あのおうちは、武家屋敷というの知ってる？　冠木《かぶき》門《もん》、知ってる？　下人長屋があるでしょ冠木門の隣に、え？　農家建築ってお母ちゃんがゆうたて？　違う！　違う！　上の蔵と下の蔵、上の蔵には刀簞笥、え？　武士やないから刀が一本だけて!?　古道具って？　お父ちゃんがほんなことをゆうたんやて？　違う！　何を言うの！　刀簞笥の中あけると、さーっと入ってるよ、駕籠もあったでしょう？　え？　え？　え？　おじいちゃんが唯物論者やから、家に神棚がないって？　あったよ、村の鎮守？　違います！　おじいちゃんが左翼？　違います、村の神さんやなくて、機織り神社というの、昔からのお社、毎日、神さんに太鼓叩きに行って、はぁー……？

餅が上がらない無願神社って、そんなあほなことを、だ、れ、が、大家族で余ってかき餅干すほどに、いつでも、いつでも。

親達は知らない土地に住んだ、そこで地生えの人から嫌な目にあわされた。今も私の読者が家の近くを訪問し、研究のために取材していると「あああ、あの家はよその方ですで」と言われている。「ここらの人ではありません、何しにきなさった」と。で？　はてさてあの父の空白はなんだろうと、根無し草のような近代を生きている？　と、いつも私はそう思っていた。だけどその暴君ぶりと繊細さの中に、親から与えられた情報だけでは、絶対に理解出来ないものを結局私は感じ、恐れていた。その正体が今明らかになった。私はどうしていいか判らない。でも私小説の「私」はそれでも変わらない。設定を代えても元の「私」ただ買換え直後のパソコンや新しい年度のに差し替えたばかりのウィルス対策ソフトのように、今のところとても、具合悪い。遣い勝手悪い。まあどっちにしろあの家の「歴史」の中に私はいないけどね。

　私は真っ白にされていた。それは多分父の無頓着と無関心からだ。その一方で父は私の細かい事にいつも指示を出し一生守らねばならないと思っていた命令を出し続けた。同時にそんな中でなぜか寛容だった。長年仕送りしてくれ、大きい事は好きなようにさせてくれた。どこかに家を買えばと提案してくれたのも父だ。私がまさにそうしようと思っていた時に。母の死んだ後に。秘書が母の湯呑みを私の目の前に差し出してから「使ってええ？」と聞いて使った後に。あ、……。

クイズが出来ている自動印刷が？　違う。

　あたしがやったんだ、これは私が線の錯綜した国に行って、千と千の端にある線から拾って来たクイズなんだ。大切な家族が点滅している時、トイレに行くとその不安定が一層ひどくなって、そんな危い身を守るための、問い返しのクイズを私は作ったのだ、生と死の境界から地神が湧いて来た日、湧いて来た彼を紹介するための、クイズクイズ。「その答え、本当なの」とみなさんは尋ねる。でも彼らはかつて「本当に」存在したと言っている。つまり千五百年前に宇佐という王国にいたと、それは女王国とでも言うべきものだったと口を揃えて、全員で言っている。ただ今は台所や洗面所に隠れているしかない。或いは家の表と裏の境界から来るような日陰の身でしかない、けれども。

——ええええ、それこそがね、私小説が珠玉にされるという事なんですよ。個人が雀を描いて自分を責めていく時、国家がそれを客観だと言い始める。まっ白だと。そして文は端正になり雀は珠玉になる。でもそれでもその雀さえも、国家は握りつぶしてしまう事があるのです。珠玉の短篇を切り刻んで取り出されたそんな「良心」は権力の手によって客観と呼ばれ、国民のコードという詐欺の種にされ、通じない言葉、バラバラ死体になった文脈の散乱の中で、マスコミに使われ流通させられる。「書くことなどない」をゼロの偽善にして文学なき支配は展開する。こうして抑圧は隙間もなく「宇佐」を固めていった、「なにもない」は「宇佐」の土地を奪い、時系列を切り刻み、歴史を嘘で固めた。

一方珠玉の短篇の中心そのものである、真っ白でいきどころのないコアな本質、それは小さく、マニアックであるが故に美しい女神になり、そして隠されてしまった。奪われてしまったのだ。

——千々端ちゃんのおとうさんは後添えを貰わないといいました。

——うん、あたしも、もう貰わない多分。おともだちがまだいるし。あたしが先に死んだら、残されたその子たちはきっと困るし。

こうして、——。

砂漠にクイズが生えている、さあクイズです。

いつもは降る雨のない空にやっと雲が湧き、年二度のスコールの水溜まりが出来る。その水の放つ光の上から水を吸い終えてまた去って行く黒い蝶のように、さあ、クイズクイズ、クイズ。だって、この世は「神」を見るものもいない砂漠、そこでは切り裂く暗黒さえ光と変わらない。でもそれでも飛んでいる小さなこの生命それは、悲しみの喜びのクイズ、クイズ。まるで失った「真実」を嘆く喪の色の蝶のように。クイズクイズ、クイズ。答えはいらない。隠されて謎にされてしまった国、五十六億七千万年後にしか現れてくる事もない謎にまぎれて、なかなかこの世に現れないひとつの国の名残りの、夢の、クイズ。

さあいらっしゃいよいらっしゃいよかつてあったという国の謎が、そこにはあるよ。だって、世界はもうインチキだらけで、クイズの形で問いを出す以外にその真の可能性など失われているから、また。

せっかくクイズを出してもああじゃ多数決ね、売れる方が正解って言われてしまう程度だし。でもそんな世の中にクイズは生き延びる、クイズはここにある。謎から始めて答えもないままに、ずっとずっと問えばこうして小説を、書いていけるクイズ。だって書くことがあるから、永遠にある。書けない程の事ばかりを書いてゆけば、書く事がいつまでも残るからね。それはつまり、自分がそんなクイズだらけの「宇佐」を見てきたせいさ。で、ね。

最後もクイズですが、何か?

I　地神ってなんなのよ肩書的に

A地主神の事、地主神社の神様です、その土地を治めている、警察なら署長です、税務署でも署長です、行政なら市長さん、地元の有力神。

Bいえいえいえ、Aさん嘘言っちゃあ駄目ですよ。

僕らは現場でこき使われる、理系、あるいはアート系、物書き系、肉体系等を主体にする現場神です。土地を治めるとかそういう立場ではありません。地主神と違います。単なる地神です。多分人間の方では普通僕らの事をじぢん、とかぢしん、とかちしんって呼ぶと思います。でもまあ人の道的にはじがみって呼んでね。ていうか地神ちゃんって言って。

2　だったらその地神ちゃんって誰なのよ、家系的に

Aさるお経に出てくるさるさるインドの大国の偉い王様の王子のひとりです。この王子は五人兄弟だったため中の四人はそれぞれ東西南北、つまり四つの方向のそれぞれを治める神様になりました。しかし五人目の末っ子は治める方角がないため、ど真ん中を、というか地面とか土を担当する神様になりました。

Bのうのうのう、A君てばまたまたまたあー。

さるお経に何が出てこようが僕は地神ちゃんです。最初は宇佐にいました。途中で今で言う中国地方に行ってちょっとだけ石の神様になって農業神をやりました。そこからまた北に赴任させられて今のところ、建物と地面やってます。仕事の内容は家の内と外で随分違います。但し台所の竈神《かまどがみ》だけはした事がありません。要するに、公務員のやりたがらないお仕事全般をやってきたというわけです。いろんな名前で呼ばれていろんな「上司」の下でこきつかわれて来ました。

ええっと仏教っていうのは、生まれた宇佐がそういう土地だったから体質にはあるけれど

でもれ今華厳を生きてるわけじゃないから、千々端ちゃんについていけてるかどうかも判らないですよ。そしてもれね、試験を受けるので勉強しただけです。だもんで東大寺華厳は大分忘れました。だって僕らの地神業務で必要なものは当面荒神《こうじん》経と地神経だけだからね。

3　地神ちゃんの性質は

A地主神なのでマイペース、その土地の水神を兼任していても、週休四日とかで。京都の地主神社の人なんてもろに、まろ系です。

Bインドの王子だけどちょっと反抗的、というのも自分以外の兄弟は普通に方位の神、つまり抽象神なのに、自分だけ、土等の具体物を担当させられているから。故に逆に包容力はない。彼のいる方向にちょっとでも工事したり旅行したりするとひどい目に遭わせます。またこういう「きちんとした人」にありがちな女性嫌悪も強く、血盆経《けつぼんきょう》等はこの人の顔色を見て拵えた仏典といえるでしょう。

Cこれこれこれ Aさん、そしておらおら僕になりすましたBさんてば、どっちも違いますよう。特にBさんたらひどいね、**もれ女の人尊敬好きですよう**、だってもれなんてどうやったって女の人には勝てない宇佐の甘えんぼ、そういうもれがね、だから、地神ちゃん。覚えて、覚えてよ！

地神とは何か、――宇佐で投降して秦氏の末端組織に編入され、以後は北進しながら現場で働いているマルチプレイ神です。本人は体力もあり手先も器用。長年の努力が第二の天性になってまた、一つひとつの事故や故障に長年対応して来ているせいもあって、だらしない人とか無能な人に理解がありません。人間に対する共感能力は人一倍あるのですがちょっとした事で笑ってへそを曲げます。ヤマトに投降した千五百年前は自分で自分の事を「もれ」と言う程に、自意識の少ないのんきな性格でした。しかし今や「僕」という面従腹背の仮面を被り、あたりは柔らかくともなかなか辛辣な苦労人です。そう、こんな彼の最低限の情報さえ国は消してしまう。民から隠されている。故にクイズから始めないかぎり。

彼は見えません、他の神も、そればかりかこの現実の世界も。

さあやっとこれでクイズは終わりです。でももう答えは書きません。

こうしてクイズは溢れ、けして終わらない。要するに世は、謎に満ちている。また謎を謎のままで開きっ放しにしておいても世の中は広すぎる。問題が多すぎる。それならば一体何によってこの隠された大量の膨大の物凄い人の道千五百年史を、人の道八百万神を、掘り出せるのであろうか。うんでもここだけはクイズでなくてもいいよ答えはすぐ出るからね。え？　どっから掘り出して良いか判らないって？　大丈夫、「君」には頼まない。俺がやってゆく私とあたしを連れて。は？　どこを掘るって？

うん身辺からやっていく。そうそう、身辺を神変せしめるってこの小説の最初で言った。そして着地してここへ来たから。で、何を着地して語るというのか、だから日常を語るしかない。但し、神的日常を。

◎**参考文献**

『竈神と厠神　異界と此の世の境』（飯島吉晴／講談社学術文庫／講談社）『八幡信仰』（中野幡能／塙新書／塙書房）『琵琶法師〈異界〉を語る人びと』（兵藤裕己／岩波新書／岩波書店）『荒神信仰と地神盲僧　柳田國男を超えて』（高見寛孝／岩田書院）『荒神とミサキ　岡山県の民間信仰』（三浦秀宥／名著出版）に加え、『神と仏の民俗』（鈴木正崇／日本歴史民俗叢書／吉川弘文館）。ここより、荒神神楽の「トゴスケ」「トントン」を表記配列を変えて使っています。また本文P二〇六の「国のおさのおしくるよう」は『神道民俗芸能の源流』（鈴鹿千代乃／国書刊行会）より引用しています。冒頭の「声は顔から出てくるのである。」は『千のプラトー』（ジル・ドゥルーズ　フェリックス・ガタリ／河出書房新社）からの引用です。全部の参考文献の著者訳者に感謝しつつ、作中の読み筋、ディテール等、文献の内容や論理展開とかなり異なったものであること、さらには勝手な用語の使い方や、フィクションの読み筋が加わっていることをお断りしておきます。

物語は消え、文《おれ》が残る

さて終わりもなく点滅する終点もどきのここで

ここに収録した「猫トイレット荒神」は本来、九月に出した「神変理層夢経一、猫ダンジョン荒神」の序章として出すはずであった。当時猫ダンジョンをすばるに、猫トイレットを文藝に、私は連作で交互に発表していたのだ。文藝が季刊なので序章の方が遅れて、完成するはずだった。だがそれこそリゾーム的と私は思っていた。数字の序列を付けてもそこからはずれて行く、枠にはまらない自由な「シリーズ」を私は書いていた。猫が死ぬのが怖く、その他にも信じていた事の多くが無に帰した頃で、ばらばらの世界に「真実」を摑むしかないような時期であった。

理層夢とはリゾーム、ジル・ドゥルーズとフェリックス・ガタリの共著で、天下の奇書でもあり、なおかつ哲学素人にも楽しめるかもしれぬ哲学書「千のプラトー」にあらわれた革新的思考アイテムである。ツリーに象徴される硬直した系統図的組織や序列だけの思考を打ち破るような、あらゆる接続の可能性を秘めたトリックスター的かつ多様的な小単位。ただしこのあまりに自由な存在は長く実在する事は大変難しく、なおかつ、時にその組織やツリーに乗っ取られてしまう危険性も多い。

　この難解と言われるけど実はただひたすら読み手を刺激し続ける本の全体を完璧に理解した人は多分異様に少ないはずである。私もけして「理解」しているわけではない、ただ使えばよく使える面白い本なのだ。私などただ、捕獲装置とリゾーム、等を少し触ってみただけだ。それでも物を書く実践や思考の添え木として楽しめるのだ。何度読んでも無論？？？のまま、単語毎何度読んでも頭をすり抜けてしまう。だがそれでもうまく一行引っ張ればひとつ面白い事が出来る本だ。こと小説に関しては実用である。

　一行明けの場面を繋ぐ時、リゾームで説明出来るディテールを選ぶと、小説がうまく生きてくる時がある。つまり単語だけで場面展開出来てストーリーに頼らず小説が書ける。また、場面を繋ぐというのではなく、プラトーという考え方を使って、ひとつの描写に幾とおりもの入口を作る事が出来る。捕獲装置については今の嫌な世の中のだまし、ごまかしを見つける時の役に立てている。

　この本は私が生きている内面世界のすぐ隣にある。無論西洋哲学と私との絶対相いれない部分を大前提として、という事なのだが。そこで彼らの言う内在平面は極北私小説に通ずるのか、とつい口に出す……で、そう聞いて苦笑するインテリはただ知識を手に持って威張るだけだ。私は馬鹿だけど一行でも、実際に使っている。

猫ダンジョン荒神が完成した時、ドラは生きていた。老猫といられる貴重な時間を「永遠」に止める呪術として私はこの理層夢小説を書いていたのである。猫トイレット荒神もそのつもりだった。書きはじめた初夏、ドラは癲癇も収まり、何よりも若々しく元気になり復活していた。認知症はあっても、私がずっと側にいたから克服出来ていた。

猫の時を永遠に止めるため、時間の感覚を相対化した世界をこのシリーズのテーマにしていたのだった。しかしふいに、その時が来た。二十猫になる、と確信した直後、まったく別の病気、原因不明の胸水にドラは襲われた。十七歳八カ月私の膝の上で伴侶は逝った。大往生と言われたがそれでも寂しい。

猫トイレット荒神の後に割り込み託宣小説が入る事になった。私はずっとドラと一緒に書いてきたのだった。連作の最後ブログ等の読者達はこの混沌とした描写の中に、ドラの死が告げてある事を理解してくれた。というより心の中を私はそのまま書いた。ドラの行ってしまった向こうの世界のぎりぎりにまで付け。書けばその時はドラに会っていた。

今日常を生きて反対側にいる。だけど一緒にいるのと同じ、――そんな心境になった時は三回忌を越えていた。

シリーズはこの先、「猫キッチン荒神」、他「猫クロゼット荒神」、「猫シンデレラ荒神」と続く予定だが、それらはおそらくドラのいない時間をも含みながらドラと生きるという設定になる。

しかし猫との時間がふいに途切れ心の立位置が大きく飛んだこの「序章」だけはシリーズから外して番外編とするしかなかったのだった。元々、荒神様シリーズのディフォルトとなるものを詰め込んだ章だったので「番外クイズ編」と改題した。

母の発達の続編に続けたのは、どこかでひとつ、常世《とこよ》というか極楽的な救いに繋げたかったからかもしれないと思う。だってヤツノは死んでもまた生まれてくる。殺しても死なない母と共に。文章の中には生も死もある。時には現実を越える錯覚さえも。

ドラの四十九日に電話があって翌年から大学院で少しだけ教えるようになった。別人にもなってみて、学生も優しく、ギドウもまだまだ元気で、生活そのものは穏やかである。

飼うしかないと悩んでいた外猫未満の「完璧なトン子ちゃん・凶暴さドラの四割増し・異様な小柄・一見弱った年寄り猫・しかもずっとすごんでいて飯寄越せといいながらもいきなりひっかく・狂的美貌の、その目が怖い」が、実はとても若く元気でしかもよその飼い猫とふいに判ってから、ああああかれこれもう三カ月以上たつわいとふと思ってカレンダーを見たら——二〇一二年十月十六日

◎初出

「にごりのてんまつ」……『文藝』二〇〇七年冬号
「母のぴぴぷぺぽ」……『文藝』二〇一二年秋号
「猫トイレット荒神」……『文藝』二〇一〇年秋号
「割り込み、地神ちゃんクイズ」……『文藝』二〇一〇年冬号
「一番美しい女神の部屋」……『文藝』二〇一一年春号
「そして境界線上を文《おれ》は走る」……書き下ろし
「物語は消え、文《おれ》が残る」……書き下ろし

◎**笙野頼子**（しょうの・よりこ）

一九五六年、三重県生まれ。立命館大学法学部卒業。八一年「極楽」で群像新人文学賞を受賞しデビュー。九一年『なにもしてない』で野間文芸新人賞、九四年『二百回忌』で三島由紀夫賞、『タイムスリップ・コンビナート』で芥川賞、二〇〇一年『幽界森娘異聞』で泉鏡花文学賞、〇四年『水晶内制度』でセンス・オブ・ジェンダー賞大賞、〇五年『金毘羅』で伊藤整文学賞を受賞。他の著書に『だいにっほん、おんたこめいわく史』『海底八幡宮』『人の道御三神といろはにブロガーズ』『猫ダンジョン荒神』など多数。

母の発達、永遠に／猫トイレット荒神

二〇一三年二月一八日　初版印刷
二〇一三年二月二八日　初版発行

著　者●笙野頼子
発行者●小野寺優
発行所●株式会社河出書房新社
東京都渋谷区千駄ヶ谷二-三二-二
電話　〇三-三四〇四-一二〇一［営業］
〇三-三四〇四-八六一一［編集］
http://www.kawade.co.jp/

組　版●株式会社キャップス
印　刷●株式会社亨有堂印刷所
製　本●小泉製本株式会社

Printed in Japan

ISBN978-4-309-02157-7